蚁神

平凹
秦岭故事集

贾平凹

著

湖南文艺出版社·长沙

图书在版编目（CIP）数据

蚁神 / 贾平凹著. -- 长沙：湖南文艺出版社，
2024. 8. --（平凹秦岭故事集）. -- ISBN 978-7-5726-
1905-2

Ⅰ. I247.7

中国国家版本馆 CIP 数据核字第 2024NE7169 号

蚁神

YISHEN

平凹秦岭故事集

作　　者：	贾平凹
出 版 人：	陈新文
监　　制：	谭菁菁
责任编辑：	徐小芳　夏必玄　刘　敏
装帧设计：	@Mlimt_Design
版权策划：	黄博文　邓　云
出版发行：	湖南文艺出版社
	（长沙市雨花区东二环一段 508 号　邮编：410014）
印　　刷：	长沙超峰印刷有限公司
开　　本：	787 mm × 1092 mm　1/32
印　　张：	11.75
字　　数：	214 千字
版　　次：	2024 年 8 月第 1 版
印　　次：	2024 年 8 月第 1 次印刷
书　　号：	ISBN 978-7-5726-1905-2
定　　价：	58.00 元

（如有印装质量问题，请直接与本社出版科联系调换）

目录

沙地	001
天狗	037
火纸	105
美穴地	136
烟	190
佛关	221
制造声音	303
梅花	312
库麦荣	330
真品	346

沙地

第一章

一

商州的山，是很高的，但却不深，沿丹江川道常常就闪出一些沙滩湾地。武关西八十里的地方，一条小河由北向南注入丹江，这个湾地就是三角形的。小河西边，一大片村子，房屋高低错落，大致形成一条街道，围着街道，村子繁衍开去，屋舍杂乱而没秩序，再没有一条走得通的小街小巷了。这个村子，叫列湾，几百户人家，属于茶坊大队人口最多的一个生产队呢。

小河的东边是一大片黄沙地，没有种庄稼，稀薄地歪着几株柳树。小河流沙量大，遇着暴雨，泥沙从后沟就漫下来。先是漫了河西边的，西边的人家常受灾害，后来就修了西堤坝；河床年年增高，堤坝也年年高筑，已经超出村子屋顶的两倍。而这东边，一直没有筑堤，便成了黄沙世界。曾经试图压植芦苇，但仅仅在河边长了一溜；沙地还是赤裸着，白日看得见上面布满了各种各样的鸟兽蹄印，夜里有狼嗥，如婴儿啼哭一般。

后来，长坪公路改道，线路从列湾村后通过，正好修到沙地后边的红土坡根；路边的一株老柳下，便有了一个草棚。

草棚原先并没有苫草，是盖着油毛毡的。当时改公路时，一些民工在这里住过，搭了好几个棚，大都是木头支撑的，唯有这一间作过铁匠铺，用土坯垒起来。路修好了，民工走了，那些木头、油毛毡，大半被公路段搬去，小半被列湾人拆走，只留下这个土坯四堵墙；如今上边搭了树枝、茅草，住着一家人了。

这家人其实只是一个男人。

二

这男人叫刘诚，河南人。现在正赤身趴在沙地上做俯卧撑，三伏天的太阳很焦，沙烫得像炒了一样，他常身泛着汗油，黑黝黝地放光，撑起来，腔子陷下一个大瓢坑，卧下去，满身就隆起了黑肉疙瘩。如此功夫了半个时辰，末了瘫在那里，像一条掠上滩的鲸鱼，懒懒地向远处看起来。沙地上，一股方向不定的风，盘旋了一阵，消失了；丝丝地却往上冒着白气，好像每一粒沙砾都长出了一道细线，袅袅地往上扶摇，立即使人眼睛不可忍受了。他突然擂起了双拳，如捶鼓一样在沙砾里捶打起来，似乎是一头发疯的狮子，似乎那手已不是肉长的，似乎面前是一块铁，也要砸得粉碎！冷丁，他安静下来，死眼盯着前边一丛草下的一群蚂蚁，黑乎乎地爬在一只软虫的身上，虫在挣扎着，百般扭动，却被蚂蚁驮着慢慢往前去了。他扑了近去，用手捏死了蚂蚁，将那软虫儿放在手里；吹着气，走了回来，放在一丛毛柳里去了，还作起那么一个笑。

笑得十分生动。有五分是小孩的纯真，那五分则是做大人的可笑了。

他这种秉性，列湾人见得多了，却都猜摸不透。一半年前，他领着女儿叶叶卖艺来到这里，手脚上麻利，口舌上话大，亏得女儿又十分人才，生意很红：每场除了干吃稀喝，还落下一大捧分币呢。可是，到了列湾，叶叶却得了暴病，突如其来地死了。他大哭了一场，掩埋了女儿，就变得和先前不一样了。也再不去流浪，想从此在这儿落脚入户，守叶叶的一颗孤魂。

但是，列湾村不收留他。

三

列湾村有两个队长，一个姓李，一个姓谢。他去找老李，老李说，这事重大，他本人本想做场好事，但谢队长话语不好说。他找着老谢，老谢说，这事李队长拿主，他担当不起。他备了一席酒菜，将老李老谢请到一起，两人没话推辞了，满脸酒红，哈哈一笑，说：

"这是好事嘛，你一个人，一张口，这么大个村还养活不了吗？何况你这么一身本事，我们是同意了！可一个大村，百人百心，我们再开个社员会，给社员做做工作吧。"

一月一月过去，社员会却迟迟不开。

他已经在这里住下半年了，只得一天出去为人干些活计为生。今日没人来叫他，他练了一阵身骨，就待回草棚里坐了。草棚很破烂，土墙，没有顶棚；一个泥锅台，一口锅，一个水罐，几个油盐酱醋瓶子；一盘土炕，一副被褥，旁边一个破木箱，装有四季换洗的衣裳；别的，除了卖艺用的刀刀枪枪，再没什么了。

他肚子饥起来，就动手做饭。第一碗献在叶叶的相片前。自己正要盛饭来吃，有人在门外大声喊他了：

"河南旦！河南旦！"

村里人一向是这么叫他的。他来的时候，是挑着一副担的，

叫转了,变成"旦"字:那

恼过,也没有改正过自己的真名

来,看见是列湾村的来举。来举是村里的一个

二十二了,没有订下婚。他初来时,就住在他的家里。小伙子待他好,但他慢慢发现了小伙的用心:一是想跟他学拳,二是想接近他的叶叶。有一次,叶叶在厦房里擀面,开着窗子,来举在上房的门口一眼一眼看着,出了神儿。他一进院门瞧见了,大声咳嗽一声;来举闪进门去。他没有给女儿说,只提出不在这儿住了。从此住进了这草棚,再不让叶叶接触来举,也不教来举学拳。叶叶死后,他觉得对不起来举,来举再来时,笑脸相待;而小伙从此又是列湾村来他这里最多的人了。

来举站在门外,没有进来,身上的衣服已经破了,满脸的血道,气喘着说:"队长叫你哩!"

"是老李,还是老谢?"他喜欢地问。

"两个都叫你,快去。"

他放下了碗,披了衣服就走。门没锁;从来不锁门:贼是不敢偷他的,也没什么可偷的。

"是落户的事吗?"他边跑边问。

"叫你去打架!"来举说。

"打架?"他愣了。

列湾人就称他是"河南担",后来叫转了,变成"旦"字:那里边意味着一种鄙夷。他没有恼过,也没有改正过自己的真名实姓。

当下走了出来,看见是列湾村的来举。来举是村里的一个孤儿,已经二十二了,没有订下婚。他初来时,就住在他的家里。小伙子待他好,但他慢慢发现了小伙的用心:一是想跟他学拳,二是想接近他的叶叶。有一次,叶叶在厢房里擀面,开着窗子,来举在上房的门口一眼一眼看着,出了神儿。他一进院门瞧见了,大声咳嗽一声;来举闪进门去。他没有给女儿说,只提出不在这儿住了。从此住进了这草棚,再不让叶叶接触来举,也不教来举学拳。叶叶死后,他觉得对不起来举,来举再来时,笑脸相待;而小伙从此又是列湾村来他这里最多的人了。

来举站在门外,没有进来,身上的衣服已经破了,满脸的血道,气喘着说:"队长叫你哩!"

"是老李,还是老谢?"他喜欢地问。

"两个都叫你,快去。"

他放下了碗,披了衣服就走。门没锁;从来不锁门:贼是不敢偷他的,也没什么可偷的。

"是落户的事吗?"他边跑边问。

"叫你去打架!"来举说。

"打架?"他愣了。

四

赶到村前的河边，果然那里拥了一片人，正在吵吵闹闹地混骂厮打。南村人很厉害，追逼了过来，列湾人心不齐，前边有人顶着，后边人却逃开；前边的便无心恋着人家，终有两个人被围住，打得趴在地上了。这边就阵脚大乱，一哄儿后逃，那边的趁势过来，抱了被抢去的木杠，拉车，笼担……他赶到那里，一时看得火起，当下将两个拳头提在腰间，一阵风卷了过去。南村人都还未上岸，站在水里，瞧见了他，当下站住了。

"盐里没你，醋里没你！"南村人说。

"我抱打不平！"他黑着脸说。

"你个野猫子种，快滚开！"

"要不滚呢？"

一个小伙子扑了上来，他只扬手一推，仰八叉倒在水里，他便哈哈大笑了；列湾人趁机又拥了过去，他挡住了，要让南村人都上到岸上来。南村人跳上了岸，拉开架势，突然就有人抓起一把沙朝他眼上打去，他"哎哟"一声，双手去揉眼，那伙人扑上来，压住了他。列湾人一见，就又哗哗后逃。突然，他手脚四边一蹬，一扬，立即有四个人飞出了一丈来远，还未爬得起来，他早反身一弹，跳出了二尺远近；剥了褂子，圆睁双眼，叫道：

"好啊，有本事的都上来！"

那些跌倒者，满脸鼻血，慌乱向水里跑去，列湾人蜂拥而上，追过河去，一阵手忙脚乱，砸了那边的车子，木杠，笼担。老李老谢跑过来，喜欢地说：

"你应该再卸掉他们几条胳膊啊！"

他却恼了：

"你让我去蹲牢房？！"

他捡起褂子，斜披在身上，向一个还倒在地上呻吟的受伤者走去；站住了，冷冷地看着，末了，从兜里掏出一个小瓶来，丢在怀里，说：

"拿回去温了，敷敷，那个青块就会下去的。"

五

南村人吃了大亏，老实起来，再不敢筑二道堤了。他声名便抖开来，很快入了列湾户籍。

来举很是得意，常在他面前卖好，说亏了他叫去打架。他只是笑笑，没有同意，也没有反驳。来举让他和他住在一处，他不，依然还住在草棚里，只是借了队里几十元钱，买了河堤上几棵树，作了椽，架了檩，又覆盖了一层稻草罢了。

从此，他不是个流浪人，他有了住处；他再不去走村卖艺，开始务弄了庄稼。村里人却依然不大叫他的名字，老小还叫着他"河南旦"。

第二章

六

早年在河南老家，他拉耱，扬场，提犁，是村里拉得起、按得下的角色，如今重操农业，仍是老手旧胳膊的。只是家乡没有水田，也没有坡地，列湾却一半旱地，一半水田，旱地又是一半塬，一半坡，他就有些生疏了。首先他不会栽秧，秧行总插个弯弯歪歪，更不适应整晌泡在水里，一见那蚂蟥叮在腿上，浑身就起鸡皮疙瘩。他便去担秧苗，别人一担挑三十把，他挑五十把，而且站在田埂往田里掷，可以一下子从地这头掷到地中，脚在禾茬上扎出了血，别人都看得心里发麻，他却无事一般，所以，担秧苗的活，他一个人就包了。在坡地干活，他使用不惯牙子镢，就去掮石头砌堰，往常两人抬的石头，他一个人就抱着走了。因此，每每砌堰，只需有两个人抬着石头放在他的肩上，他就又快又稳地扛上了堰去，以致不长时间，肩上，背上，就暴起了茧包。

"这地方和我有缘呢！"他常常躺在地边，头下枕着鞋，双脚却蹬在什么东西上,一边习惯性地做着功夫,一边这么说。想他这么多年,到处流浪,走过多少地方,但却没有一处使他产生定居下来的念头,却在这里落脚入户了。这里的黄土,埋葬了他的叶叶,他在世上唯一的依靠和希望。他决心就在这里把自己的晚年度过,等到哪一日他也要下世了,再和女儿在一起。

繁重的田地劳动使他的收入渐渐多起来了,他还清了欠队里的钱,又搪了屋里的墙,买了几个瓦盆瓦罐,里边开始有了各种各样的米面,又置添了一床新被。除此以外,他就将挣得的钱全部买了酒肉。

人都说他是快活的,挣多少,吃多少,一碗肉端上来,他不说抄没人敢抄,出门一走,灶神爷也便跟他走了。但是,当他从地里回来,每每一走到草棚门口,不自觉要喊一声:

"叶叶,饭熟了没有?"

那些年里,他每次回来,这么一叫,叶叶就会"哎"的一声出来,让他在门口坐了,拿水洗了手脸,便端出热腾腾的饭菜。现在,他叫过一声,猛然意识到了一切,兀自站在那里一会儿,垂下脑袋,眼泪流了下来。

他进门没心思做什么好吃的,胡乱往肚里扒些什么,一时不能在家待下,就走到门前的沙地上,练起那拳脚来。

七

这个时候，村里人就常常跑来观看，先是些小孩，再就是些老年人。有一个六十多岁的老头，旧社会做过生意，上过西安，也下过汉中，很有些阅历，看过他一通拳脚了，就走过来，说：

"好手脚呀！亏这块地方风水好，就收留下你这等人物，我们真要感激你了！"

他拱拱手，拉老人坐下，说他应该永远感激这块地方：收埋了他的女儿，也收留了他这个流浪人。

"不，要不是你，这村就要受南村欺负了。"老人说起那场斗打，很一番赞叹他的本领，夸他是上天派来守卫这列湾的。"你这等手脚，在这商州川里，该是盖了帽儿的呢！"

老人对他器重，他也爱戴老人，他们有了交情，他常去做客，也常去村里走动。人们见了他，却觉得有些害怕，稍稍和他说话，一有争执，便都噤口了，担心他那脾气发了，动起手脚来。往往哪家小孩哭闹，做母亲的就嚷道说："'河南旦'来了！"小孩也便立时住了声。

一时间，他成了传奇式人物，远近传说着他的厉害，说他拳头曾经打死过一头小牛，说他一脚踢断过一株碗口粗的树，而且还说他脊背上长有三根森毛，一发起怒来，那森毛就如钎一般竖起来了。所以，一班年轻人就来拜叩在他的门下，要学拳脚，他却一概不教。那些年轻人在他练拳时偷偷看上几路，有的竟懂得了一点，就出去吹嘘；往往在什么地方起哄，对方要动起武来，他们只消说句："来吧，跟我师傅'河南旦'学了两年，正愁没用场哩！"对方就不敢动弹了。

在相当一段时间里，这个列湾村再无人敢惹，远近的小偷也没有敢来偷东摸西的了。

八

他威信一天天提高起来，村里人不断来他草棚里。最多的，除了来举和那个六十多岁的老人，就是李队长和谢队长了。

列湾村原本一个李姓，在老爷的老爷手里，是兄弟三家，后来就繁荣起来，到了几十家。但是，随着解放后不断地有外姓人迁来，有姓刘的，姓谢的，姓王的，拢共发展到了几十户。多少年来，一直是李姓左右列湾，所以，大小干部都是姓李，出外当兵的，招工的，也都是李姓。吃公家饭的聚了窝儿，外姓人慢慢由不满而联合起来，加上李姓能干的青年都出外去了，外姓的年轻人发展上来，干部的队伍里有了变化，劳力实力上也有了变化，因此，就和李姓抗衡起来，势均力敌了。这几年来，李队长代表老户，谢队长代表新户，两人钩心斗角，一直闹得很激烈。如今瞧着这位"河南旦"是个人物，就都一下子热情起来，向他讨好了。

先是李队长找着他，凡是村里谁家有红白喜事，总要嚷着要他也去。在酒席上，借着别人的酒，大碗小碗地灌他，然后就要求他当众耍一套拳脚。他却终没有去耍，但也不愿恼了谁。

这一天，村里来了一个讨饭的女人，领着三个孩子，大的十五，是个毛头姑娘，小的是两个男孩。那女人病了，躺在关帝庙里，三个孩子沿门讨要，那姑娘羞羞答答，每次指使两个男孩去；讨要下了，她送回庙里来。他立时眼里有些潮了，跑回家去，将自家笼里的馍拿了五个送了那母子。李队长笑他这般慈善，他说他想起了叶叶，他的叶叶跟他流浪那几年，他耍拳脚，孩子收钱，先头日子，她不好意思去收，他曾经打过她，孩子就哭了三天，他从此悔恨自己了，巴掌再也不落到她身上，也不让她去收钱。他说着，眼泪就流下来了。李队长也陪着他叹一口气。等又一次回到他的草棚里的时候，李队长却突然向他道起喜来了。

"什么喜？"他莫名其妙起来。

"这真是有了缘分！"李队长说，"我看出来了，你是对那娘儿们有了好感，那女人虽然有病，但那是伤风感冒了，人毕竟年轻，精干。何不就将她留下，也有个铺床暖被的！"

他一时脸色赤红，指着李队长骂起来：

"你真是满口喷粪！人家孤儿寡母的，正在难中，你不同情，还这般糟蹋人家？！"

李队长赶忙赔着笑脸，说他并无别的歹意，只是关心他罢了。他看出李队长脸上的真情，末了便不再言语，将头勾下了。

他自从贤妻去世以后，已经独身十多年了，先还有叶叶给他做伴，倒不寂寞，叶叶死后，也想过找一个老来伴侣，但有所顾忌，心想一个流浪人，谁肯嫁给他呢？这事就搁置下来。如今听了李队长的话，心下有些动了，又一想那女人一身重病，三个孩子又那么小，他面有难色了。

"算了吧，我才在这儿安下脚……再说，已经是五十多岁的人了。"他说。

"正是年纪大了，才需要个照料你的。"李队长说，"这么一来老婆也有了，孩子也有了，你便是一家人过活！他们的户口嘛，包在我身上，他姓谢的就是不同意，他也把我不得怎么样！"

"你说这事办得？"

"当然了，我做你的媒人。"

"那我怎么谢你呢？"

"先别谢，等咱们一道把他姓谢的治住，成全了你的好事了，再谢吧。"

他看着李队长的脸，笑了。他明白了李队长的用心：不是可怜他的孤单，而是要拉他对抗外姓人家。就说明日再具体谈吧，打发李队长走了。但在这天晚上，他偷偷去了关帝庙里，塞给了那要饭女人二十元钱，让他们赶紧离开了村子。

九

后来，来举就来得更勤了，今日抱一捆柴草，明日送一篮青菜，每次都说是谢队长让拿来的。这年冬天，谢队长来了草棚，征求他对列湾村的看法，他只是吭吭叽叽说不出个囫囵。谢队长就讲了李姓各家的情况，各人的历史，说这李姓人欺外，当年不让他入户，就是李队长使的鬼。末了，就又给他提起亲来。女的是一个姓冉的妻妹，现年四十岁了，害过心脏病，一直没有结婚，如今病有了好转，提亲的很多，但有的人嫌她不能生娃而罢了，有的倒谋算，却是女的看不上眼呢。

"我给你俩拉拢吧。"谢队长说。

他当下便推托，说年龄相差大。谢队长就数说了他一通：世上只有女的嫌男的老，哪有男的怕女的小？牛吃草也图个嫩呢！他无奈，被拉去相那女的，那女的果然年轻，人才也十分清楚。女的早听说了他的为人，当下应允，他却随门走了。谢队长撵出来问他的意见，他只是摇头：

"不中！"

"不中？"

"不配！"

"不配？"

"这号人不是属于我这等人的。"

"好个'河南旦'！你眼睛长到眉毛上去了？人家没牵没挂，无嫁无寡，那么个年纪，那么个脸蛋，说句实话，人家和你走在一起，对得起观众，你倒还不愿意？！"

他哭笑不得了：

"哪里！我这么大了，又黑又丑的，一个白菜叫猪拱了？！我又浪荡惯了，不会体贴人家，我是万万不可作这个孽的！"

这使谢队长目瞪口呆。事情又没能成功，村里一时传为笑话，说他太傻。

十

两次婚姻都没有成功，村里再无人给他说媒了。他孤零零住在草棚，一天三晌干活，早晨晚上在沙地练拳。两个队长走马灯似的来找他，他只是热情招呼，很少说话；两个队长就渐渐脚步儿来得稀了。

这一年，列湾的户族斗争越发激烈了，先是各户族互相攻击对方，而又竭力包庇本户族的不是。李队长和谢队长便你拆我台，我捣你鬼，意见从未达到过统一。如此闹闹哄哄了一阵，都无心去搞生产；人哄了地，地便哄了人，麦季粮食上场，邻近几个村子都是丰收了，他们却比去年减少了三成。社员们纷纷有了意见，开始不满起这种状况，不满起李队长和谢队长，他们需要有粮食吃！

麦收一毕，村子里就吵吵起改选的事来，连续开了三个晚上，新队长却没有选出来。李姓人选出李老五，外姓人坚决不同意，他们要选出刘夕山，李姓人却通不过。有人便提出还是老规矩：各户族选一个吧。他站起来发了言，他一直是蹲在会场角落不吱声的，实在看不下去了，说：

"要是凑合，那还不如让老李、老谢再干着，选队长，不是选族长，务庄稼是个实实在在的事情，再这么下去，明年咱的嘴就都吊起来了！"

人们都不再说话，觉得说得有理。有人突然一拍大腿叫道：

"有了，有了，不是现成的队长在眼前，还选什么？"众人忙问是谁？那人指着说：

"咱'河南旦'嘛！李队长没有拉走过他，谢队长也没有拉走过他，他无牵无挂，正好操心在生产上了！"

人们都一哇声地喊叫同意。这是他万万没有想到的事，当下就拒绝了。理由是他才来乍到，情况不熟悉，生产没经验，横竖不干。村里人只得遗憾，只好选上了来举。来举和谢队长关系好，李姓人还是有意见，他就提出再选出两个副队长：一个是那个六十多岁的老头，一个是他；老头负责管生产，他负责主持公道。人们就同意了。

第三章

十一

来举当上队长以后，小伙劲头很足，生产上请教老头，是非上依靠他，生产队的工作很快有了起色，但远近人提起列湾的队长，却总是提说他一人。他无所不管，无所不敢管，虽然这次得罪了李姓，但下一次，说不定为李姓又坚持了正确。所以，天长日久，两姓人都服他，虽有个别人忌恨，也是理不过他，力不过他，暗暗咬牙而已。

新班子干了一年，人心慢慢齐起来，一般情况下，再也不分什么李姓、外姓了。这时候，他辞了职，自个儿又是一身清闲了。

在草棚里没了事情，不免就寂寞起来，有人劝他养养花草，喂喂鸟儿金鱼，但他不是侍弄这些玩意儿的角色，却偏偏喜欢起喂猪了。

他喂的不是肉猪，也不是母猪，是一头强悍的公猪。

这原是一个猪贩子从山外买来的，卖给过好多人，但猪的性情暴躁，再高的围墙也能拱倒，三四个小伙按不倒它，还常常咬伤人。他便将它买下了。事情也很出奇，那猪到了草棚，温顺得像只猫儿，叫走才走，让卧便卧，他爱怜得如一口人一样待它。

公猪长得极快，半年以后，就有小牛犊一样大了，便开始了配种。在这以前这一带没有配种的公猪，人们在母猪发情的时候，要拉到十五里外的镇上猪场去。如今有了种猪，便像宝贝一样地稀罕起来了。他也很是得意，越发伺候这喑哑牲畜：每顿吃饭，他就多做一份，自己吃半锅，半锅倒给猪。常常猪吃完了，他忍不住又将自己碗里的倒给它。一有空闲，就把猪放出圈来，用手去抓它的痒痒，那猪也通了人性，稍一接触，就四蹄展开卧在那里了。

村里人都取笑开他了：

"这猪是'河南旦'的一口人了！"

"是他的媳妇！"

"怪不得以前别人给他说亲他都不允！"

他听了，并不回骂，还是当着人面，夸这猪好，说每天晚上，这猪能给他守家，只要有人来，猪就哼哼叫；有一次他病了，猪竟一整天卧在他身边，一步都不肯走呢。

后来，他就把猪拉进屋里来住，那牲畜也算干净，不在家屙，不在家尿，天一黑，就钻进屋角的草窝里卧下。他下地回来，吃罢饭了，喜欢把猪拉上到沙地去，猪在河边拱着湿沙，他就在一旁练起拳脚。

附近几个村子来给猪配种的人慢慢多起来，他就不大下地做工了。配次种，他收费一元，又快又便宜，没配上又绝不收费。不长时间，声名就传远了。十五里外镇上的猪场派了人来，要他到那里去干事，他谢绝了，说他不是专门干这事，他喂猪，完全是为了给自己做伴，他对猪好，也是为回报猪给过他的好处。猪场的人便和他商量，提出高价买了这头种猪，他便脸色不好看起来，甚至不允许再说这话，最后竟将来人赶出门去了。

村里人开始红眼起他了，又不敢在他面前说些什么，只到处议论他是有钱的主儿。他钱倒不少，除了油盐酱醋和一天一两的酒外，三、六、九集日，都要给猪籴些杂粮豆料。余下的，就一卷一卷儿塞在什么墙缝里，有人来借，寻墙缝儿去抠；能还就还，不能还的，也不再索要，其实差不多都是早遗忘了。

但是，也就在这个时候，他吃了一场大亏，他的种猪死了。

十二

这是这年春上的事，猪连配了几天种，他怕损伤了身子，就暂不再配，在家给猪调理。中午喂过食，把猪拴在门前的树根下，自己就在炕上休息，一时疲劳，不觉迷糊过去。猛听得门外猪在哼哼了,侧耳听时,还有了轻轻的说话声。他抬头看时,大吃了一惊,原来是列湾村几个人拉来了一头母猪,在那里偷偷配种。他正要扑出去叫骂,一看那猪已经配过,也便闭了眼睛,让他们拉了那母猪去了。第二天,他又在休息,猪又有了动静,他爬起看时,昨天那几个人又拉了一头母猪来配。他一时气恼,悄没声儿出来,那几个人正低头拉猪,全然没看见他,他过去拉住了一个衣襟。那人回头一看,"啊"的一声,别的早拔脚就走;他伸出手来,一个耳光子就要扇下去了,却变成一个指头,在那人额上轻轻点了两下,说:

"你真欺人太甚,昨日偷着配种,今日你又来了,那种猪吃得消吗?"

那人"哎哟"一声,捂脸就走,他叫了一声:

"慢着!"

那人定定地站住了,下腿软下去,要磕头求饶了。

"把你母猪牵回去!"他说,看也不看那人一眼。

那人回去以后,当天晚上,额头红肿,暴起酒盅大一个青包,整整半个月,羞愧得没有出门。他听说后,觉得有些那个的,在集市上称了一斤挂面,要去那家看看。可是,走到村口,他又回来了,将那挂面全都煮熟了,倒在了猪盆里。

一个月后,他放猪到河边啃草,猪却吃了毒药,吐了一堆白沫,死掉了。他得知是村里那些忌恨他的人下的药,但苦于没有证据，只是一句话说不出来，将种猪背回草棚里去了。

整整三天，他没有出门。在这块土地上，他又失去了陪他伴他的一条生命；他大声痛哭了一场。村里那些相好的都来劝他，要他不必太伤心，好歹把猪杀了，卖了肉，还能赚回一些钱来。但是，他没有言语，死猪一直在家放过五天。到了第六天天明的时候，人们看见他背了死猪，默默地走到棚前的沙地，挖下了一个两丈多深的大坑，将猪埋葬了。

十三

他一下子变了。再不去买猪，从此也再不吃猪肉了。

他除了有时上地干些活外，就回到他的草棚里坐着。一个人，一坐那么半个小时；天黑了，就爬上炕去睡觉。家里收入一天不济一天，炕上的被褥便破得不能再盖，只好将褥子拆了，补在被子上，冬夏睡那光席。枕头也掏空了，补了被子，枕起了石头。

他开始在沙地上刨起了沙坑，一担一担从坡根挑了红黏土搅了，在里边种上蓖麻、南瓜、青菜、辣子。秋天里，竟意外收获了。南瓜吃不完，就用刀切了片儿，拿绳子一串一串挂在墙上，吊在屋梁上。

这样，又过了一年，他彻底不下地劳动了。没有了工分，队里想五保了他,他坚决不接受,只吃那人八劳二的八成粮,以那瓜菜打补,日子也算过得清静。

可那拳脚,他是从来不敢停下不练的,沙地是他的天地:三九寒日,他穿着单衣在那里跳动,三伏烈炎,又光着膀子在那里踢打。常常长坪公路上的行人就围过来看,对老汉的武艺着实赞赏。慢慢,从远地就来了一些年轻人,要拜他为师。他先是推辞,末了,架不住纠缠,又觉得自己年事大了,不可丢失了这身本事,就留下了三个小伙子住在草棚。后来,列湾村李姓和外姓又来了两个小伙,他便成了大教师,一个心眼传授武艺了。

带起徒弟,他再不是平日那种忧郁孤独的模样了,一声吼叫,徒弟就得在地上翻跟斗,他不叫停,不准停,谁要停了,就拿一根枣木棍在腰上抽打。先后有两个被打哭了,说:

"你这么打人?我在家我妈我爸都不打我哩。"

他脸色铁青,吼道:

"你妈你爸却不会教你本事!"

那两个终吃不下苦,告辞回家去了。另一个外地人学了本事,他送着去考进了省武术队。只剩下列湾村的两个了,一个是原先李队长的儿子李强,一个是来举的姨表冉六。

李强、冉六跟着他学得一些本事,先还规规矩矩,后来就张狂起来,在村里耍起威风。他教训过几次,却屡教不改,便藏着真本事儿不露了。

李强、冉六慢慢看出他的用心，便也不再投师，回到村里，越发变得无赖泼皮一般了。秋天里，北山葡萄丰收，山民日夜运葡萄往县酒厂送货，李强和冉六就在一个晚上拦路抢了一担。事情发作后，县公安局来了人，将他们拘留了半年。

这半年里，他一下子衰老了许多，觉得没脸见人，对不起这块土地，也觉得这块土地不再是他怜爱的了。他突然十分地思念起他的河南老家，终在一个没有星光的夜里，锁了门，悄悄地往东出了武关，回河南去了。

第四章

十四

人们议论纷纷，都说他不再回来了，而且传来消息，说他死在外边什么地方了。但是，半年以后，他却回来了。

列湾的人几乎都吃了一惊，半年时间，老汉瘦得如此模样，裤管已经烂成条条，褂子磨破了袖肘；头发几个月都未剃了，高高挽了起来；胡子也不清理，脏乱得如一片茅草。他几乎没有了言语，行走，端坐，那眼光终是瓷呆，那么一个时辰，两个时辰，脸上不动一条皱纹，嘴唇不肯绽一丝微笑。

一个一直处于新闻地位的人物，如今悄悄地缩在他的小草棚里，蹲在他的瓜地里，人们几乎要遗忘了他，遗忘了住着他的这小河东边的沙地。

一切都寂静了，这是他所盼望的，也是他感觉到正常的。他常常去女儿的坟头拔掉那长上来的草，也去那种猪的葬地补上被田鼠扒下的土。夏天热了，他依然光着膀子，在沙地上活动筋骨，偶尔见着一条什么虫，立即就猜想这一定是他当年从蚂蚁口中救出的那条虫，于是，对着太阳下的黑影，作着长时间的思索，却始终不知道想了些什么。

一个冬天过去了，一个春天过去了。也就在这个夏天，他的草棚门前的长坪公路上，开始日夜有学生们走过。那是戴着袖章，背着行李，唱着歌子的；有时就夜里睡在他的屋里、檐下。有好奇的，看着他的样子古怪，为他画一张速写，叫他"原始人"；然后送给他一枚像章，在墙上刷一行标语，就走了。

他用了十天工夫，在路边砌起一个偌大的厕所，让愈来愈多的过路人在那里解手，然后就一桶一桶挑了粪水浇灌在他的瓜菜地里。

夏天、秋天雨水极好，瓜菜获得空前的丰收，他顿顿都是熬南瓜粥，又晒干了十几串瓜片，而且打了各种瓜籽、菜籽，三、六、九日便在集市上摆起小摊子出售了。

十五

这一天,他正摆了各种各样的菜籽在集市上出卖,突然敲锣打鼓,从街的两头拥来两队人马,先是在那里大声叫喊,说一些使他不清楚的话。末了,两队争吵起来,愈吵愈烈,竟对打起来。一时集市大乱,人们纷纷逃散,他一时顾及不到,人流从他的货摊上踏过。等他好不容易收起籽种,那品种已经混杂不能再用了。他一时气恼,骂了一声,嘴便被人捂住,回头一看,正是来举,低声说道:

"这是'文化大革命'哩!你还敢胡骂?"他不管什么文化革命不革命,可这辛辛苦苦收成的菜籽混杂了,一下子却要丢了他几十元钱!他越想越生气,当众将那菜籽往空中一扬,直挺挺地回家去了。

从那以后,这地面不安宁起来,常常就听到哪儿又武斗了,打死了什么人,哪儿又动了枪炮,炸毁了什么房屋。集市是不可能照常开业了,他吃饭用的油盐酱醋,也得三次四次地去商店购买。那些瓜果蔬菜吃不赢,又卖不出,就尽量让往老里长。那些南瓜,黄澄澄地滚了一河滩,他又怕谁来偷摸,就日夜待在沙地,在那些特大的瓜身上,用指甲抠出一些"十"字,作为记号。

这天,他正在一个瓜上抠"十"字,觉得有人走近了他的身边,抬头看时,竟是李强。小伙子比先前更加健壮,虎背熊腰,穿着一个马褂,背心上印着一片红字,一条宽皮带紧紧系在腰上,斜插着一把手枪,当下唰的一下,跪下一条腿来,双手当胸抱一个拳,叫道:

"师傅,徒弟看望你来了!"

他并没有惊喜,身子依然蹲在那里,脸上的肌肉一动未动,低头又在细细地抠那瓜上的"十"字了。

"师傅,徒弟对不起你。可那已经是过去了,我现在为你争了光,是造反队头头了,我手下有三百个人马了!"

他站了起来,看着李强,小伙子给他笑着。

"你做了头领了,我向你祝贺!"他说,"可我不是你的师傅,你也不是我的徒弟,你来干什么?"

"我来动员你参加'文化大革命'。"李强说。

"'文化大革命'?"他想起他那一摊菜籽,他想起这上不成了的集市,那死了人、毁了房的传闻,他咬了咬牙,两个肉疙瘩从胳膊上凸起,运着上升,又缓缓地下来,平复了,说:"是当土匪吗?"

"是造反,师傅!"李强说,"你不能不关心国家大事。如今列湾村全闹起来了,李姓的和外姓的又分成两派,那个冉六,他背叛了你,打伤了我们好多人,你来帮我们吧,只要你来,我们让你当总指挥,那外姓人就会全完了!"

他终于明白了李强拜望他的目的，当时就哈哈笑了，猛然冷了脸面，硬倔倔地说：

"你是英雄，你去干吧，我老了，谁也别想把我从瓜地里撑开！"

说完，头也不回地走了。

十六

从那以后，他发现他的那些瓜一天比一天少了，他以为是那些放牛娃偷去的，后来发现那些瓜全被刀砍成两半，抛在沙地上，他才明白是有人在暗算他。一连三天，他守在地边，看看到底是谁使鬼。但是，三天里，狗大个人也没有，而冉六却来得勤快了。每次来，给他背一口袋面粉，他有些疑惑，横竖不收，冉六好言相劝，总算感动了他，收下了。

冉六的面粉还没吃完，他渐渐就听到了风声：冉六到处在宣扬他是他们一派的指挥，警告李强那一派，再不老实，就小心被赶出村去。到这时候，他才明白那瓜定是冉六一伙糟蹋的，自己是上了他们的当了。就在冉六再来时，一顿臭骂，将他赶出门去了。

但是，列湾的武斗连闹了几场，李强的那一派果然被赶出了列湾。他们却在镇上、县上联合了一伙人攻了几次村庄，但都没有得逞。终日里,这儿响几枪,那儿响几枪,人们差不多都吓慌了,闭门待在家里不敢出来,只有他照样务弄他的瓜菜,眼见得那些小瓜、嫩瓜又一个个熟大起来了。

这天黄昏,他才吃过晚饭,天很热,就走到柳树下,剥了衣服铺在沙地上睡着了。迷糊间,他发现有一些黑影在草棚后一闪,就不见了,心里狐疑起来,揉揉眼睛,正寻鞋穿上要站起来,突然有人一下子抱住了他。他大吃一惊,翻身要起,来人就下死劲往下按,同时将屁股往上掀。他一时挣扎不起,着忙间从胯下瞅定一条腿用力一扳,有人咚的一声倒了下去,随即将那掀屁股的人手指用力一夹,立起腰来,看清被夹住手的正是李强,扳倒在地的汉子却不认识,坐在地上抱住脚"哎哟"。李强弓着腰,身已无力,向后挣脱,又不能脱了,千声万声地求饶。他叫道:

"你这个小王八!你要谋害我吗?"

"哪里,哪里!"李强哀求道,"我是想来让你参加我们造反队,怕你不去,才这么强行来抢……"

他嘿嘿地笑了一笑,说句"倒要看看如何来抢",就当着几个来人,在沙地上夹着李强的手指转了一圈。突然一松劲,李强一个后趔趄,倒在地上。他站在那里,叫道:

"李强,你个好小子,我真算瞎了眼,教过你这等徒弟!"李强不敢答话,拧身就走。他火爆爆吼了一声:

"站住!"

李强站住了。

他说:

"是我教了你两下拳脚,才使你成了乡里一害,这我有罪。我今日要叫你老老实实为人,先打瘫你一条胳膊!"

他从地上摸起了一块石头,正要打出,李强突然一转身,叭的一声。

一枪打在了他的腿上。他倒在沙地上,血汩汩地冒了出来。

第五章

十七

一场"文化大革命",终于结束了。

"文化大革命"带给列湾的是大片大片荒芜的田地,是打死了三条人命,毁了十间瓦房,是依法逮捕了李强,是他从此残废了一条腿,走起路来,一瘸一跛了。

他老早就预感到自己的不好结果,如今仅仅残了一条腿,却从此使他平静下心来,醒悟了一切:该是他与多半生的历史告别,安安然然过他的晚年的时候了。

正月十五,是叶叶的生日,夜里,月亮很好,他跛着脚第一次去村里请来了老少,他破费打了烧酒,做了南瓜干菜,给大家敬酒了。一巡酒后,他捧起了黑瓷碗,灌下半碗,就丢剥了袿子,对大家说,他一是要向各位致谢在他受伤后的照顾,二是要当着众人面,为他们表演全套拳脚武艺。说完,便在月下做起手脚,一时挥刀舞剑,弄枪使棒,飞石打鸟,击掌破砖,一宗一套,一招一式,使人看得眼花缭乱,末了,单手举起柳树下一块筐大的石头抛上接下,如皮球一般摆弄,人们掌声四起,齐声叫好。正精彩着,突然他噗的一声,跪倒在沙地,向众人作揖作拜,大伙慌乱扶他起来,他已经泪流满面了,说:

"今日逞着酒劲,给大家献艺,我是让大家看看我的本事,虽然我不是夸口卖嘴,但在这商州川里,没有人敢来和我比试。如今李强伤了我的腿,我还可以对付像他那样的四五个小伙哩。但是,这是我最后一次动拳脚了,今日当着大家面,在我叶叶的坟头,我将永远不是往日的'河南旦'了!"

说毕,就用石头砸了钢刀铁剑,折了手槌木棒,又捣了石锁石柄,掘起一个坑来,将这些残铁碎木丢在里边,又搬来了一大块青石头,写上了自己的名字,丢在底部,突然大放悲声地号哭起来,谁也拉不动,谁也劝不下,哭叫中,动手用土埋葬了。

十八

他彻彻底底地是一位农夫了。农夫的装束,农夫的言词;头发再不蓄起,剃了光头;留起满口胡须;再也不扎那裤管,穿起那大裆裤来,时常也往上提着腰,以至裤腰又反耷拉下来。他关心着沙地上的每一苗菜,每一颗瓜,拄着拐杖担粪,锄地。

生产队又一次提出五保他,让他没吃的,就来队上领,没烧的,就去大场上抱。但是他不,依样烧那晒干的草,依样每天一半粮,一半瓜。

他身体一天一天消瘦起来了,脸上出现了黑斑,头发、胡子全然灰白。到了二三月,青黄不接,饭菜更是不济,脸就浮肿起来,腰向前驼弯,而且时常腿疼,天一稍阴,就麻木失去知觉。眼见得瓜菜地里荒了草,也没多少气力去务弄了。

来举到他家来了几次,这来举"文化大革命"中就下了台,还念叨着老人的好处,看他可怜,要接他入他家的户口。

"我不去。"他说。

"到什么时候了,你还硬气什么,瞧你这茶饭,这是人吃的吗?"来举说。

"这是我劳动来的!"他说,"我就那么贱,就那么爱吃好的?!"

他酒瘾犯了,一分一分攒够了钱,就去酒店,买上一两,那么咕嘟一口，转身就走。久而久之，那口比秤还准，若不够数，就非一场大吵不可，但若一口未喝完，他放下碗，抬脚就走了。

他已经多半年没有吃到什么肉了，猪肉是忌食的，牛羊肉又没钱买，就提了裤管，在水塘里摸那田螺。有谁瞧他可怜，下塘帮他来摸，他一言不发，就从塘里出来走了。

他成了一个幽灵，出没在小河东边的沙地上，人们都说这老汉是疯了，谁也不敢找他聊些闲话；人们要遗忘了他，他也要遗忘了世界，本来就荒凉的沙地，变得更有些阴森恐怖了。

十九

但是，不知就在什么时候，人们看见老汉常常扛着一张锹，在那些大大小小的路上转来走去了。村里人都相信这是真疯了，不知会干出些什么事来，却见他是在捡着路上的一块一块石头，放在了一边，将路面上的坑坑洼洼一锹一锹铲土垫平，提着一筐碎石，支稳着每一道木桥下的每一根木板。

后来，他就坐在了草棚门前，面前安放着一面大青石板，摆着三个瓦盆的凉茶。那其实不是茶，是凉水里羼了浆水，供过路人渴了来喝。他不收钱。行路人喝一碗，给他钱，他摇摇头；人家向他道一声谢谢，他就回一声谢谢。他让人写了一个木牌插在那里，上面写道："舍茶不要钱"。

差不多就在这个时候,他病倒了,浑身疼痛,不断咳嗽。他除了一天三顿爬下炕做些饭外,其余的时间,就躺在那里。但是,那门前的凉茶,每天做饭时,一定要出去装满的。

睡了三天,又睡了五天,列湾人偶尔发现那沙地上没有了他的身影,便感到有些蹊跷了。等赶到草屋看时,他已经趴在那里,有出的气,没有入的气了。

消息传开来,人们一下子突然想起了他的好处,都觉得这老汉并不是一个使人盼着死去的人,拿着礼物来看望他了。

他躺在那里,眼睛深深地陷下去,眼屎糊了眼角,嘴唇已经看不见了,那毛乎乎的胡子,深深包围着一个可怕的黑窟窿。他面对着人们,脸上肌肉抽搐着,感到痛苦和愤怒,他不希望人们这样对待他,他想悄悄静静地这么死去,倒惊动得人都来,是对他的羞辱和惩罚!他大声叫了一下,要人们都出去,却累得一口气泛不上来,直翻白眼。

来举和新任队长站在他的炕前,给他说:

"'河南旦'叔,我们已经研究了,明日队上负责就把你送到县医院去。"

"不,不,"他说,"你们要待我好,就不要让我离开这块地方。这里有我的叶叶,有我的种猪,有我的耍艺家什,有我的瓜……"

"去医院住上一段日子,你的病就会好呢。"

"我这就很好。我不要花队上的钱。我是光着手到这沙地上来的。我要去了,我不会留下什么,也不想带去这里人的咒骂。你们快走吧,都走开吧!"

来举和队长没有一点办法,只好退出来,他们决定,无论如何,明日一早就送老汉上县医院。

二十

可是,就在这天晚上,草棚突然失火了。

火势很大,火光映红了整个沙地,列湾人从睡梦中惊醒,赶来救火。那草棚已经烧红,人不可接近,很快,大梁就垮下来了。等扑灭了火势进去看时,棚内荡然无存,除四堵土坯墙外,什么都成了灰烬。"河南旦",可怜的老汉就蜷缩在土炕上,已经烧焦,曲作一团,模样不可辨了。

人们都在推测火因,各有各的说法。

有的说:是有人给老汉放的火,可怜他到了晚年,残了一条腿,又这么个下场。

有的说:是老汉爬下来烧水,灶火口蔓出火来,引着了柴草,他爬不起身去扑灭,才落得这么人死屋烧。

有的说:什么原因都不是,一定是老汉自个放的火,他怕队里送他去医院,就打翻了油灯,点着了被褥,引起了火。

众人都觉得后一种推测有理,但是,人们终不能理解他的,是他为什么要这样呢?

人们只好长叹一声,随手推倒了四堵墙,把他掩埋在里边了。这是一个特殊的葬礼,没戴孝,没哭声,当然没有后辈人为他摔孝子盆。只是埋葬毕了,才发现那公路边的石板上还放着三个瓦盆,里边盛着满满的凉茶;人们一起动手,将盆子摔在他的坟头了。

从此,小河东边的沙地上,又恢复了往昔的荒芜:芦苇依然没有蔓延成片;沙地上那一片一洼的瓜菜地,长满了老鹳草;小河又溢了一次洪水,流沙漫了过来,漠漠的又是黄沙的世界;偶尔在那些草丛边,有什么虫子受伤了,就会被一群蚂蚁围住,一直叮死,拉进蚁洞里去;各种各样鸟兽的蹄印重新出现,夜里又听见有狼在嗥,如婴儿啼哭一般。

但是,老汉的死,老汉的沙地上的四个坟墓的故事,却又一次流传开来,而且流传的地域更广,流传的时间更长。远远近近的好事者都跑来看那现场。每当长坪公路上的汽车开过这儿,司机就停下来,让旅客观赏一番,议论一番,都说这是个传奇的人物,传奇的故事。

于是乎,列湾村声名大振,到处都知道商州川里有这么个地方了。

天狗

井

如果要做旅行家，什么茶饭皆能下咽，什么店铺皆能睡卧，又不怕蛇，不怕狼，有冒险的勇敢，可望沿丹江往东南，走四天，去看一处不规不则的堡子，了解堡子里一些不规不矩的人物，那趣味儿绝不会比游览任何名山胜地来得平淡。

《旅行指南》上常写：某某地"美丽富饶"。其实这是骗局，虽然动机良善可人。这一路的经验是，该词儿不能连缀在一起：美丽的地方，并不如何富饶，富饶的地方，又不见得怎么美丽，而美丽和富饶皆见之平平的，倒是最普遍的，也是最真实可信的。这堡子的情形便是如此。

之所以称作堡不称作村，是因早年这一带土匪多，为避祸乱，孤零零雄踞在江边的土疙瘩塬上。人事沧桑，古堡围墙早就废了，堡门洞边的荒草里仅留有一碑，字迹斑驳。暮色里夕阳照着，看得清是"万夫莫开"四字。居家为二百余户，皆秦地祖籍，众宗广族，却遗憾没有一个寺庙祠堂。虽然仍有一条街，商业经营乏于传统，故不逢集，一早一晚安安静静，倘有狗吠，则声巨如豹。堡子后是贯通东西的官道，现改作由省城去县城的公路，车辆有时在此停留，有时又不停留，权力完全由司机的一时兴致决定。

路北半里为虎山，无虎，石头巉巉。石头又不是能燃烧的煤，所生梢林全砍了作炭作柴，连树根也刨出来劈了，在冬天长夜里的火塘中燃烧。生生死死枯枯荣荣的是一种黄麦营的草，窝藏野兔，飞溅蚂蚱，七月的黄昏孩子们去捕捉，狼常会支着身坐在某一处，样子极尽温柔，以为是狗，"哟，哟，哟"作唤狗的招呼，它就趋步而来；若立即看见那扫帚一般大的拖地长尾，喊一声"是狼！"，这野兽一经识破，即撒腿逃去。

丹江依堡子南壁下哗哗地流，说来似乎荒唐，守着江，吃水却很艰难。挑水要从堡门洞处直下三百七十二个台阶，再走半里地的河滩。故一到落雨季节，家家屋檐下要摆木桶，瓷盆，叮叮当当，沉淀了清的人喝，浊的喂牛。于是这二年兴起打井，至少十丈深，多则三十丈。有井的人家辘轳扭扭搅动，没井的人家听着心里就空空的慌。

有井的都是富裕户。富裕的都是手艺人家，或者木匠，或者石匠。本来人和人差异是不大的，所以他们说不上是聪慧，也不能说是蠢笨，一切见之平平的堡子既没有得天独厚的条件发展经济，又没有财源茂盛通达四海的副业可做，身怀薄艺倒是个发家致富之道。打井，成了新兴的手艺人阶层的标志，是利市，是显富，是一项伟大的事业。

打井的李正由此应运，数年光景，竟成就了专有的手艺，为别人的富裕劳作而带来了自己的富裕，井把式日渐口大气粗，视自己的手艺如命符。又曾几何，故作高深，弥布神秘，宣布水井三不打：不请阴阳先生察看方位者不打；不是黄道吉日不打；茶饭不好、工钱低贱、小瞧打井把式的不打。俨然是受命于天、降恩泽世的真人一般神圣。

堡子里的人没有不对他热羡的，眼见着他打井如挖金窖，好多父母提了四色重礼，领着孩子拜师为徒。这把式，却断然拒绝。

"这饭不是什么人都可吃的！"

"孩子是笨，可下苦好。"

"这仅仅是下苦的事吗？"

把式说这话，拜师者就噎住了，再要乞求，把式就说一句"我家是有个五兴的"作结。五兴是把式的独子，现在还在上中学，那意思很明白，手艺是不外传的。

把式的女人看不惯把式这样不讲情面。男人可以在外一意孤行，女人则是屋里人，三百六十五天要和街坊邻居打交道，想得就周全，担心这家人缘会倒，每日用软言软语劝丈夫，也不同意五兴废了课业来"子袭父职"。劝说多了，把式就收了天狗作徒，但有言在先：只仅仅作下苦帮手，四六分钱，技术是不授的。

天狗是穷途末路之人，三十六岁，赚不来钱娶妻成家，拜人为师，自然言听计从。此角色白脸，发际高而额角饱满，平日无所事事，无人管束，就养有逮兔、钓鱼、玩蚂蚱的嗜好，天生的不该是农民的长相和德行，偏就做了万事不如人的农民。

六月初六，不翻历书也是个好日子，师徒二人往堡子东头胡家打井。头天晚上，女人就点了一支蜡烛在中堂，蜡烛燃尽，突又绣出一个小小的烛花胎柄，心里兴奋，清早送师徒出门，却又放心不下叮咛一番，说话间，眼泪就扑簌簌流出来了。

天狗看见师娘落泪，心里就怦然作跳，默念这是一尊菩萨。三十六年来他虽是童男身子，什么事理心上却也知晓，明白这女人的眼泪一半为丈夫洒的，一半却是为他。师娘待他总是认作没有成人的人，一只小狗。他就圆满着师娘的看法，偏也就装出一脸混混沌沌天地不醒的憨相。

果然师娘说:"天狗,你是'门槛年'呢……"

没事的,天狗说他腰里系有红裤带,百事无忌。"师傅是福人,跟了他天地神鬼不撞的。"

在胡家,师徒坐在土漆染过的八仙桌边,主人立即捧上茗茶,两人适意品尝,院子里的气氛就庄严起来。一位着黄袍的阴阳师,头戴纸帽,手端罗盘,双脚并着蹦跳,样子十分滑稽。天狗想笑,看师傅却一脸正经,笑声就化作痰咯出来。阴阳师定了方位,便口噙清水,噗地喷上柳叶刀刃,闭目念起"敕水咒"来。咒很长,主人在咒语的声乐里洒奠土地神位,师傅就直着身子过去,阴阳师问:"有水没?"师傅答:"有了水。"再问一句:"什么水?"再答一句"长江水。"哐的一声,师傅的镢头在灰撒的十字线上挖出一坑。天狗寻思,堡子就在江边,什么地方挖不出水?!心里直想笑。

以十字灰线画出直径二尺的圆圈,挖出半人深,这叫起井,不能大,不能小,圆中见手艺,由师傅完成。完成了,师傅跳上来在躺椅上平身,喝茶吸烟,天狗就下去按师傅的尺码掘进。天狗手脚长,收缩得弓弓的,握一柄小镢,活动的余地太小,成百成千次用力使镢,很不得劲,是一项窝囊的劳作。越往深去,人越失去自由,像一只已吐完丝的蚕,慢慢要将自身裹住气绝作蛹。下深到三丈五丈,世界为之黑暗,点一盏煤油灯在井壁窝里,天狗的眼睛渐渐变成猫的眼睛,瞳孔扩大,发绿的光色,后来就全凭感觉活着。

洞上的院子里,许多四邻的人来看打井。把式交识的人广,就十分忙,忙着喝茶吃烟;忙着讲地里的粮食收得够吃,要感激风调雨顺,感激现今政府的现今政策;忙着论说水井的好处,哪个木匠的井是十五丈,哪个石匠的井是二十丈,滚珠轳辘,钢丝井绳;忙着和妇女说趣话,逗一位小妇人怀里的婴儿,夸道婴儿脸白目亮,博取小妇人的欢悦。总之,有天狗这个出苦力的徒弟,师傅的工作除去起井和收井的技术活外,井台上他是有极过剩的时间和热情来放纵得意的。

天狗在井洞里做死囚的生活,耳朵失去了用处,嘴巴失去了用处;为了不使自己变得麻木,脑子里便作各种虫鸟鸣叫的幻觉来享受。虫鸟给他唱着生命的歌,欢乐的歌,天狗才不感到寂寞和孤独。企望着师傅在井口唤他,上边的却并不体谅下边的,只是在井口忙着得意的营生。师傅待天狗不苟言笑,用得苦,天狗少不得骂师傅一句"魔王"。停下来歇歇,看头顶上是一个亮的圆片,太阳强烈的时分,光在激射,乍长乍短,有一柱直垂下来,细得像一根井绳。天狗看见许多细微的东西在那"绳"里活泼泼地飞。他真想抓着这"绳"也飞上去。天狗突然逮到了一种声音,就从地穴里叫道:

"五兴,五兴!"

五兴是从县城中学回来的。学校里要举办游泳比赛。这小子浮水好,却没有游泳裤衩,赶回来向爹讨要,打井的把式却将他骂了一顿,说要水还穿什么裤子,真是会想着法子花钱!

"念不进书就回来打井挣钱!"五兴在娘面前可以逞能,单单怕爹。当下不作声,蹲在一边嘤嘤地哭。

天狗的声沉沉地从井洞里出来,把式就吼了一声:"尿水子在流?!"自个下井去换徒弟,又嚷道井筒子不直。

天狗从井洞里出来,像一具四脚兽,一个丑八怪,一个从地狱里提审出的黑鬼。五兴一见他的样子,眼泪挂在腮上就笑了。

"五兴,你作什么哭,你是男子汉哩!"

"我爹不给我买裤衩,要我停学回来打井。"

"你爹是说气话呢。"

"爹说啥就是啥,他说过几次了。你给我爹说说,天狗哥。"

"叫我什么?我是你叔哩!"

五兴很别扭地叫了一声"天狗叔"。

大娃头满足地笑了。一抬头看见矮墙头的葫芦架上跳上来一只绿翼蝈蝈,鼓动着触器嘶嘶地叫。一时旧瘾复发,蹑脚过去猛地捉了,给五兴玩去。把式的儿子也是顽皮伙里的领袖,抓逗蚂蚱、蝈蝈之类的班头,当下破涕为笑,回家向娘告老子的状去了。

师傅又爬出井,天狗又换下去。后来井口上就安了辘轳吊土。土是潮潮的，有着酸臭的汗味。天黑时分拉上一筐来，里面不是土，是天狗坐在筐里。一出来就闭了眼睛，大口吸着空气，赤赤的前胸陷进一个大坑，肋条历历可数。

一口井打过三天，师傅照样多在井上，而徒弟多在井下。师傅照样是忙，多了一层骂老婆和骂儿子的话。骂到难听处，胡家的媳妇说："让儿子念书到底是正事，韩玄子家两个儿子都写一笔好字，在县上干国家事哩。"把式说："念书也和这打井一样，好事是好事，可不是什么人都能干的，即使书念成了，有了国家事干，那三个月的工资倒没一个井钱多哩。"胡家媳妇说："那是长远事呀！"把式再说："有了手艺，还不是一辈子吃喝？！"说完就嘿嘿地笑，奚落那媳妇看不清当今社会的形势和堡子的实际。

胡家媳妇以和为贵，也不去论曲直是非，收拾好了井台，打出一桶清亮亮的水喝了半瓢，把一百二十元的工钱交给了李正。回转身看天狗，天狗却早走了。天狗听说五兴还没到学校去，就惦记着家里那几笼红脊背的蝈蝈，要拿给五兴显夸。

天狗的家门朝西，晚霞正照射在墙檐上。编织得玲珑精巧的六个蝈蝈笼——四个是竹篾的，两个是麦秆的——一起在黄昏的烦嚣里嘶鸣。天狗喜欢这类小生命，也精于饲养，没学打井之前，他干完地里活就在家闲得无事，口也寡淡，耳也寡淡，这蝈蝈之声就启示着他自得其乐的独身生活观念。如今打井归来，舒展展地在炕上伸一个硬挺，听一曲自然界的生命之音，便深感到很受活。这实在有诗的味道，可惜天狗文化太浅，并不知道诗为世间何物。

不用找，五兴倒寻上门了。这小子学习上不长进，玩起来倒会折腾，看见六个笼里的蝈蝈唱六部散曲，心热眼馋，忘记了自己的烦恼，竟将所有的蝈蝈集中到一个竹笼里，欣赏动物界的联合演出，果然就热闹非凡，声响比先前大了几倍。

"天狗叔，"徒弟的徒弟说，"这么多蝈蝈，你能说清哪一只是母的吗？"

天狗说："能的。"

"是哪一只？"

"你去取个镜子放在那里，跳上镜面的就是母的，其余的就是公的。"

五兴乐得直叫。这时节，就听得堡子的南头有人喊"五兴"，五兴才想起要执行的任务，说："天狗叔，我娘是让我来叫你吃饭的。"

天狗说："你个耍嘴的猴精，你娘哪里是在喊我？"五兴就急了，发咒说："谁哄你叫上不成学！"天狗就换了衣服跟着去了。

到了师傅的门口，那女人果然一见儿子就骂："牛吃草让羊去撑，羊也就不回来了？！"

天狗说:"五兴就迷我那蝈蝈。"

女人拿指头点天狗的圆额角,说:"你什么时候才活大呀,三十六的人了,跟娃娃伙玩那个!"

天狗在这女人面前,体会最深的是"骂是爱"三个字,自拜师在这家门下,关系一熟,就放肆,但这种放肆全在心上,表现出来却是温顺得如只猫儿,用手一扑索就四蹄儿卧倒。也似乎甘愿做她的孩子,有几分撒娇和腼腆,其实他比这菩萨仅仅小三岁。当下心里说:

"你怎么不给我物色一个呢,有了女人我就长大了。"

饭桌上,师傅吃得狼吞虎咽。这把式是硬汉子,在妻子、徒弟面前自尊自大,一边剥脱了上衣很响地嚼着菜,一边将桌上的两沓钱,一沓推给天狗,一沓推给女人,说:"给,把这收下!"口气漫不经心,眉眼里却充满了了不起的神气。女人就把钱捏在手里。五兴给娘说:"娘,这么多钱,给我买个游泳裤吧。"做老子的就瞪了眼:"算了算了,指望你还能成龙变凤,你瞧瞧,天狗跟我三天,四十八元钱也就到了手了。"女人叹了一口气,给儿子拨了一些菜,打发到院里去吃。

天狗觉得没了意思,饭也吃着不香,虚汗湿了满脸。女人让天狗把衫子脱了,天狗不肯,女人就说:"这么热的天,是焐蛆呀?"硬要他脱下不可。

做丈夫的生了气,说:"你这人才怪!不脱就不热唔,哪儿有你这样的人!"说罢也不看天狗。

女人尴尬,天狗更尴尬,三个人默默吃了一阵。女人直担心天狗要放下碗,就把菜往天狗的碗里拨,天狗忙起身说吃好了,和师傅说话。

"师傅,堡子南头来顺家的井几时去打呀?"

"人家没口信。"

"我夜里去问问。"

"罢了,他找上门再说。你回去,到时我来叫你。"

天狗起身走了,女人送到院门口,说:"早早歇着。"天狗说:"嗯。"女人又说:"没事了,就过来坐。"天狗还是"嗯"。走出很远回头一看,女人还站在门口。

天狗回到家里,夜里没有睡稳。无论如何,他是很感激这一家人的。师傅给了他赚钱的出路,师傅的女人又给了他体贴。对于一个健全的男人,天狗不免常会想着世上女人的好处,但一切皆缥缈,是怎么个好,好到如何程度,他缺少活生生的感受。到了现在,天狗急切切需要一个女人在他身边了;虽然他已经过了生理最容易冲动的饥饿年龄。

人一旦被精神所驱使,就忘却饥饿,忘却寒暑,忘却疲劳和瞌睡。这时的天狗就达到了这种境界。他的心、脑、血液和四肢都不肯安静,就从屋里走出来,提了他的蝈蝈笼子,走到街上,要做一种是悠闲也是无聊的夜游。

街上站着许多人，清一色的妇女。妇女是这个堡子最辛劳的人，往往在服侍了男人和孩子睡眠之后，她们还要纺织浆洗，收拾柴火，或者去河边挑水。但现在好多人家有了水井，用不着再去挑水。这些妇女手里又没有什么活计，却都拿了擀面杖往堡下的江边去。天狗猛地明醒了什么，拉住一个妇女问道："要月食了吗？"

回答是肯定的："可不，天狗要吞了月亮！"

"天狗吞月"，这在当今城镇里的人眼里，只不过是平淡无奇的天文现象，这堡子里的人也多少知晓。但是，传统的民间活动，已经超越了事件本身的范畴而成为一种象征的仪式。这一现象并未失去神秘的色彩，从上古的时候起，堡子里的人都认为天狗吞掉了月亮，出门在外的人就会遭到不吉。于是妇女们就要在月亮快被吞掉之时，以擀面杖去江水里搅动，唱一种歌子，一直到月亮的复出。如今堡子的男人已不再为躲债而背井离乡，也不再逃匪乱走高飞，但手艺人皆纷纷出去挣钱，家里的女人照例很注重这一天晚上的活动。

天狗看见了几乎所有手艺人的女人。

"师娘也在这人群中间吗？"天狗想着，看着妇女们走下堡子门洞，三百七十二个台阶上人影幢幢，天狗分辨不出。

门洞上的墙垣废了，荒草里有一块长条青石，天狗在上面坐下。三十六年前，堡子里一个男人出外逃丁，九月十二日夜正逢着今夜一样的月食,堡子里的活寡女人都去江边祈祷,那逃丁去了的妻子才到江边,肚子就剧疼,在沙滩上生下一个婴儿。这婴儿,就是现在的天狗。爹娘死后,差不多已经有了好多次月食出现,天狗每每看着女人的举动,只觉得好笑。今夜里,手艺人的女人们又去江边祈祷,保佑丈夫吉祥,已经做了打井徒弟的天狗,陡然间一种伤感袭上心头。

他死眼儿看着月亮。

月亮还是满满圆圆。月亮是天上的玉盘,是夜的眼,是一张丰盈多情的女人的脸。天狗突然想起了他心中的那个菩萨。

江边倏忽唱起了一种歌声。歌声是低沉的,不易听清每一句的词儿,却音律美妙。天狗觉得这歌声是从天上降下来的,从水皮子走过来的,心中好笑的念头消失去,充满了神圣的庄严的庙堂气氛。月亮开始慢慢地蚀亏,然后天地间光亮暗淡,以致完全坠入黑暗的深渊,唯有古老的乞月的歌声,和着江水缓缓地流。天狗默默地坐在石条上,闭住了呼吸,笼子里的蝈蝈也停止了清音。

一个人,站在了门洞下的石阶上,因为月亮的消失,她看不清走到江边的路;天狗也认不清失了路途的人的面目。这人在轻轻地唱着:

天上的月儿一面锣哟,

锣里坐了个女嫦娥，

有你看得清世上路哟，

没你掉进了老鸦窝，

天狗瞎家伙哟。

声调是那么柔润，从天狗的心上电一般酥酥通过。当她第二遍唱到"没你掉进了老鸦窝"，夜空里果然再不黑得浓重，明明亮亮的月亮又露出了一角，那人就轻轻地笑了一下。

"师娘！"天狗看清了这女人，颤颤地叫一声。女人似乎也吃了一惊，抬头看见了天狗，说："天狗，你怎么在这儿？"

"我来看你乞月的。"天狗也学会了说巧话，说过倒慌了，补一句，"师娘，你唱得中听哩！"女人骂道："天狗，你别说傻话！"

天狗看见这女人有些愠怒，而且还要再往江边去，就说："师娘，月亮已经出来了，你还去吗？"女人迟钝地站住了。

江边的歌声渐渐大起来，台阶上的女人又和着那歌声反复唱，天狗一时便觉得女人很美。今夜心里太受活，见了师娘越发不能自控，竟使起小小的聪明，认为这些女人万不该到江边水里去乞月看月出，手艺人家里都打了新井的，井水里看月复出，那不是更有意思吗？也就接口唱道：

天上的月儿一面锣哟，
锣里坐了个女嫦娥，
天狗不是瞎家伙哟，
井里他把月藏着，
井有多深你问我哟。

台阶上的那个就不唱了，说："天狗，天狗，你要烂舌头的！"石条上的说："师娘，我也需要一个月亮呢。"下边的那个就走上来，站在石条边："天狗，你可不敢胡唱，这是什么时候？你没有月亮我知道，我就是来给你师傅求的，也是给你求的。"天狗说："师娘说的可是真话？"女人说："说假话，让天狗把我也吞了！"说天上的天狗却与地上的天狗名字同了，女人觉得失口，不自在地说："我都急糊涂了！"

天狗却被冲动得完全忘却了在这女人面前的腼腆，又唱道：

天上的月儿一面锣哟，
锣里坐了个女嫦娥，
天狗心昏才吞月哟，
心照明了好受活，
天狗他没罪过哟。

"天狗,你是疯了?"

"师娘说天狗疯了,天狗就疯了!"

女人立时正经起来,不理天狗,天狗就软了,恢复了驯服腼腆的样子。女人见天狗老实了,就把一些重要事托付给他。

"天狗,你师傅近来有些异样了。"

"怎么个异样?为甚事吗?"

"他心重得很。先前没钱,钱支配着他,现在有了钱,钱还是支配着他。夜里回家常唠叨,挣上九十九,还要想法儿借一个,凑个整数,就嚷道不让五兴念书……你是他徒弟,你也好好劝说劝说你师傅。"

"五兴的游泳裤还没买吗?他已经几天没去学校了?"

"没有。五兴刚才睡时还在哭,你师傅又骂了他一顿。"

"我给师傅说说。"

"你快回去歇着吧,打了几天井,也不乏?月亮已经圆了,我要走了。"

女人说罢,悄没声地走了,她汇在了江边乞月归来的妇人群里,不可辨认了。街道上一阵人声嘈乱后,堡子里又沉沉静静。天狗并没有听从师娘的话,他不回去,守着那天上的月亮,慢慢地在长条石上睡着了。

菩萨脸一样的月亮照着。笼子里的蝈蝈得了夜的潮润,鸣叫清音,天狗没有听到。

黄麦菅

"五兴，五兴？！"

天狗一上堡子门洞，就看见五兴在前面街道上走，走得懒懒的，叫一声，这孩子瞄见是天狗，竟不作答，转身钻到小巷去再不出来。天狗觉得奇怪，偏是个好事的鬼头，追进巷里，五兴面壁而站，拿指甲划墙。

"五兴，犯什么病，叔叫你也不理！"天狗拿手去扳五兴的头，五兴却把天狗的手推开，说："天狗叔，你不要叫我，叫我我就要哭哩！"天狗就笑了："你这没出息的男子汉，还是为你爹不给买游泳裤生气吗？你瞧瞧，叔拿的什么？"天狗手里亮的是一件艳红的游泳裤。

五兴却并不显得激动，抬脚就走，天狗一把扯住，知道一定有了什么事故，连声追问。五兴说："这裤衩用不着了，我爹让我打井哩。"

天狗听了，就给五兴道着不是，怨怪自己还没有来得及完成师娘的重托，这井把式就专横独断了。"五兴，我给师傅说去，我和他打井能忙得过来，用不着叫你回来！"

五兴说："我爹不会见你。"

天狗说："这你甭管，师傅在家吗？"

五兴说："爹不让我说给你。"

五兴虽小，却有他娘的德行，看着天狗，眼泪就流下来，天狗骂他"流尿水儿"。这孩子却说："天狗叔，你以后还让我去你家玩蝈蝈吗？"天狗点了点头，取笑这小东西尽说多余话，五兴却跑出巷，再喊也不回头了。

天狗一脸疑惑，来到师傅的家门口，菩萨女人脸色有些浮肿，出来招呼他，当下心里着实慌了。说起五兴的事，女人长长出了一口气，一脸苦相。

"师傅呢，他怎么真的就不让五兴念书了？"

"他在来顺家打井，一早就走了。"

"师傅不是说要等来顺家请吗？"

"……"

"怎么没给我吭一声？"

女人看着天狗，说："天狗，你一点还不知道？"

"出了什么事？"

"他现在不是你的师傅了。他说他好不容易学了打井这手艺，不愿意让外人和他在一个碗里扒饭，要挣囫囵钱，就让五兴替了你……"

"这是真的？"

女人说："……昨日一早到今天，我就盼着你来，又害怕你来。"天狗站在那里没有说话。他的眼睛避开了女人的脸，从口袋里摸出烟来点上，发现太阳光的照射下，落在地上的烟缕竟红得像蚯蚓的血。

矮墙那边的邻家院子,媳妇在井上吊水,辘轳把儿发出吱扭扭的呻吟。

"你把那裤子退了吧,天狗,你也再不要来见他,你墙高的大人,有志气,也不是离了他就没得吃喝的……"

天狗看着女人的痛苦,反倒不感到自己受了什么沉重的打击,越发懂得了这女人的好心肠,就沉沉静静地对女人笑笑,说:"师娘,这没啥,师傅这么做,我想得开,我不恨他。他毕竟还领了我一年时间。现在我要离开他了,只是担心让五兴停学去打井,这终不是妥事。五兴还小,总恋着这裤子,就留给他,我还是要常常来这边呢。"

女人很感激地送天狗出来,过门槛的时候,掉了几滴眼泪。槐树上的一只鹁鸽在叫,女人说:"天狗,这鸟儿叫得真晦气,你将它撵了去。"天狗最后一次听师娘的吩咐,一石子将鹁鸽打飞了。鹁鸽飞在他头上的时候,撒下一粒屎来,落在他的肩上。女人一边替他拍去,一边说:"你再找找别的什么事干干,男子汉要有志气,要发狠地挣钱,几时有了钱物色了女的了,过来给我说一句,我给你料理。"

天狗苦笑笑就走过了,但他并没有回去,却极快地走了街道;他害怕街道上的人看出他的异样,信步出了堡子,一直上了后山,睡倒在密密的黄麦菅草丛里。天狗长久地不动,想心思。

-055-

山梁上有割草的人，拉长声调在唱花鼓：

出门一把锁喂，
进门一把火喂，
单身汉子我好不下作喂。

床上摸一摸嘞，
摸出个老鼠窝嘞，
单身汉子我好不下作嘞。

锅洞里捅一捅哟，
捅出个大长虫哟，
单身汉子我有谁心疼哟。

天狗想，这单身汉子真恓惶，我天狗离了师傅，没有了惦我牵我的师娘；先前也是糊糊涂涂过了，好容易得到了一点女人的疼怜，从此失去，往后的日子怎么过呢？

山坡上起了风，风在草丛里旋转，天狗被黄麦菅埋着。草原来并不纷乱，根根纵横却来路清楚，像织就的一张网，网朝下是套住了他天狗，网朝上又套住了天。黄麦菅在风里全部倒伏之后，天狗就显现出来，他又在作想："钱真是个坏东西，没它的时候，它让人狼狈不堪；有了它，它又这么无情地害人。"想着，心里闷闷的。天狗不是有愁睡不着的人，恰巧相反，越愁闷越瞌睡，竟睡着了。

远处的天边有了沉沉的雷声。

但雨并没有落下来，天狗一觉醒来，听见了一片快乐的清音。原来，他的腿上、胳膊上、整个胸膛上，爬满了绿翼红肚的蝈蝈。蝈蝈是不生分他的，顺手捉了几只，装在口袋里。天狗静静立了一会儿，突然获得了一种豁达的心境，就自己给自己那么笑笑，完全又是一个往日的天狗了。

在天狗的屋子里，天狗是不缺吃的，也不缺喝的，他只是缺钱，没能娶个女人。天狗虽然没读过小说，但小说作者编造的那些故事，也有些能在天狗的生活里发生。比如，当他在蚊帐里躺着，喷出一口烟去，蚊帐顶上的蚊子在烟里翻动，天狗也会把蚊子看作仙鹤，消受那翩翩飞翔的乐趣。这时候，他就想起许多事，甚至骂过师傅，虽然师傅已不是他的师傅，但天狗惦念的却是师娘。故隔三隔四，天狗仍要去那个家的。

天狗有一件宝贝越来越不能离身，这就是蝈蝈笼子。每每一到这家门口，就戳弄得蝈蝈嘶嘶地叫，喊"五兴，五兴"。喊的是"五兴"，跑出来的却是另一个人。

"天狗，又是什么好蝈蝈？"

"师娘又忙甚事了？"

师娘说:"天狗,玩蝈蝈可不是大人的事,你不会干点儿别的赚钱营生吗?"

天狗又总是腼腆地笑笑,心里却说:"蝈蝈不是大人玩的,有做了孩子娘的却爱看嘛!"

"师娘,你要我干什么营生呢?"

"你是男人,你倒问我?!你攒不下钱,就是攒下了,这么浪荡上了心,看哪个女的嫁你,女人最小瞧浪子呢!"

这话说得正经八板,天狗就不言语了。

天狗十天里再没到师傅家来。他睡在自家的土炕上,百无聊赖,唱堡子里流传了几代的一首情歌:

庭当门上一树椒吔,
繁得股股儿弯了腰,
我去摘花椒。

长棍短棍打不到吔,
脱了草鞋上树摇,
刺把脚扎了。

叫声姐儿来把刺挑吔,
狠心的拿来锥子刨,

实实痛死了。

这歌子不能说是给师娘唱的,但也不能说不是给师娘唱的,反正天狗下了决心,要正经地干一样营生。他去拜木匠为师,木匠拒绝了;去拜泥瓦匠,泥瓦匠也不收他。匠人们有自己的儿子和女婿。

在现今的农村,他们要保护和巩固他们自家长久得以富裕的手艺。

于是天狗索性带了全部积存上省城去了。

在堡子里,天狗是能人,能说能道能玩;到城里,天狗则不行。街道宽宽的,天狗却贴墙根走,街上谁也不认识他,他也眼睛羞羞的不敢看别人。师娘老说他是白脸子,在这里,天狗的脸就算不得白了。在城里人的眼光里,天狗是个十足的"稼娃"。

当然,这一切袭来的惊恐和羞耻,主要来自他天狗自身。他也意识到了自己来到这个地方,首要的是自己得战胜自己。天狗可不是一名哲人,这种思考却大有哲学意味。

"城里的女人都是仙人。"天狗夜里睡在旅馆,脑子里充满了白天的见闻。"师娘才是一个女人。"这鬼念头一占据头脑,天狗就有天狗的逻辑。"仙人是在天上的,供人敬的拜的,女人才是地上的,是水,是空气,是五谷粮食。"天狗需要的是师娘这样的女人。

那一张菩萨脸是他心上的月亮,他走到哪里,月亮就一直照着他。第三天里,他看见许多人都在一家商店抢购一种衬衣,衬衣极其便宜,他便想到若买一批回去,一件加二元钱,堡子里的人也会一抢而空。天狗凭着山里人的力气,挤到了柜台前,但掏钱的时候,才发现钱被人偷去了。

天狗痴了,坐在车站独自流泪。无钱做营生,无钱买返回的车票,而且肚子饥得前腔贴了后腔。饥不择食,天狗沦落到去附近的食堂吃人剩饭。食堂服务员恶语相赶,他道了原委,一个女服务员才同情了他。

"那你怎么回去呀?"

"我不知道。"

"你愿意在这里帮忙刷碗吗?一天付你二元钱。"

天狗的命好,又遇到了菩萨女人,他于是做了临时工。

天狗干活是不偷懒的。但刷洗用的是抹布,连个刷子也没有。

问起女服务员,回答说,城里什么都有,就是缺这玩意儿。天狗就笑笑,认为城里还是有不如山里的地方——那堡子后边的山上,满是黄麦萱草,将草根扎成一束,他们世世代代就用它刷洗锅碗。但天狗没说出口,怕人家笑话。夜晚,食堂关门,别人下班,天狗就睡在车站候车室椅子上。

这天食堂关门之前,天狗以挣得的钱买了酒喝,喝醉了,趴在桌上成了烂泥。店里的人都怨怪这山里人。那女服务员则一一劝说，末了一个人守着店门等他醒来，因为让一个临时帮小工的夜宿店里，店规是不允许的。

天狗醒来，已是半夜，他已躺在了三个长凳拼成的床上，床边坐着一个娇小的女人。

"师娘！"天狗叫。

"还没醒吗，又说醉话！"

天狗立即就全醒了，从床上坐起来，悔恨交加，不敢看女服务员。

"这下醒了吗？"

"真对不住你……"

"醒了就好，你到候车室去吧，我也该回去了。"

女服务员锁了门。对于她的温柔、宽容、同情，天狗非常感激，同时也感到自己作为一个男子汉的无能、龌龊、羞耻。

"我明日该回去了。"天狗说。

"车钱够了吗？"

"够了。"

"回去也好，你往后寻个事干吧，喝什么酒呢，你走吧。"

天狗却并没有走，木木讷讷地要说什么，却说不出来，天狗突然拙口了。女服务员已经走远，他才发急地叫了一声："我还想来的！"女服务员回头说："还来？"他说："你不是说城里缺锅刷吗？我们那儿满山都是黄麦萓，用根做刷子好使着哩，我回去做一担来卖，行吗？"女服务员眼里放光了："这倒是门路，光城里饭店就需要得多了，天狗寻着钱路啦。"

天狗回到堡子，当真就在后山上挖黄麦萓。山上的草窝是养天狗的心的。他可以打滚，可以赤着身子唱，还有在他身前身后飞溅鸣叫的蚂蚱、蝈蝈。

一担刷子，果然在城里卖了好价钱，城里人不知这是什么原料做的，问天狗，天狗不说。再一次回到堡子，又是在后山上刨草根。

山上来了好多孩子捉蝈蝈，五兴也来了，他当了小小的手艺人，说："天狗叔，你好久不去我家了。""我进城了。""进城要花钱，你有钱了？""我也是手艺人。""什么手艺？""编刷子。一个卖二角钱。""天狗叔有钱了，就不到我家去了。"

天狗听了，心里就隐隐作痛，问道："五兴，你娘好吗？"五兴没听见，跑到一座坟头上嚷叫发现了一只红蝈蝈。

天狗突然很想五兴的娘，是这菩萨的话，才促使他天狗到城里寻了活路。当他再一次从城里返回时，就去了师傅家。

井把式并没有不好意思，因为天狗现在也是手艺人了，也挣了钱，做师傅的心里也就不存在内疚不内疚。女人是喜欢的，多少显出些轻狂，待天狗如贵宾，吃罢饭锅也不洗，坐在炕沿上和天狗说话：

"天狗,城里是什么鬼地方,烂草根也能卖了钱!"

"师娘,明日你也去刨黄麦营根吧。"

"我的爷,你好不容易寻了一个钱缝,我就挤一条腿去?"

"山上有的是草,城里需要得又多,我还怕你夺了我的饭碗?"

把式脸上就不自在了,喊五兴去打井水给他擦身。五兴趴在炕上正看一本书,听见了装着不理会。天狗说:"五兴这孩子是个慧种,我还是我那老话,让他去念书得好。"

把式说:"已经停学这段时间了,还念什么书?你瞧瞧,你现在也成了手艺人,钱挣那么多,我父子俩怕也顶不住你,还敢剩下我一个人?"

女人见天狗也说不通男人,就问城里的孩子都干什么,末了说:"五兴脑子是灵,只是有些慌,孩子或许将来能干个大事,现在只好在地里打窟窿了。"

把式是听不得作践打井手艺的,何况在一个新发财的外人、自己原先的徒弟面前,就骂女人:"打窟窿咋啦,就这打窟窿可以打一辈子,是给五兴留的铁打一样的饭碗!"骂过不屑地对天狗说,"天狗,你说是不?我这手艺长久,还是你那生意可靠?"

天狗说:"当然师傅的长久,我这是抓个便宜现钱。可我也是没了办法,要是我天狗有文化,我肯定去育蘑菇了。你听说过吗,东寨子的王家育鲜蘑菇,存了三万元了。人家就是高中生，他弟弟又是医学院毕业的，提供技术，搞的是科学研究哩。"

井把式就不再吱声，吸了一阵烟，圪蹴到院中的捶布石上想心事去了。

女人极快地给天狗挤挤眼，天狗懂得这女人眼里的话，也就到院里，把五兴叫出，说："五兴，你说想上学还是不想上学？"五兴说："想。"井把式却冷冷地说："我知道了。你去吧，咱家的井水浅了，下去淘一淘，淘出沙我在井上吊，水不到腿根，你不要上来。"

女人的脸都变了颜色，说："你是疯了，他一个人能淘了井？"井把式瞪了一眼，只是对五兴说："下去！"五兴不敢不下去。

这家人地处居高，井是深到二十二米才见水的，固井底是响沙石，水浸沙涌，水就不比先时旺。五兴脱了衣服，只留下裤衩，手脚分开，沿湿漉漉的井壁台窝下去，就像被吞食在一个巨兽的口里。

三个大人站在井台，望着那地穴中的一潭水亮，看黑蜘蛛一般的孩子站在水里，一切都处于幽幽的神秘中。水声，吭哧声，即从那里传了上来。

辘轳将井绳垂下去，拉得直直的，它在颤抖中变硬，井把式把一筐沙石吊上来，井绳再垂下去。一筐，二筐……十筐，二十筐。井下的喊："爹，有一块大石头。"井上的说："淘出来！""石头太大，我装不到筐里。""装不进也要装！""爹，我手撞破了。""手离心远着哩。"井上的还说："好好淘，把嘴闭上！""我闭上了。""闭上了还说话？！"

做娘的不忍心了，扳住辘轳说："你要失塌了五兴？"男人把她推开了。

井台边已吊上了老大一堆沙石，把式的腿也站酸了，胳膊摇辘轳也乏了，坐下来吸烟。五兴还在井下干着，井壁上一块沙土掉下去，正好砸在他的腿上，五兴终于受不了，在下边呜呜地哭起来。天狗说："师傅，让我下去淘吧？"把式没言语，黑封了脸，让五兴上来，上来的五兴成了怪胎，坐在那里是一丘泥堆。

井把式说："五兴，知道了吧，打井不是容易的事，你要念书，你就去把墨水狠狠往里倒，若念不好，你就一辈子吃这碗饭！"

女人背过身抹了眼里的泪水，就钻进厦房的锅台上去刷碗。刚跨进那门槛，就听她锐声喊天狗来厦房地窖里舀包谷酒。天狗跑进去，见女人满脸生辉，就说："要喝庆贺酒啦，是谢师傅，还是谢我？"

女人说："你说呢？"天狗揭了窖盖，要下去了，女人点着灯交给他，说："你瞧瞧，你这师傅，要说坏他也坏，要说好他也好。"天狗说："师傅是坏好人。"一缩身，钻进窖里去了。

秋天

九月三日，是天狗的生日。天狗属鼠，十二属相之首。三十六岁的门槛年里，却仍是一种忌讳影子般摆脱不掉，干什么事都提心吊胆。

去年的九月三日前几天，大姨就早早提醒着他。

说起来，天狗在这事上够可怜的。王家的里亲外戚，人口不旺，正人也不多，爹娘下世后，大半就断绝了来往，小半的偶有走动，也下眼看天狗不是个能成的人物，情义上也淡得如水。他是舅家门上最大的外甥，舅死的时候，他哭得最伤心，可给舅写铭旌，做第一外甥的天狗，名字却排不上。已经死去的三姨的儿子在县银行当主任，有头有脸有妻有子，竟替换了天狗，天狗那时很生气，人没了本事，辈数也就低了。于是又跪倒在舅的坟前哭了一场。从此只和大姨感情笃。

大姨是天狗娘的姊妹里唯一幸存者，该老的人了，没老，她说是"牵挂天狗"的原因，牵挂天狗，最牵挂的是天狗的婚姻。眼看着天狗三十五岁上婚姻未动，就更恐慌三十六岁这门槛年，便反复叮咛这一年事事小心，时时小心。并一定要天狗在生日这天大过，以喜冲凶，消灾免祸。

给天狗过生日的，不是别人，却是师娘。她前三天就不让师徒二人去打井，九月初三里七碟子八碗摆了酒席。席间，大姨从江对岸过来。她先去天狗家里未找到天狗,来这里看着席面,倒说了许多感恩感德的话。当时就将所带的挂面、面鱼放在柜上,又将一件衫子,一个红绸肚兜,一条红裤带交给天狗。这种以婴儿过岁的讲究对待三十六岁的天狗,天狗当场就笑得没死没活。大姨一走,他就要将这些东西让给五兴,师娘恼了脸,非叫他穿上不可。那神色是严肃的,天狗就遵命了。

现在,危险的一年即将完结,大姨又从江对岸过来,见天狗四肢强健,气血红润,念佛一般喜欢,说:"看来你是个命壮的人,门槛年里没出大事,往后就更好了。"大姨说到快活处,就唠叨这王家总算没有灭绝,想起早死的姊妹,眼圈就红了。

"天狗,生日一过,就要动动你的婚姻了。阎王留姨在人世,姨不看着你成亲,姨就不得死去。你给姨说,这一年里,还没有物色着一个吗?"

天狗说:"没有。"

姨说:"姨给你瞅下一个,是个二婚,人倒体体面面,又带一个三岁娃娃,是春天离的婚,不知你可中意?"

天狗说:"姨也糊涂了!我还见都没见过这人,怎么好说愿意不愿意?"

姨说:"那你说说,你要啥样的女人?"

天狗支吾了半天,还是说不出口。大姨就拧了他的耳朵:"这羞什么口。三十六七的人了,提说女人还脸红,心窍不开!"

天狗在心里直笑大姨，天狗有什么不知道的！但听了大姨的话，却越发做出不好意思的样子，表明天狗是心实的人。不想弄巧成拙，大姨倒长吁短叹，再不问他。天狗终于耐不住了，说："姨，有五兴娘好吗？"

说完就屏住了气。

大姨说；"没五兴娘的性儿软，却比五兴娘要年轻呢。天狗，你不懂女人，栽红薯要越大越好，讨女人是越小的越金贵哩。"

天狗做出没听懂的样子。

大姨就扳过天狗的肩，发现肩背的衣服裂了一个口子，拿针缝着，说："那寡妇有个娃，有娃也好，不是亲养的也不见得对咱不孝。我对那寡妇提说了你，人家倒愿意，只是说她娘家有个老娘和一个小兄弟，平日靠她养活。她要再嫁，得给娘家出些钱。你现在手里攒了多少？"天狗说："有三百。"大姨说："那是老虎嘴里的一个蝇子！你还要好好攒钱哩。"天狗心就凉了，说："既是这样，也就算了。"大姨倚老卖老，说："算什么着？这事你要不失主意！你是不吃糖不知糖甜，女人好处多哩，白日给你做饭，夜里给你暖脚，给你作伴说话，生儿育女，你敢再打马虎？几时我来领你去相看人家，把人先订下，钱你慢慢攒。"

三天后，天狗去见了那寡妇，人虽不是大姨说的光彩照人，却也整头平脸。回来将这事说给五兴娘，菩萨欢喜异常，说："这总算有了着落,天狗,你咬着牙,这几个月多出些力,手头把自己吃喝刻苦些,好生攒钱。"天狗说:"那女的就是心太重,她不是为着找男人,倒是寻债主的。"女人说:"哎,做妇道的,就是眼窝浅;可也难怪,啥事妇道人家都得前前后后的想得实在啊。"天狗说:"师娘就不是这样!"师娘就笑了,骂一声"天狗贫嘴"。天狗是贫嘴,天狗不会文绉绉说甜蜜话,冷丁就冒一句"酸话",冒过了龇着白厉厉的牙笑。天狗又说:"我跟她怎么总热火不起来?"女人瞧他说得认真,用白眼窝瞪着天狗:"你嫌人家是寡妇?""这我倒不嫌弃。师娘,就是有比她再大的,只要人好,我还愿意哩!"话一出口,女人变了脸,天狗也觉得说漏了,两个人很是一阵别扭。女人就说她要去后山割黄麦菅晒柴,天狗也便起身走了。

临出门,女人叫住天狗,说:"天狗,夜里你擦黑就来,我给你擀长面吃。"

天狗说:"哟,日子真是过富裕了,晚上也吃长面?"

女人说:"不光长面,还有红鸡蛋呢!你想想,明日是什么日子?"

天狗猛地记起明日是自己的生日,脸就红了,说:"师娘,我天狗没爹没娘,只有你记着我的生日,天狗不知怎么谢你呢!"

女人说:"瞧瞧,贫嘴又来了,天狗学会了不实在!"

天狗说："我说的没一句不是心上来的。师娘，只要有你这一句话，天狗什么都够了。天狗能活九十九！至于过生日吗，我看算了，现在既然已经不是师傅的徒弟了，还要你操心？"

女人说："哟，媳妇八字还没一撇，就跟我说起外人话来了？怕也是我给你过的最后一个生日，等你成了家，明年我清清净净去你家吃那妹子擀的长面哩！今日无论如何要来，门槛年完了，也给你贺一贺！"

女人说着，眼里就媚媚地动人。没出息的天狗最爱见这眼光，也最害怕，他是一块冰做的，光一照就要化水儿了。

天狗回到家里，情绪很高。在屋檐下站着看了一阵嘶鸣的蝈蝈，就想着师娘的许多善良。想到热处，心里说，这女人必是菩萨托生，每个人来到世上都是有作用的，木匠的作用于木，石匠的作用于石；他师傅生来是作用于井，我天狗生来是作用于黄麦菅，而这女人则是为了美，为了善，恩泽这个社会而生的。天狗如此一番的见地，自己觉得很满意。忽然又想，菩萨现时要到山后去割草晒柴，那么细脚嫩手的人，能割倒多少柴火，我怎么不去帮她？就拿镰往后山走去。

后山上的草遍地皆是，将近深秋，草叶全黄了。黄麦菅一成熟，就变得僵硬，黄里又透了金的重色，风里沙沙沙作响。天狗站在草丛中，四面看着，却没见那女人出现，就弯腰砍割了一气，把三个草捆子扎起来立栽在那里了，他想等女人走来，出其不意地从草捆后冒出来,吓一吓她。

可是菩萨没有来。

天狗就拿了镰,走到一个洼子里的小泉边磨。水浅浅的,冲动着泉边的小草颤颤地抖,几只蚰蜒八脚分开划在水面,天狗的手已经接近了,它们还沉着稳健不动,但才要去捉,它们却影子一般倏忽而去。天狗用镰在水里砍了几砍,就倒在泉边的草窝里。看着一面干干净净的天,想着丹江对岸那个白脸子小寡妇,想着耸着奶子正在家擀长寿面的菩萨,心里就又一阵美,像是坐了金銮殿充皇帝老儿。天狗这些年里有了爱唱的德行,这阵心里便涌涌地想唱,便唱了:

想姐想得不耐烦呐,
四两灯草也难担呐,
隔墙听见姐说知话咃,
我一连能翻九重山呐。

天狗唱完,兴致未尽,就又作想:这歌声谁能听到?于是就想起另一位,拟着口气唱道:

郎在对门喊山歌,
姐在房中织绫罗,

我把你发瘟死的早不死的唱得这样好哟，
　　唱得奴家脚跛腿软腿软脚跛，
　　踩不动云板听山歌。

　　唱过了，天狗也累了，一边拿眼看山下的路，路上果然跑过来一个人，天狗认出那是师娘，偏不起身，只是拿歌子牵她过来，那女人也就发现了他，立着大喊："天狗，天狗！"

　　声音有些异样，天狗就站起来了。

　　女人也看见了天狗，就用哭腔喊叫："天狗，快来呀，你师傅出事啦！"

　　天狗立时停了歌声，也停了笑，拔脚跑下去，女人说："你怎么到山上来了。到处找不着你！你师傅打井，井塌了，一块大石头把他压在下边，人都没办法救，你是打过井的，你快去救他啊，他毕竟做过你的师傅，天狗！"

　　天狗的血轰地上了头，扭身往堡子跑。女人却瘫在地上不能起来。天狗又过来架着她，飞一样到了刘家。刘家的院子里拥满了人，原来井打到二十五丈，出现一块巨石，师傅用凿子凿了眼，装炸药炸了，二次返下井去，石头是裂了，却掏不出那一块大的，便从旁边挖土，土挖开了，只说那石头还是不动，就在下边用撬杠橇，不想石头塌下去，将他半个身子压住了。井上的人都慌了，下去又不敢撬石头，害怕石头错位伤了把式的性命，消息报给五兴娘，女人就四处找天狗。

天狗当即下井，师傅已经昏死过去了，石块还压在下身。他一边喊着'师傅'，一边刨师傅身下的土，又急，又累，又害怕稍不小心石头再压下来，好不容易把师傅拉出来，血淋淋地背在身上爬上井台。

几天几夜的抢救，井把式的命是保住了，保不住的却是他腰以下的神经。一个刚强的打井手艺人，从此瘫在了炕上，成了废人。

做农民的，什么都不怕缺，就怕缺钱；什么都应该有，就是不敢有病。天狗的师傅英英武武打了几年井，如今打到这一步，这家人就完全垮了。女人在医院侍候了丈夫三个月，伤心落泪，眼睛肿烂，口舌生疮。天狗没有吃上那生日的长寿面，在后山上割倒的黄麦营柴火也让谁家的孩子背走了。他再没有上山刨黄麦营根，当然也再没有进省城。为了师傅的伤病，天狗和师娘背了把式住国营的医院，也找了民间的郎中。井把式还是站不起来。师傅的心也灰了，在炕上老牛似的哭，拿头往墙上撞。好说好劝，这要强心重的汉子才没有自尽，却日夜伤心悲观，把脑子也搞坏了，显得痴痴呆呆的。

几个月的折腾，女人就失去了往常的光彩，形容憔悴，气力不支，蹲下干一阵活起来，眼前就悠悠地浮一片黑云。更使她备受折磨的是家里的积蓄流水似的花去，日渐空虚，又不敢对丈夫半句高声，常在没人处哭。

天狗看着，心里如刀扎，想自己不能代替了师傅。师傅是有长久手艺的人，能代替他瘫在炕上，这个家就不会这般受罪；看着师娘如此可怜，比天狗自己瘫在炕上还要难受。可天狗不是这家的人，只能在炕头劝说师傅，在院里安慰女人。帮着种地、喂猪、出圈粪；出外请医生抓药，就拿自己的钱来支应。

一场事故，把人囫囵地改变了性格。井把式褪了专横，女人变得刚强，天狗说过"有了女人就长大了"，现没个伴他的女人，天狗也长大了。

这天，天狗又割了几斤肉和豆腐提来，女人说："天狗，你要总是这样，我也就恼了！这家里成了无底的黑窟窿，你有多少积存能填得满？！"天狗说："师娘，现在就不要说这些话，我一个人毕竟好将就。"

女人说："你也不是有金山银山，这么长时间也没去做刷子卖，你是另有什么手艺不成？你把钱花光了，那江对岸的女的怎么娶得回来？"

天狗没有给师娘说明。前天夜里，大姨又过江来找了他，说是那小寡妇有了话，问这边钱筹得怎样，若月底还是拿不出一千元，她就不再等了，有钱的几个光棍都在托媒了。天狗生了气，说："看谁钱多让她给谁去。我有一千元，一千元我天狗可以买十头猪给师傅补身子哩！"话说得难听，大姨好生骂了一顿，问他想不想要个儿子。天狗说得更粗野："我一千元放在那里，生的也是钱儿子！"大姨气得脸色煞白，吵了一夜，不欢而散。

师娘当然不知道这件事，还是说："天狗，眼看就是三月三乡会了，女婿都走丈人，你虽说没结婚，却也该到对岸那家去。这肉既然买回来，咱就不要吃，我夜里再蒸二十个馍，你明日提前去走走吧。"

天狗听了，一时心火上攻，竟忘记了自己是在这苦难的菩萨面前，焦躁地说："我不去！"

女人说："你敢胡说！"

瘫了的师傅在上屋土炕上全听见了，就敲着炕沿叫天狗，天狗进去，师傅说："你怎能不去？你想老死了做绝鬼？！"说罢拉天狗坐下，缓了口气又说："师傅现在是没用的人，别的话你可以不听，只要你听一句，明日乖乖去江对岸，这身上衣服也成油匠穿的了，夜里让你师娘洗一把，唉！"

天狗这才说了实话："人家早不成啦！"

说完也不再解释，走出门，一直从院子里走出去了。

井把式和女人倒一时愣了，末了女人就哭出声来。

夜里师娘来到天狗的家里，问清了原委，知道一切因自家的拖累所致，就连连叫"造孽！"骂天狗不该为她家花了积存，又骂小寡妇认钱不认人，下贱坯子。天狗见女人骂自己，越发觉得这女人贤慧可敬。女人骂着骂着，就骂了自己，哭泣不止。

天狗立在那里倒真像个手足无措的孩子。

女人说："天狗，是我家害了你，这我和五兴爹一辈子有赎不完的罪。事情落到这田地，我家里是空了，你也空了，即使你天狗还有分文，我也不让你再往我家里贴赔。可这个家，有出的没入的，啥事都要钱，我思谋了，还是让五兴回来干干别的事吧。"

天狗说："师娘，这使不得。五兴先头耽误了几天学习，好不容易让他又复了学，就是再穷再苦，也不敢误了五兴的学业。"

女人怎不明晓这层道理。可妇道人家是一副软心肠，经天狗一番道理之后，同意了不让五兴停学。可回到家里，一进屋，眼看着狼狈不堪的丈夫，一颗心又转了。这对中年夫妇一夜没有睡好，一会决定让五兴停学，说停学好；一会又不让停学，说不停学好。拉屎撒尿做不了主,井把式就大声吸着鼻子，哭了，"这都是我害了你们娘儿，害了人家天狗，我怎么就不死呢！你给我买包老鼠药来，让我喝了，反正活着没用，也不花钱吃药了！"女人听了这话，两股眼泪流下，说道："他爹，你别说这话，家里人嫌弃你了吗？你就是睡在这里任事不干，你也是这一家的定心骨。你要再说这话就是拿刀子杀我。你是还嫌我心没伤透吗？"男人就再不做声。

夫妇俩自结婚以来说了这最多的一场话，才各自深深体会到对方的温暖；生活的苦绳拴住了一对蹦跶的蚂蚱，他们谁也离不得谁。夜深了，油灯在界墙的灯窝里叭叭地响过一阵，油尽灯灭，女人重要点灯，男人说："算了。"为了省下一根火柴和一盅油，黑夜里泪眼在闪着光，男人被平放着睡下了，失去知觉的双腿日渐萎缩，女人在被窝里为他揉搓，活动血脉，在扳着下身为男人翻了几次身后，女人就脱得光光的猫儿似的偎在丈夫的身边睡着了。睡到四更，女人突然被男人摇醒，她叫道："你咋没瞇睡？"男人说："我睡不着，我有一件事想给你说哩。"女人就坐起来，拥着被子，被子的一角湿漉漉的，是男人流下的眼泪。月光从窗棂里昏昏地照进来，女人看着丈夫一张被痛苦扭歪的脸。

男人说："我好强了一辈子，也自私了一辈子。和你做夫妻了十几年，我没有好好待你，这是我现在一想起来就心愧的事。我现在是完了，到死也离不了这面土炕了。人常说：'病人心事多。'我是终日在想，啥事都想过了，想过死。你骂了我，你骂是对的，我也没脸面再去死，我就活着吧。可咱家里，总不能这样下去啊，五兴他娘！因此上我就思想，你可以不离开我，我还是你的男人，但世上都是男人养活女人，女人怎能养活了男人，那南北二山都有'招夫养夫'的……"

女人静静地听男人叙说，越听越有些害怕，听到最后，一把将井把式的口捂住了，说："我不听，我不听，你睡在炕上胡想了些什么呀！"眼泪吧吧地掉在被面上。

招夫养夫，深山里是有这种习俗的。平日里菩萨女人也听说过这种事例，只当是一种新闻，一种趣谈。现在丈夫竟要她充当这事例中的角色，她浑身痉挛，抖得像筛糠。

男人见女人如此悲凄，自己也裂心断肠，长吁短叹，说："我这样说，是我这男人的羞耻。可你不让我死，又不这样，你是让我睡在这里看你受苦受难，我不死在绳上药上，也会用心杀了我自己！"

女人就扑在男人身上，悲不成声："只要为了你，我什么都可以做得，可你让我招夫，我到哪儿去招？哪个单身男子肯进咱的门？就是有人来，好了还罢，若是个坏的，待你不好，那我哭都没眼泪了！"

夫妇俩抱头哭到天明。天明的时辰，听见远远的后山上有狼的嚎声，犹如人在呼号。

清早，女人又要去后山割草，晒柴，男人叮咛说到阳坡割，不要去阴洼，若遇见什么狗了，先"狼，狼！"叫喊试探，以防中了狼的伪装；若不慎惊撞了马蜂，万不要跑，用草遮了头脸就地装死。女人一一记在心上，走了。男人见女人一走，就在家大放了悲声，惊动了街坊。有人进来，他就求人去把天狗找来，说他有话要叙说。

天狗苦苦闷闷窝在家里，什么事也慌得捏不到手里，就无聊地编织起蝈蝈笼子来。三月的蝈蝈还没活跃，没有清音排泄他的烦愁，就痴痴看着空笼出神。他到了师傅的炕边，以为师傅又要说让五兴退学的事，便说："师傅，有我天狗在，我天狗就永远是你的徒弟，我不是那喂不熟的狗，我天狗是没大本事的，可我不会使师傅这一家败下去，无论如何，五兴要让他好好念书。"

师傅说："天狗，也怪我先前瞎了眼窝，没让你跟我继续打井。人就是这没出息的，只有出了事，才会明白，可明白了又什么也来不及了。你给师傅说，江对岸那小寡妇真的吹了？"

天狗说："吹了，那号女人只盯钱！甭说她不愿意了，就是她那德行，十七、十八的开的是一朵花，我走过去拾一片瓦盖了理也不理。你想想，要是师娘也是那样的人，她不知早离开你多长日子了。"

师傅说："唉，你师娘是软性子，受了我半辈子气，可她心善啊，逢着这样的老婆，我李正什么也就满足。可如今，她受的苦太重，毕竟是一个妇道人家，地里没劳力，里外没帮手，不让五兴退学吧，要吃要喝又要花钱，还加上侍候我这废人，一想到这，我心就碎了。天狗，我想让她走一条招夫养夫的路，你实话对我说，使得使不得？"

天狗听了，心里不禁一阵疼。伤残使师傅变成了另一个人。

作出这般决定,师傅的心里不知流过了多少血?不行,不行,天狗摇着头。可不走这条路,可怜的师娘就跳不出苦海,天狗头又摇起来。天狗没有回天力,只是拿不定主意地摇头。两人沉默了半天,天狗说:

"师傅,这事你给师娘说过?"

师傅说:"说不通。可从实际来看,这样好。这又不犯法,别人也说不上笑话。你说呢?"

天狗说:"那有合适的人吗?"

做师傅的却不作回答,为难了许久,拉天狗坐近了,说:"作难啊,天狗,谁能到这里来呢?你师娘一听我说这话,就只是哭。我想,你师娘那心肠你也是知道的,这堡子里也没几个能赶上她的。虽说是快四十的人了,但长相上还看不出来……"说着就直直地看天狗的脸。

天狗并不笨,品得出师傅话里的话,心里别地一跳,将头低下了。

屋子里沉沉静静。

天狗从炕上溜下来,坐在了草蒲团上。院子里,女人背着高高的一背笼柴火进来,在那里咚地放了。院墙的东南角上,积攒的柴草已俨然成山。女人一头一脸的汗,头发湿得贴在额上,才要坐下歇口气,瞧见天狗从堂屋走出来,就叫了一声"天狗!"

天狗痴痴地从院子里走出去，头都没有转一下。

三天里，丹江岸上的堡子，沉浸在三月三乡会的节日里。农民们在这几天停止一切劳作，或于家享乐，或频繁地串亲戚。未成亲的女婿们皆衣着新鲜，提四色大礼去拜泰山泰水。泰山泰水则第一次表现出他们的大方，允许女儿同这小男人到山上去采蕨菜。三月里好雨水，蕨菜嫩得弹水。采蕨人在崖背洼，在红眼猫灌丛，也采着了熟得流水的爱果。天狗家的后窗正对着山，窗里装了一幅画，就轻轻唱出了往年三月三里要唱的歌：

远望乖姐矮陀陀噢，
背上背个扁挎箩哟，
一来上山去采蕨噢，
二来上山找情哥哟，
找见情哥有话说。

唱完了，天狗就叹一口气，把窗子关上，倒在炕上蒙被子睡了。天狗从来没有这样恍惚过，他不愿意见到任何人，直到夜里人都睡下了，天狗就走到堡子门洞上的长条石上。旧地重至，触景生情，远处是丹江白花花的沙滩，滩上悄然无声。今晚的月亮再也不是天狗要吞食的月亮，但人间的天狗，三十七岁的童男，心里却是万般感想。师傅的女人，师娘，菩萨，月亮，使天狗认识到了一个实实在在的女人。在一年多的徒弟生涯里，在十几年一个堡子的邻里生活中，天狗喜欢这女人。女人的一个腰身，一步走势，一个媚眼，都使他触电一样地全身发酥，成百上千次地回忆着而生怕消失。他天狗曾怀疑过和害怕过自己的这种感情，警告过自己不应该有这种非分之想。但天狗惊奇的是，对于这个女人，他只是充满着爱，而爱的每次冲动却绝对地逼退了别的任何邪思歪念。天狗不是圣人，他在这女人面前能羞耻，能检点，也算得是圣人了。所以，天狗也敢将这种喜欢和爱，作为自己的生命所需，变成一副受宠的样子，在这菩萨面前要作出孩子般的腼腆和柔顺。

月食的夜里，女人在这里为丈夫和另一个小男人祈祷而唱乞月的歌，天狗也为女人唱了两首歌。歌声如果有精灵，是在江水里，还是在草丛里？

"现在要我做她的第二个男人吗？"

说出这话的，不是他天狗，也不是他天狗爱着的师娘，竟是自己的师傅，女人的真正的丈夫！天狗该怎么回答呢？"我愿意，我早就愿意。"天狗应该这么说，却又说不出口。她是师娘，是天狗敬慕和依赖的母亲般的人物，天狗能说出"我是她的男人"的话吗？天狗呀，天狗，你的聪明不够用了，你的勇敢不够用了，脸红得像裹了红布，不敢看师傅，不敢看师娘，也不敢看自己。面对着屋里的镜，面对着井底的水，面对着今夜头顶上明明亮亮的月亮,不敢看,怕看出天狗是个大妖怪。

第四天,是星期天。五兴从学校回来,到江边的沙地上挖甘草根。

天狗看见了,问:"五兴,你掘那甘草作甚?"

五兴说:"给我娘采药。"

天狗慌了:"采药?你娘病了?什么病?"

五兴说:"我从学校回来,娘和爹吵架,娘就睡倒了,说是肚子鼓,心疼。爹让我来采的。"

天狗站在沙地上一阵头晕。

"天狗叔,你怎么啦?"

"太阳烤得有些热。五兴,念书可有了长进?"

"天狗叔,我娘又不让我念了。"

"不是已给她说好不停学了吗?"

"我娘说的,她跪着给我说的,说家里困难,不能老拖累你,要我回来干活。"

天狗默默回到家里,放声大哭了。他收拾了行李,决意到省城去,从这堡子悄悄离开,就像一朵不下雨的云,一片水,走到天外边去。但是天狗走不动。天狗在堡子门洞下的三百七十二台石级上,下去三百台,复上二百台。这时的天狗,若在动物园里,是一头焦躁的笼中狮子;若在电影里,是一位决战前夜地图前的将军。

天狗终于走到了师傅家的门口。

"师娘，我来了，我听师傅的！"

正在门口淘米的女人愣住了，极大的震撼使女人承受不了，无知无觉无思无欲地站在那里，米从手缝里流沙似的落下去，突然面部抽搐，泪水涌出，叫一声"天狗！"，要从门槛里扑过来，却软在门槛上，只没有字音地无声地哭。

堡子里的干部，族中的长老，还有五里外乡政府的文书，集中在井把式的炕上喝酒。几方对面，承认了这特殊的婚姻，赞同了这三个人组成一个特殊的家庭。当三个指头在一张硬纸上按上红印，瘫子让人扶着靠坐在被子上，把酒敬给众人，敬给天狗，敬给女人，自己也敬自己，咕嘟嘟喝了。

五兴旷了三天学，再一次去上学了。这是天狗的意志。新爹将五兴相送十里，分手了，五兴说："爹，你回去吧。"天狗说："叫叔。"五兴顺从了，再叫一声"叔"，天狗对孩子笑笑。

饭桌，别人家都摆在中堂，井把式家的饭桌却是放在炕上的。

原先在炕上，现在还在炕上。两个男人，第一个坐在左边，第二个坐在右边，女人不上桌，在灶火口吃饭，一见谁的碗里完了，就双手接过来盛，盛了再双手送过去。

麦田里要浇水，人日夜忙累在地里，吃饭就不在一块了。

女人保证每顿饭给第一个煮一个荷包蛋在碗里，第一个却不吃，偷偷夹放在第二个碗底里。天狗回来了，坐在师傅身边吃，吃着吃着，对坐在灶火口的女人说："饭里怎么有个小虫？"把碗放在了锅台上。女人来吃天狗的剩饭，没有发现什么小虫，小虫子变成了那一个荷包蛋。

茶饭慢慢好起来，三个人脸上都有了红润。

几方代表在家喝酒的那天晚上，第一个男人下午就让女人收拾了厦房，糊了顶棚，扫了灰尘，安了床铺，要女人夜里睡在那里。女人不去。天没黑，第一个男人就将炕上的那个绣了鸳鸯的枕头从窗子丢出去，自个儿裹了被子睡。女人捡了枕头再回来，他举着支窗棍在炕沿上发疯地打。

女人惊惊慌慌地睡在厦房。一夜门没有关。一更里听见了狗咬，起来把门关了；二更里听见院外有走动声，又起来去把门闩抽开，睡在床上睁着眼；三更里夜深沉，只听蛐蛐在墙根鸣叫；四更里迷糊打了个盹；五更里咬着被角无声地哭。天狗他没来。

　　这天狗，
　　想当初，
　　精刚刚，虎赳赳，
　　一天到晚英武不够。

自从人招来，

今日羞，明日愁，

一下成个泪蜡烛，

蔫得抬不起头。

这女人，

想当年，

话不多，眼不乱，

心里好像一条线。

自从招来人，

今日愁，明日羞，

一下成个烂门扇，

日夜合不严。

日月过得平平淡淡、拘拘谨谨。过去的一日不可留，新来的一日又使人愁。又是一次吃罢晚饭，两个男人在炕上吸烟，屋外淅淅沥沥下雨。下了一个时辰，烟袋里的烟末吃完了，天狗站起来，去取柱子上挂着的蓑衣。为大的就说："天狗，你……"天狗装糊涂，说："不早了，你歇下吧，明日一早雨还要下，我给咱叫了自乐班来，咱家热闹热闹。"为大的发了怒，将支窗棍咚地磕在炕沿上，说："你要那样，我就死在你面前！"

天狗木然地立在那里，恭敬得像个儿子，叫道："师傅……"末了还是默默地走了出去。

雨下得哗哗哗地越发大了。

蝎子

暑假，五兴从学校回来。近半年的新式家庭生活，孩子也日渐鬼灵地开窍了许多事理。地里的活，天狗一揽子全包了，不让他插手，他就协助着娘忙活家务，忙毕，搬炕桌在把式爹身边坐定，用了心地读书。把式现在有时间，静心看读书人的举动，心里就作美，五兴一抬头，见爹正含笑看他，忙回爹一笑，爹的脸又冷却了。把式养的狗，知道狗的脾性，常冷脸待五兴，不让他轻狂、顺杆子往上爬。天狗锄完包谷地回来，脚步声谁也没听到，把式就听到了，说："五兴，给你爹打水去！"

五兴怕亲爹，听见吩咐，就忽地下炕去了。院里并没有小爹的影，吱扭扭把水搅上井，天狗果然进了院，五兴兴冲冲叫一声："果真是爹！"

做爹的这个并不应，放下锄说："五兴，书念过了？"答说："念过了。"便从后腰带上取下两件宝，一件是竹根烟袋，一件是蓖麻叶，烟袋叼在口里吸，蓖麻叶里包着三只绿蝈蝈。说声：

"给！"蝈蝈却从叶里蹦出来，一只公鸡猛见美食，上前就啄，五兴急得脚踏手拍，三只蝈蝈却跳在鸡背上，嘶嘶地叫。五兴就势捉了，装在竹笼儿里。三只蝈蝈一叫，厦房屋檐下的蝈蝈笼里，一个一个都歌唱起来，满院清音缭绕。

五兴喜欢这个爹，这爹不板脸，脸是白的，发了怒也不觉惧怕，又能和他玩蝈蝈。故叫这个"爹"倒比叫那个"爹"口勤。

家里小的爱蝈蝈，来了个大的也爱蝈蝈，这家人的爱欲也就都转移了。往日五兴去上学，天狗去下地，女人头明搭早出来开鸡棚，蝈蝈笼也就挂在厦房檐头下。天要下雨，炕上的瘫子先听到雨声，就说："他娘，快把蝈蝈笼提进来！"蝈蝈吃的是北瓜花，院墙四角都种了瓜，于是种瓜不为吃瓜，倒为了那花。花开得黄艳艳，嫩闪闪。

地里的包谷旺旺地长，堡子里的人该闲的就闲下，闲不下的是手艺人，都出去揽生意了。有好几家，造起了一砖到顶的新屋，脊雕五禽六兽，檐涂虫鱼花鸟。有的人家开始做立柜，刷清漆，丑陋肥胖的媳妇手腕上已不戴银镯，换了手表，整个夏天里不穿长袖。看着四周人家的日子滋润，天狗心里很是着急。好久没去城里干他那独门的生意了，就和五兴去后山挖了几天黄麦蕡根，女人就点灯熬油在家扎刷子。瘫了的人腿不能动，手上有工夫，夜里便让大家都去睡，他来扎刷子。天狗又起身回他的老屋去，为大的就不言语，却要五兴一定跟他睡。

五兴要去关院门，把式不让关了。

五兴睡着了，把式还坐在炕上扎刷子，扎好一筐，一夜却听不到院门响，也一夜叹息不止。夜半子时，女人出来小解，听见上屋男人的叹息，跑上来问："哪儿不美？"见这可怜的瘫人却还在扎锅刷，倒气得一把夺了："你真个不要命了！""我白日把觉睡了，我没瞌睡。""……""现在几时了？""正半夜了吧。""他还没来？"女人点着头。"我把这天狗！……"叫起天狗啊，爱你还是恨你，说你是好人还是坏人，害得师傅夜夜睡不着。井把式说过这话，心里一股黑血流过，脸上却强露了笑。女人最怕的就是瘫人的这种笑，恨天狗忠于师傅，忠于师娘，却忠得愚蠢，忠得千不该万不是！瘫人说："五兴娘，这事你让我怎么个说！你，你也该……"瘫人气喘得说不下去。女人一下子附在了男人的身上，泪脸对着泪脸，让他的胡子扎扎她的腮。男人说："你要权当我是死了！"说完，脸转向炕里去。

但天狗太执意，女人也没办法。世上的水太清了，水就养不了鱼；完全的黑暗是看不见东西的，完全的光明也是看不见东西的。天狗不知这道理。

天狗领了五兴到省城里，又见到食堂那个女服务员。五兴第一次进城，无知也就无畏，到处钻动，见啥问啥，又一口一声叫"爹"答。女服务员说："你年纪不大，孩子这么大了？！"天狗应一声，脸就绯红，装着解衣领，说天热。食堂里的锅刷还有积存，天狗让五兴在食堂待着，他挑了担子去叫卖。女服务员就逗五兴说闲话："叫什么名？""李五兴。""你爹姓王，你倒姓李？""我跟我娘姓。""你娘多大了？""四十了。""你爹才三十七，你娘倒四十？""我娘是虚岁。""你长得可不像你爹！"五兴不回答了，装得傻傻的，问食堂要不要蝈蝈，他养有四十只蝈蝈。

半下午，天狗回来了，一担锅刷只卖了五分之一，脸上气色很不好，说："这生意做不成了，五分钱一个也没人要了。"父子俩当下没了话。天狗看着五兴也知愁，脸上就做出笑来，说："挣钱不挣钱，先落个肚肚圆，五兴，咱去吃一顿！"买饭时，五兴说："爹，我想吃素面。"天狗却偏买了炒肉，肉端上来，天狗吃着吃着就发痴，筷子不动了，定眼看五兴，五兴也不吃。他就又笑着说："吃呀，多香哩！"自个儿带头大口吃。

从城里回来，天狗什么也没买，只给五兴买了一套课外复习材料，对女人说："钱难挣了，这门生意做不成了。干脆我再给人打井去。"

一说打井，女人就发神经，嘴脸霎时煞白，说："天狗，什么都可做得，这井万万打不得，这家人就是去喝西北风，我也不让你去干这鬼营生！"

天狗听女人的，也不敢多说，抱脑袋蹴下去。女人看着心疼，就又劝道:"钱有什么?挣多了多花,挣少了少花,一个不挣,地里有粮食吃,也不至于把咱能穷逼到绝路上去。"

做男人的本是女人的主事人,天狗却要叫女人宽慰,天狗这男人做得窝囊。但办法想尽,没个赚钱的路,免不了在家强作笑脸,背过身就冷丁显出一种呆相。

女人敏感,没事睡在炕上的那个更敏感,见天狗一天天消瘦下去,也不唱山歌和花鼓了,两人明里说不得,暗里却想着为天狗解愁。

这一天,天狗进院听见师傅在上屋炕上唱花鼓,师傅从来没唱过,天狗就乐了,进来说:"师傅行呀,你啥时学会了这一手?"

师傅说:"我年轻时扮过社火穗子,学了几句花鼓。"难得师傅心绪好,天狗就说:"师傅,你再唱一段吧。"

瘫人就唱了:

树不成材枉点地吔,
云不下雨枉占天吔,
单扇面磨磨不成面哟,
一根筷子吃饭难。

瘫子唱毕,女人说:"今日都高兴,我也唱一段。五兴,去把院门关了,别让邻居听见了笑话!"

五兴飞马去将门关了,听娘用低低的声音唱:

> 日头落山浇黄瓜哎,
> 墙外有人飘瓦碴,
> 打下我公花不要紧哎,
> 打了母花少结瓜。

唱完,瘫人又说:"天狗,把蝈蝈都拿来,让我看看斗蝈蝈,谁个能斗过谁呢!"

只要师傅高兴,师娘快活,天狗干什么都行,就拿蝈蝈上炕,放在一个土罐里斗。一只红头的,脚粗体壮,气度不凡,先后斗败了所有的对手。一家人正笑着看,屋梁上掉下一物,不偏不倚正好落在蝈蝈罐里。一看,是一只蝎子。

蝎子冷丁闯入,蝈蝈吃了一惊不再动,蝎子也吃了一惊不再动。五兴急着去拿火筷来夹,天狗说:"这倒好看,看谁能斗过谁?"

看过一袋烟时辰,两物还都惧怕,各守一方。天狗要到地里去干活,说:"五兴,就让它们留在罐里,晚上吃饭时再来看热闹。"说完就盖了罐子放在一边。晚饭后揭盖一看,一家人就傻了眼。英雄不可一世的红头蝈蝈,只剩下一个大头一条大腿,其他的全不见了,蝎子的肚子鼓鼓的,形容好凶恶。

天狗说:"哈,玩蝈蝈倒不如玩蝎子好!五兴,明日咱到包谷地去,地里有土蝎,捉几只回来,看谁能斗过谁?"第二天果然捉了三只回来。

这蝎子在一块,却并不斗,相拥相抱,亲作一团。五兴的兴趣就转了。将竹笼里的蝈蝈每天投一只来喂,没想玩过十天,蝎子不但未死,其中一只母的,竟在背部裂开,爬出六只小蝎。一家人皆很稀奇,看小蝎一袋烟后下了母背,遂不认母,作张牙舞爪状。从此,家人闲时观蝎消遣,也生了许多欢乐。

这期间,井把式突然觉得肚子鼓胀,先并不声明,后一日不济一日,茶饭大减,才悄悄说知于女人。女人吓得失魂落魄,只告知天狗。天狗忙跑十三里路去深山背来一位老中医看脉,拿了处方去药房抓药,不想药房药不全,正缺蝎子。天狗说:"蝎子好找,我家养的有。"药房人说:"能不能卖几只给我们?一元一只,怎么样?"天狗吃了一惊:"一只蝎子值这么多?"药房人说:"就这还收不下哩。你家要有,有多少我们收多少。"天狗抓了药就往家跑,将此事说给家人,皆觉惊奇。天狗就说:"咱不妨养蝎子,养好了这也是一项大手艺哩!"女人说:"蝎子是恶物,怎么个养,咱知道吗?"炕上的瘫人说:"咱试试吧,这又不摊本,能成就成,不成拉倒,权当是玩的。"于是蝎子就养起来了。

天狗在地里见蝎子就捉,捉了,就用树棍夹回来。女人在堡子门洞的旧墙根割草,也捉回来了几只。拢共十多只了,就装在一个土瓦盆里。五兴见天去捉蝈蝈来喂。几乎想不到,这蝎子繁殖很快,不断有小蝎生出来。

天狗想,这恶物是怎么繁殖的,什么样是公,什么样为母,什么时候交配?若弄清这个,人为地想些办法,不是就可以繁殖得没完没了吗?

五兴上学去了,他让五兴去县城书店买了关于蝎的书回来。书是好东西,上边把什么都写了,天狗就认得了公母,成对成双搭配着分装在大盆小罐里。整整三天,一早起来就将盆罐端在太阳下,看蝎子什么时候交配,如何交配。终在第三天中午,两个蝎子突然相对站定,以触器相接良久,为公的就从腹下排出一个精袋在地,然后猛咬住母的头拉过来,将腹部按在精袋上,又是良久,精袋被生殖腔吸收。这么又观察了三天三夜,就总结出蝎子交配要在正午太阳端时,而且温度要不可太热,也不可太凉。他鬼机灵竟买了个温度计,记下是二十度。天狗大喜,于是将蝎盆蝎罐早端出晚端回,热了遮阳,冷了晒日,果然不长时间,数目翻了几番。

天狗捉了二十只大蝎去药房,第一次获得了二十元。他并没有回家,径直去了江对岸的商店,给师傅买了一盒高价香烟,给女人买了一件咔叽衫子,给五兴买了一双高腰雨鞋,孩子雨天去上学,就用不着套草鞋了。

女人当即将新衣穿上,问炕上的人:"穿着合不合体?"炕上的就说:"人俏了许多!"女人就又问天狗:"这么艳的,我能穿得出去？"天狗说："这又没花，色素哩。"一家四口，三口就都欢心，师傅说："天狗，你给你买了什么？"天狗说："只要蝎子这么养下去，还愁没我穿的花的吗？"

天狗养蝎上了心，就亲自去书店买书来看。天狗喝的墨水没有五兴多，看不懂就让五兴做老师。饲养方法科学了，养蝎的气派也就更大了。院子里高的瓮，低的盆，方的匣，圆的罐，一切皆是蝎，而公的母的大的小的又分等分类，从此，堡子里的人叫天狗也不再叫名，直呼"蝎子"！

到年底，这家又成了大手艺户，恢复了往日的荣光。一家人吃起香来，穿起光来，又翻修了厦房。县城里一家要养蝎的人知道了天狗的大名，跑来叫天狗"师傅"，要请教经验。天狗亲授了一个通宵。临走时徒弟要买蝎种，一次买六百只，一只种蝎一元二角，收入了七百多元，天狗把钱交给女人，女人颤巍巍捏着，将钱分十沓，分在十处保藏。

女人是过日子的，没有钱的时候受了恓惶，有了钱就不显山露水，沉着气合理安排，以防人的旦夕祸灾。

下了一场连阴雨，丹江里发了水，整日整夜地呼呼。堡子南头的崖土垮了一角，压死了一个孩子和一头猪。天狗的老屋是爷们在民国年间盖的，木头朽了许多，女人就担心久雨会出什么意外，让天狗过来睡。天狗说没事，睡在那边，一是房子哪儿漏雨可以随时修补，二是防着不正经的人去偷摸东西，女人不依，于是天狗的家产全搬过来，窨里搬不动的一家四口人的红薯、洋芋都存在那里。

雨停了，天又瓦蓝瓦蓝的。女人将蝎子盆罐抱出来在院子里晒太阳，就出门到地里看庄稼去了。天狗也不在家。太阳一照，泡湿了的土院墙就松了，"砰"地倒下来，把三个蝎子瓮砸碎了，又砸倒了鸡棚。井把式听见响声，隔窗一看，吓得半死，连声喊人。没人应，眼见得鸡从棚子里出来，到处啄吃逃散的蝎子。他就大声吓鸡。鸡是不听空叫的，把式就把炕上的所有物什都丢出去撵鸡。末了就往出爬，从炕上掉下来，硬用两只手，支撑着牵引着瘫了的身子爬过中堂，到了门口，总算把鸡打飞出院墙，但一只逃散的蝎子却咬了他的肩，把式"哎呀"一声疼得昏在台阶上。

女人在地里察看庄稼，心里突然慌得厉害，返回一推门，失声锐叫，把男人背上炕，就在院子里四处抓蝎。等天狗回来，一切皆收拾清了，女人坐在门槛上哽咽着哭。

没了院墙，夜里女人睡在厦房觉得旷，给天狗说了，天狗回答道："我到窑上把砖货已订下了，等这一窑烧出来，咱买回来就垒墙。"女人就不再说什么，把一口唾沫咽了。

蝎子还要每天中午端出来晒晒，天狗不时用手去拨拨，不让恶物纠缠。天狗的手已经习惯了，不怕蜇，要看蝎子就用手捏，吓得别人嗷嗷叫，他却轻松得很。这回趴在蝎罐看了一会，瞥见女人坐在厦房门口纳鞋底,金灿灿的太阳光洒落她一身,样子十分中看,天狗心里毛毛的,想和她说说笑话。

"这做的是谁的鞋,师娘。"

"谁是你师娘!"

天狗笑了一下,忙又去看蝎子,心里怦怦直跳,过了一会儿,天狗又忘了一切,满脑子是蝎子了,说:"你快来看呀,这一罐不长时间就要分作两罐啦!"

女人捏着针过来,蹴在蝎罐边,她闻到天狗身上的烟味汗味,说:"哪儿就多了,还不是咋天的数吗?"

天狗说:"原数是原数,可瞧它们正欢呢。"

有三对蝎子,正在罐内面对而趴,触器相接,作爱的挑逗……

女人悄声说:"天狗,蝎子是咋啦?"

天狗说:"这是交配呀。"

女人说:"虫虫都知道……"

女人是明知故问的,女人说完,便脸色绯红,反身看天上的一朵云。天狗能是能,这次却不经心失了口,自己也就又羞又怕,竟也显出那一种呆相。女人回过头来,用针尖扎了天狗的腿,天狗"哎哟"一声,炕上的把式听到了,忙问道:"天狗,你怎么啦?"天狗说:"蝎子把我手蜇了。"

第五天,院墙修成了砖院墙。天狗又请来了泥水匠,一定要搬倒原先的土门楼，要造个砖柱飞檐的。把式说："天狗，算了吧。"天狗说："师傅，门楼好坏当然顶不了吃穿，可是个面子上的事。咱把它修得高高的，也是让人瞧瞧咱家的滋润！"做师傅的再没阻拦他，却把女人叫到炕上，说："他娘，咱现在手里有多少钱？"女人说："一千三。""数字还真不小。""亏了天狗撑住了这个家。"两个人下来却没了话。过了一会，把式说："他娘，现在日子顺了，你也要把自己收拾清净些。你毕竟比我年轻，人也不难看，可三分相貌七分打扮，衣服穿新了，头梳光了……"男人没说下去，女人便低了眼，无声地去做饭了。

女人果然注意了收拾，浑身添了光彩。中午太阳出来她洗头，让天狗提了壶给她头上浇水，又让天狗打碎一块瓷片儿："我要刮刮额头荒毛。"天狗到底是天狗，不是木头，不是石头，看见女人容光美妙，心里生热，但这个时候，天狗就走了，走到蝎子罐前看蝎子。

一个初六的下午，天狗在地里浇麦地二遍水，女人也去了，两人天擦黑回来，院门掩着，堂屋的门却上了锁。女人以为瘫人是爬出去了，隔窗看时，把式正躺在炕上，手里拿着门上的钥匙瞌睡了。才明白可怜的人一定是叫隔壁人来锁了堂屋门，要让天狗和她回来单独在厦房里吃饭……

女人站在那里，把瘫人足足看了一袋烟的时间。

天狗说:"师傅他……"

女人说:"他……"

眼里红红的进了厦房做饭。天狗也坐下抱柴生火。两人没有说话,上面是擀面杖的磕撞声,下面是拉动的风箱声。饭做熟了。天狗盛了一碗,寻钥匙开堂屋门给师傅端。女人说:"他睡着了,钥匙在他手里,叫不醒他的,咱们吃吧。"一个坐在灶火口吃,一个立在锅项后吃。饭毕,天狗说:"你歇着吧,我涮洗。"女人说:"这不是男人干的活。"天狗就站在旁边看她洗。院墙的外边,有猫叫春,叫了好一会,天狗这时是木了,麻了,不知下来该怎么办,为难得要死。女人擦了碗,又去擦盆子、擦缸子,不该擦的都擦了,还是要擦,把手占住,把眼占住,但心占不住,说:"你累了?"天狗说:"累,也不累。"却加一句,"歇下吧。"就要出门,女人把他叫住了。

女人说:"天狗,我有话要给你说呢。"

天狗一脚在门槛里,一脚在门槛外,说:"什么事?"

女人拉过一条凳子让天狗坐了,一边替天狗拍打肩上的土,一边要说话,却也好为难:"天狗,他近日又添病了哩。"

天狗说:"师傅吗?怎么不早对我说,我就发觉他饭吃得少了。"

女人说:"你哥他……"她第一次对天狗称瘫人是"你哥",不是"师傅",自己倒再也启不开口了。

-099-

天狗说:"明日我去请医生。"

女人就抬起头来,泪眼婆婆:"天狗,你是真的什么都不懂,还是和我打马虎眼?"

天狗有什么不懂的,自进这家门,他就时时预备着女人要说出这样的话来,天狗本性是胆小的。

女人说:"天狗,是不是我人不人,鬼不鬼的……"说着就趴在了床沿上,拿了牙咬嘴唇。

天狗知道糊涂是装不得了,就过去扶起了女人。女人软得像一摊泥,天狗扶她不起,自己也跪下了,说:"我,我……"又急又怕又窘,支吾不清。女人抬起了头,一双抖抖的手,托住了天狗的脸。

"师娘!"

"谁是你师娘?法院让你叫我师娘?街坊四邻让你叫我师娘?"

"……姐!"

天狗叫出了一个深埋在心底里的"姐",女人突然软在了天狗的怀里。

外边的夜黑严了,黑透了,不是月食的夜,天空却完全成了一个天狗,连月亮、星星、萤火虫都给吞掉了。屋里灯很亮,灶火口的火炭很红。夜色给了这两个人黑色眼睛,两个人都看着亮的灯和红的炭,大声喘气。天狗抱着女人,女人在昏迷状态里战栗。天狗的脑子里的记忆是非凡的，想起了堡子门洞上那一夜的歌声，想起了当年出门打井时女人的叮嘱。过去的天狗拥抱的是幻想，是梦，现在是实实在在的女人，肉乎乎软绵绵的小兽，活的菩萨，在天狗的怀里。天狗怎么处理这女人？曾经是女人面前的孩子的天狗，现在要承担丈夫的责任了吗？天狗昏迷，天狗清白，天狗是一头善心善肠的羊，天狗是一条残酷的狼，他竟在女人头发上亲了一口，把战栗的菩萨轻轻放在了凳子上。

女人在黑暗里睁大了一双秀眼。

"天狗，你还要到老屋去吗？"

"我还是去的好。"

"我知道你的心，天狗，可我对你说，我和他都了解你，你却不了解我，也不了解他。我是老了，我比你大三岁……"

"姐，你不要说，你不要说！"

"你让我把话说完。天狗，这一半年里，咱家是好过了，怎么好的，我也用不着说出来。你既然不这样，我也觉得是委屈了你，我将卖蝎的钱全都攒着，已经攒了一千三了，我要好好托人给你再找一个，让你重新结婚，就是花多花少，把这一院子房卖了，我也要给你找一个小的。兄弟，五兴他爹，我和你哥欠你的债，三生三世也还不完啊！我不知道我怎么才能报答你，看着你夜夜往老屋去，我在厦房里流泪，你哥在堂屋里流泪……他爹,你怎么都可以,可你听我一句话,你今夜就不要过去,我是丑人,是比你大,你让我尽一夜我做老婆的身份吧。"

"姐,姐!"

天狗痛哭失声,突然扑倒在了尘土地上,给女人磕了三个响头,即疯了一般从门里跑出去了。

第三天里,打井的把式死在了炕上。

把式是自杀的。天狗和女人夜里的事情,他在堂屋的炕上一一听得明白,他就哭了,产生了这种念头。但把式对死是冷静的,他三天里脸上总是笑着,还说趣话,还唱了丑丑花鼓。但就在天狗和女人出去卖蝎走后,他喊了隔壁的孩子来,说是他要看蝎子,让将一口大蝎瓮移在窗外台上,又说怕瓮掉下,让取了一条麻绳将瓮拴好,绳头他拉在手里。孩子一走,他就把绳从窗棂上掏进来,绳头挽了圈子,套在了自己脖上,然后背过身用手推掉大瓮,绳子就拉紧了。

天狗回来,师傅好像是靠在窗子前要站起来的样子,便叫着"师傅,师傅!"没有回音,再一看,师傅的舌头从口里溜出来,身上也已凉了。

把式死了,把式死得可怜,也死得明白。四口之家,井把式为天狗腾了路,把手艺交给了天狗,把家交给了天狗,把什么都交给了天狗。他死得费劲,临死前说了什么话,谁也不可得知。天狗扑在师傅的身上,哭死了七次,七次被人用凉水泼醒。

后悔的是天狗,天狗想做一个对得起师傅的徒弟,可是现在,徒弟对于师傅除了永久的忏悔,别的什么也说不出了。

堡子里的人都大受感动。

埋葬把式的那天,天狗虽不迷信,却高价请了阴阳师来看地穴,天狗就打了一口墓,墓很深,深得如一口井。他钻在里边挥锸挖土,就想起师傅当年的英武,就想起那打井前阴阳师念的"敕水咒"。

堡子里的人都来送葬。这个给堡子打出井水的手艺人,给家家带来了生存不可缺少的恩泽。他应该埋到井一样深的地方,变成地下的清流,浸渗在每一家的井里。

棺木要下墓了,女人突然放声嚎啕,跳进了墓坑,乞求着埋工说:"让我给他暖暖墓坑,让我给他暖暖啊!"

天狗也跳进去,解开了怀,将胸膛贴在冷土上。

日光荏苒,转眼到了把式的"百日"。这天,堡子里来了许多悼念的人,这一家人又哭了一场,招呼街坊四邻亲戚朋友吃罢饭,天狗就支持不住,先在师傅睡过的炕上去睡了。他做一个梦,梦见了师傅,师傅说:"天狗,这个家就全靠你了!家要过好,就好生养蝎,养蝎是咱家的手艺啊!"天狗说:"我记住的,师傅!"就过去扶师傅,师傅却不见了,面前是一只大得出奇的蝎子。天狗醒来,出了一身汗,梦却记得清清楚楚。翻身坐起,女人正点着灯,在当屋察看着蝎子盆罐。地上还有一批小瓦罐，上边都贴了字条，写着字。

天狗说："五兴呢？"

女人说："刚才把这些字条写好，看了一会书，到厦屋睡了。"

"蝎种全分好了？"

"好了，每家五只，除过五十家匠人顾不得养外，拢共是七百五十只，你看行吗？"

堡子里的人都热羡着这家养蝎，但却碍于这是这家的手艺，便不好意思再来学养。天狗和女人商量了，就各家送些蝎种，希望全堡的人家都成养蝎户，使这美丽而不富裕的地方也两者统一起来。

天狗听女人说后，就轻轻笑笑，说："明早咱就送去。中午去药房再卖上几斤，五兴再过十天就要高考了，要给他买一身新衣哩。"

女人说："五兴考得上吗？"

天狗说："问题不大吧。"

女人揭开那个大瓮，突然说："天狗，你快来看看，这个蝎子好大！我还没见过这么大的，怎么长得这么大呀！"

天狗走过去，果然看见蝎子很大，一时又想起了师傅，心里怦怦作跳，就坐回炕上大口喘气。

火纸

一

　　崖畔上长着竹，皆瘦，死死地咬着岩缝，繁衍绿。一少年将竹捆五个六个地掀下崖底乱石丛里了，砍刀就静落草中，明亮亮的，像失遗的一柄弯月。现在是汉江垂暮时分，半天劳作可以暂作歇息，少年便从一石板下取出三块浆粑糕来啃，一边茫然地望着崖下江面。浆粑糕是用槲叶包蒸的，形如粽子，剥开，槲叶的脉络就清晰地印在糕上。正待吃，乌鸦旋即在头顶上飞。乌鸦没有发现石板下的藏物，却不放过少年吃嚼时掉下来的糕渣，甚至从他手中衔下一小块而倏然飞去。江面上恰好有一只梭子船过，疾行如飞，锯齿般的崖，这一齿才看见了船尾，那一齿又见着船首。船首上是站着持篙的人，狼一样的嗓子在唱歌：

> 你拉我的手，
> 我就要亲你的口。
> 拉手手，
> 亲口口，
> 咱们两个山圪崂里走……

这是沿江送人去北山密林割漆的船，朝从两河关出发，夜到葫芦镇停泊。葫芦镇上有孙二娘的茶社。据说水上人乏乏的了，一摊散肉躺在竹椅上，茗茶，抽烟，看着孙二娘弹着琵琶软软地唱山歌。歌听得多了，回忆常在心上，一蓑一船在水上漂了，唱这些没皮没脸的骚歌，享想象中的福。少年想：爹就是坐这船到北山密林里割漆的，百里千刀一斤漆，爹的衣裳破成絮絮，在一握粗的漆树上开人字刀，插贝壳片。漆树是苦命的树，一年春秋两季挨刀，粗处的皮挨得不能再挨了，向细处挨，直到好皮割完，好汁流干；树死了，爹也死了。爹是中漆毒死的，爹虽不怕漆，每次开刀时说："你是七（漆），我是八！"但漆汁溅在衣裳上洗不掉，溅在手上脸上也洗不掉，手脸便烂起来，烂得像漆树一样也没有好皮，就死了。

崖畔下有人在喊，其声尖锐，后来就骂："狗子阿季，你在山上又跑阳了吗？！"阿季是少年的名，是小名，大号姓刘名季。狗子是七里坪火纸坊王麻子家的狗，狗常随着王麻子的女儿丑丑，同伙们就作践阿季，说阿季二十多了没见过女人，不如狗子福分大。阿季就往崖下走，一面看夕阳从汉江下游处照上来，在一面石壁上印一个圆圆的淡红，便发现自己在竹林里形影俱清，肌发也为绿了。

河滩上，同伙们已经缚好了柴筏子，将砍下的竹捆垒上去，末了就帮阿季缚筏子，运了气一口吹饱了两个拉车轮内胎，系在筏下，竹捆也垒上去了。

"阿季，你见着王七吗？"

"没有。"

"他坐在梭子船上，割了三十斤漆，他又发了！"

"他发肿了，我也不去割漆！"

"凭这砍竹，你能见女人的腥吗？你不给你爹生个孙子，你就不是好儿子！"

"回吧，天不早啦。"

阿季跳上竹筏，篙一点，筏倏忽冲到江心，一横，顺水而去。同伙们的竹筏也撑上来，七张八张筏头尾相接列成一字。行至七里坪，天已经彻底黑了，看得见村口的火纸作坊，窗口红得像血，咯吱，咯吱，缓慢的、沉重的水轮声匝地过来，沉沉地又落在江水里。阿季无由地打一个冷颤,一听见这水轮声他就激动,偏磨磨蹭蹭不往前边走。

"阿季,你不交竹了吗?"

"你们先走,我就来。"

七八个人负重了湿竹走在作坊前的土场上,眼睛全朝砸竹坊门口看。砸竹坊梁上吊一盏油灯,光圈红匀,如一轮太阳,那水轮立旋,带动了一搂粗的方形木榫,丑丑就坐在木榫旁边拨竹绒。木榫升起,露出她小小的身形和白白的脸,木榫落降,不见了小小的身形和白白的脸。阿季真担心丑丑一时走了神,或者打了盹,那木榫要把她也砸成肉绒的。当然阿季是多余的担心,丑丑在作坊里拨了两年竹绒,一次皮毛也没伤过。那只狗子从作坊里窜出来,大声咬,直向阿季进攻;不会说人话的狗子倾咬说人话的狗子,同伙们就很乐。

"丑丑,你的狗子要咬死阿季了,你也不管吗?"

砸竹坊里的水轮声大,丑丑没听见,压纸坊里的王麻子却出来,凶声恶气地说:"叫什么呀?不来过秤,今日我就不收了!"

阿季在心里直骂:"十个麻子九个怪,一个不死都是害!"

二

麻子最不放心的是砍竹的这帮少年,但又不能太得罪,因为火纸坊是他私人开办的,火纸原料的青竹是砍竹人卖给他的。

他对于他们，见不得，离不得，所以他的人缘难处，活得很累。

说实话，麻子还算不上是坏人。公社化时期，他任过职，是七里坪的贫协主席，秉性所限，职位所制，生活极尽严肃。别人趁机能捞的全捞到了，他依旧是三间石板房，石桌子，石臼子舂米，门前一棵弯身子石榴树。人常说：人旺财不旺，财旺人不旺，他什么都不缺，就是缺钱，什么都没有，就是老婆有病，病过三年竟死了。老婆死时女儿才两岁，他再不续妻，也不偷鸡摸狗，一心拉扯丑丑长大。丑丑是他的作品，他精心塑造，开会时背上，他不准她哭闹，她也不哭闹；村里人家分家另灶，他去主持，不准丑丑吃别人的东西，丑丑馋死也不吃。丑丑长大了，长到十六，一切都成熟，恰公社取消，乡政府代替，土地由各家各户经营。父女俩在山坡上刨地，一株桃花在地边开得妖妖的艳，丑丑折一枝插在头上，他说："快取下来，妖精似的难看！"村里的少年子走了汉江，到葫芦镇，下白河县，去襄阳市，回来穿的裤子腰身紧了，裤管宽了，人一下子修长了许多，楚楚可人，丑丑也将自己裤腰往小里缝，他黑了脸："成精作怪！"硬要恢复原样。麻子老爹最欢迎土地承包，却一天一天怨恨世风沉沦，人心不古，在家里对丑丑说："你瞧瞧，人到底是私虫虫，公社化的时候，在地里都磨洋工，现各人种各人地了，就干疯了！疯了也便疯了，这还像个农民，倒又都出去跑生意，搞商业，自古无奸不商啊！那些年，村里一家盖房，哪一家不去帮忙？挖个厕所,都会来五六个帮工的,现在都盯在钱上,没钱不帮工,人都成乌眼鸡了!这政策是还得变一变的!"

但是,农村没有了贫协机构,麻子的话说了白说,政策依旧没有变,变的倒是麻子威信下降,人缘衰败,手头拮据,日月困顿。他只好也开办了火纸坊,没钱你寸步难行啊!火纸坊是在三间石板房的基础上改做的,麻子会做纸浆,捞纸匠请的是丑丑的大舅,一个嘴只吃饭不能说话的老头。丑丑的工作就是在门前土场上挖下三个大坑,将收来的竹捆压一层,铺一层石灰,再用稻草盖了,以水灌了,铲土埋了,两月三月之后竹捆腐烂,掘开摊晒,就一天到黑坐在那个一搂粗的方形木榫下经营砸绒了。

水轮转动的时候,砸竹坊里似乎什么也不复在,咯吱,咯吱,咚咣,咚咣,丑丑先是一声响动心肠就扭翻一下,后来耳朵就听不见这响动,她听到的只是胸口里的一颗心在跳,手腕子的脉在搏。

她常常想:世上事真怪,火纸是火,青竹是水,水竟能成为火,而她造纸人就是在做这种水火交融和转化吗?丑丑的文墨少,好多事想不到,想到了又解不开。在水轮木轴上润油的时候,她就走出砸竹坊吸新空气,看见对面山上那棵独独的树,树顶上那片孤孤的云,后来就看见汉江上烟波迷惘,有竹筏子悠悠下来。

竹筏上坐的是砍竹少年，一帮一伙，光头大耳，一走近火纸坊前看见了丑丑，那话就多起来了，叫道："丑丑，你来给我们的竹捆过秤吧！"

丑丑先是笑着，太阳照在脸上，刺得她眼睛睁不开。

"丑丑，你爱吃蘑菇吗？这一把蘑菇不是狗尿苔，肥得流水水哩！"

丑丑就跑过来，她的腰身很好，衣服却太长，一边跑一边将衣服往上揪。砍竹少年子说一句"丑丑让衣服穿坏了"，丑丑就脸红。

麻子将这些看在眼里，自然就催丑丑去砸竹，自然在过秤时极不耐烦，偏将秤撅得老高，以毛竹、水竹、苦竹分类，以粗细分等，和少年子讨价还价，论高论低，黑封了脸。

"掌柜的，你这不是勒刻人吗？"

"谁勒刻你了？啥人啥对付，我也学着来哩！"

"你没丑丑好。"

"好你娘去！"

丑丑见爹和少年子言语不悦，过来说："爹！"麻子一脸深红浅红，吼道："砸你的竹去！"少年子快快地领钱走了，丑丑并没有再去砸竹，坐到水渠沿上去抹眼泪，爹叫也不理。

麻子见丑丑哭了，心也软下来，拿了烟袋蹲在丑丑身边吸，吸进去一口，喷出来三股，说："丑丑，你还生你爹气吗？爹不是怨你多事，爹害怕现在的人心复杂引坏了你。咱是正经人家，虽说办了这个作坊，但不做亏心事，活个干干净净，到时候政府的政策变了，谁也说不上咱一句闲话。"

丑丑听着爹的话，心里却想着娘。娘的记忆是模糊的，涌上来的是十多年爹的形象。爹的话或许是对的，世界上还有谁最疼爱自己呢？但丑丑错在哪里，哪处不够检点，失了女儿体态？丑丑的心里乱糟糟的，坐在水渠上没有动，看渠水活活地流。直到后来，砸竹坊的水轮又响了，木榫沉重地砸起来，丑丑就不忍心了，走进坊里去，站在拨竹绒的爹身后。爹站起来，她蹴下去，一下一下将竹绒拨到木榫下。听见爹说了一句："我丑丑到底懂事！"

从此，砸竹坊的门口卧了一条狗子，一身雪白，双目却生黑圈。不知怎么，丑丑一看见那狗子，就想到那些光着头的砍竹少年子，但砍竹的少年子交竹来了，狗子就在坊门口汪汪叫，声巨如豹。

一日，阿季勇敢地向砸竹坊走，狗子就扑上去吠，阿季胆包了天，不怕狗子，龇牙咧嘴的比狗子还凶。丑丑就站起来说："阿季，那狗子会真咬的！你有事吗？"

阿季说："丑丑，你不会到外边去转转吗？"

丑丑说："我要砸竹。"

阿季说："你爹老不死的，使你太苦！"

阿季骂爹，丑丑没有回骂，心里却不悦。狗子真的咬住了阿季的后脚，阿季叫一声"丑丑"，丢过来一颗黄黄的山杏儿，狗子却也将阿季的一只鞋叼了过来。丑丑接住了山杏，将鞋丢过去，爹就来了。丑丑将山杏塞在口里，低头只是拨竹绒，山杏太熟了，牙一嗑在口里就烂，甜甜的，酸酸的，甜酸甜酸的。

阿季走到汉江边，大骂麻子老东西，说："我要有钱了，一定娶丑丑！"同帮同伙的就笑阿季说天话，戏谑之后却叹息，叹息了坐着竹筏回各自村里去，江面上就驶过了那些往葫芦镇去的梭子船，持篙人又在自情自爱地唱歌：

  对门打伞就是她，
  提个冷罐去烧茶。
  冷罐烧茶茶不滚，
  把我哄到南岭北岭西岭
  象牙床上鸳鸯枕上席子面上
  铺盖底下去探那个花，
  一身白肉当细茶。

三

阿季家也是石板房，下雨不漏水，日头出来却满屋光点。

阿季躺在炕上看那吊下来的光绳子，绳子里有万物，活活飞动，就想着怎样去挣钱：挣了钱就好了，满口袋人民币，走到火纸坊去，说，麻子，你的火纸我全买了！麻子一定高兴，就不会待他恶声败气了。他就提出要娶丑丑，叫他一声老泰山！可是，怎样挣钱呢？靠砍竹，一斤竹一分钱，山上、水上苦一天挣三元钱，仅够上自己吃喝花用。去割漆吧，死也不走那条路了。阿季想，要挣钱还得去砍竹，砍竹挣钱少，也只有砍竹才能挣少钱。麻子，麻子，你死不着的，你古板了一辈子，你也要丑丑和你一样！瞧着吧，我娶了丑丑，领着丑丑去逛大世界，你死了也不理，没人给你摔孝子盆，你造火纸，到头来却没人给你坟头上烧！

阿季想得好，一到火纸坊，还是怯麻子，怯狗。再到崖畔上砍竹子，砍得心烦手困，就做了一支竹箫儿吹。汉江边上的人不识乐谱，一代一代却传下来会吹箫，吹的是孝歌，呜呜咽咽，苦竹丛里人就觉得更飕飕的冷。同伙说："阿季，阿季，你别吹了！"阿季还是吹，同伙就叹息："阿季真让丑丑勾了魂了！"先前戏谑阿季是狗子，那是为了开心，阿季当真爱上了丑丑，同伙们就正经地替阿季想办法。小逛山们不想办法则已，一想办法就绝。

"阿季，你是真心娶丑丑，还是赌气娶丑丑？"

"真心也娶，赌气也娶！"

"你个小情种！我们给你想办法，你去找丑丑，你给丑丑个生米做熟饭！麻子当然恨你，但他好脸皮，也只好包住事情挨个肚子疼，事情就成了。你敢？"

阿季却摇头。

但同伙们还是要帮阿季，当去交竹时，几个人去围着麻子到纸浆坊去算账，几个人用一块猪骨头引狗子到土场外，阿季真的从水轮后闪进砸竹坊去见丑丑。

丑丑好慌，说："你死胆儿，狗一咬，我爹要来骂我的。"

阿季说："你那么怕你爹？！你爹七十了，你才十八！"

丑丑说："我爹信不过你们，你们在外边跑的人，心都不正哩。"

阿季说："你爹胡说，我心正哩！"

两个人站在木榫前，木榫升起，与他们平肩，木榫落下，脚下的地就咚地一颤。木榫空起空落，响声空洞，丑丑嘴里说着什么，传到阿季耳朵里却听不清音。阿季一时不知说什么了，将腰带上的箫送丑丑。丑丑笑，说："我不会吹。"阿季说："我给你教，好学得很哩！"就搭在嘴皮上吹起来，吹得像水声，比水还柔，和谐到了水轮木轴的咯吱声中，和谐到木榫的咚咣声中。阿季的一双眼看见了石板屋顶的木椽上蜘蛛结编的一个雨帽般的大网，看见了水轮轴杆上生就的一层绿色的藓苔，看见了丑丑的白白脸和宽大的粗布衫子下依然能看出的凸起的胸

-115-

部。丑丑也听呆了,眼里一会儿放光,一会儿又暗淡,头低下去,惊奇阿季的嘴怎么比夜莺还巧妙?

麻子却出现在了坊门口,吼了一声:"吹你娘的脚!"一竹棍磕在阿季的腿上,竹箫落下去,正在木榫下,立即粉碎。阿季跑出砸竹坊,听见麻子打丑丑,直声喊:"要打来打我,打丑丑不算有本事!"狗子闻声扑上来,将阿季腿咬了一口,阿季跑了。

麻子在土场上指着远去的阿季骂:"阿季,你这坏坯子,火纸坊再收你的竹子,除非你砍了我这脑袋!"

阿季挣钱的门路因此也就绝了。他在家里躺过三天,心灰意懒,无事可做。同帮同伙们少了阿季,生活也寡了味,提了酒来阿季家喝,话又退一步说着劝慰。酒是消愁的,酒却添了愁,阿季第一次醉了,口口声声念叨丑丑。醉醒了,倒一脸羞愧。第三天里,当江面上驶过去葫芦镇的梭子船时,搭上走了。

阿季到了葫芦镇,镇上人来人往,阿季认不得一个人,阿季也没个地方去呆。汉江上顺行的逆行的船在葫芦镇都要停,停了,船夫们就上孙二娘茶社去,阿季也跟了去。茶社是三间房,房里没隔墙,四根光柱子,左一排右一排竹躺椅,人人一边茗茶,一边听孙二娘弹琵琶唱曲儿。孙二娘是真名实姓,还是称号,没人能说清,反正人不老,说有三十,小了一点,说有四十,老了一点。白脸,光头发,衣服里涌动着两个胖奶子。她唱的是好嗓子:

郎撑船儿下汉江，
姐在房中烧报香。
报香插在香炉内，
一望二望七十二望，
南京土地北京城隍，
观音老母送子娘娘，
保佑我郎早回乡，
免得我一心挂两肠。

阿季听着听着，倒想起火纸坊里的丑丑，眼角湿起。后来就迷糊起来，竟在竹躺椅上睡着了。待到孙二娘喊："这少年子，这里是你的炕吗？"睁眼看，茶社里已没了人，慌忙走出茶社，到街上寻栖身的地方去。

四

葫芦镇是个古镇，有三百年事，汉江岸上挺繁华热闹的地方。北岸山势形如卧龙，忽于此细若蜂腰，单单地突结一个葫芦状的岗峦为镇。洵水从秦岭来，绕镇三面而入汉江，其中屋宇参差，楼台层叠，宛如画图。阿季小时随父到过镇上，记忆早已模糊，如今最惊奇的是镇街。镇街说起来是五条，实则一条，从渡口的石级上进入，走过人声嘈杂的河街，街便绕到后镇右崖边，之字斜向而上，又绕到左崖边，如此盘绕，直到岗顶，岗顶上是一高楼，为区政府所在。在这盘绕街上，又直上有四条小巷，一律石阶，阿季不知此巷名，自作聪明称"好汉巷"。就在这纵纵横横弯弯绕绕的镇街上，屋舍建筑十分奇特，正面没有一家类似一家，入深也是一家大来一家小。旧社会，葫芦镇是大码头，栈多，店多，馆多，铺多，有钱的人房子雕梁画栋，门楼五脊六兽，因为居势而筑，结构又以山赋形，极尽曲折。当今这些旧屋人分而住之，残壁断垣，却新式水泥楼阁立锥地而拔起，墙或长或方，或仄或圆。镇上没有一辆自行车，人人口袋里却都装有手电。阿季闲得无聊，走遍镇上每一角落，看了穿裳衣戴毡帽的人，也看了戴墨镜披长发的人，新旧混杂，俊丑相处，阿季不免大发感慨，悔之自己以前未能常来，也惋惜丑丑一次未来过。"丑丑要是来过一次，她也不会听她爹的话了！"阿季这般思想，肚子就咕咕响起来，看看那随处都是商店货铺的柜台上的糕点，两耳下的部位不停闪出小坑。人总是想着活下去的门路，阿季脑瓜灵，寻到了挣钱的好门路：他在渡口上打问那些从城里来游玩的人，介绍要住到岗上的国营旅社去，走镇街太绕，走镇巷太陡，他可以当脚夫，把所带的大包小兜背上去。城里人有的是钱，少的是力，自然阿季日有收入，竟有几次，一些娇嫩的女子一下渡船，望着山镇噢噢直叫，阿季就让其面后坐在背夹上，他背着上"好汉巷"。女子在背夹上观镇景,乐得大呼小叫,说这里的旧式建筑像迷宫,说这里的新式楼房前看有六层,后看是两层,说这里的四合院好小,四面房顶是四个三角组合的正方形,中间的天井应该叫漏斗,后来就兴奋地唱歌。阿季虽然爬惯了山,背惯了竹,但背夹上活人活动,八十斤也似有百二十斤,累得气喘咻咻。安慰他的,使他多少忘了疲倦的是女子的歌声,和女子身上散发的一种说不出的什么香水味,怪香怪香。

阿季有了钱,就吃饱肚子了坐到岗腰的河神庙门口去。庙门口一奇石,高数丈,石面上附有花藻,如雕刻,石上竟一古木蜷曲,霜叶新染,石下更有一泉,寒冽异常,里边投有一层银银的小分币。这都是船工们投的,为的是祈求好运。再便到庙里去,给河神烧整捆整捆的火纸。一看见火纸烧焚,黑灰片飘飞如鹭,阿季就要想起丑丑,无限惆怅,遥看汉江自远处迤逦而来,曲崖回湍,半隐半现,出没于云山沙渚之间。

这当儿,阿季就到河街上的孙二娘茶社去,混于船夫之中,别人说茶好,他也说茶好,别人为二娘歌声喝彩,他也喝彩。这般去得多了,二娘就认识了阿季,问年龄,问籍贯,问家世婚姻,二娘就乐了,一把拧了阿季的脸,说道:"你还是个小光棍?!"阿季猜不透她的话意,但他装傻,取人以悦,只是憨笑,又眼活手快,帮二娘去茶炉上添煤,替二娘给船夫续水。二娘喜欢他了,让他夜里睡在茶炉边,却警告说:"你要是小偷,我就会剥了你的皮的！你跑到哪里，只要在汉江上，船夫们也会抓你来送我的！夜里静静睡，楼上有什么动静你不要嚷！"

阿季夜里有了安身窝，熟睡如猪一般，几日之后，却睡不着，成半夜听见楼上脚步走，桌椅动，有话声笑声。阿季就想：二娘在楼上住，是她和丈夫说话吗？但从未见过她的丈夫，也不见孩子！心下疑惑，有一次茶社没人，他说："二娘娘，伯伯是在外做生意吗？"

"死了。"

"死了？那你也没孩子吗？"

"有你这儿子！"

阿季噎住话，不可回答。二娘却问："阿季，你夜里听见什么了？"

"听见你和人说话声。"

"用驴毛塞了你耳朵！"

阿季想：二娘是寡妇，是不是夜里有野汉？话却不敢问。观察来茶社的每一个船夫，似乎都不是二娘的野汉，又似乎人人都对二娘亲近，进门有送木耳的，有送核桃的，有送头巾的，说话出格，甚至粗俗，但二娘好时百般伺候，恶时横眉竖眼，骂船夫如骂儿子！阿季便不觉得二娘不是，倒视她如姐，如娘，如观音菩萨，夜里睡下，竟也想到她的那一对涌动着衣服的大奶子！

一日，阿季当脚夫，在"好汉巷"里，上去腿软，下去腿酸，回到茶社卸了帽子朝下搔，脱了袜子朝上搔。二娘说："阿季，你年轻轻的要当一辈子脚夫？"

阿季说："我没事可做呀？"

二娘说："你要有本钱，我介绍你到一个船上去跑生意，可你没本钱，船夫不会收你。你怎不去深山割漆去？"

阿季说："啥事都可干，就是不割漆！"

二娘说："那你就回去好生种地，将来也好混个老婆跟你过活。"

阿季说："我要娶丑丑！"

说罢，大觉失口。二娘就问："丑丑是谁？好难听的名字。"

阿季瞒不过孙二娘，如实说了与丑丑的干系，二娘脸色黯然，叹息道："好可怜的丑丑！你阿季要做男子汉，你应该就去娶丑丑！"阿季苦愁自己一没本事，二没本钱，不知将做什么好。二娘说："听说河神庙门口有个驼子能拆字，你让他去拆拆，看你做什么合适？迷信不可全信，也不可不信呢。"

阿季到了河神庙门口，奇石清泉右侧，正有一古碑，一驼子就在碑下，不是为人拆字交卦，而在推拿行医。一老汉腹内绞痛，被人背来，驼子当下在患者腹部揉摩，但老汉痛不能支，驼子说："也好，也好。"伸指按动腰部一穴，捻之，老汉即死，复重缓缓揉摩腹部，痞积即散，再按腰部一穴捻之，老汉复生，疾亦霍然。众人赞道："真是神医！"旁边一人说："先生起死回生这还罢了，拆字爻卦，更能预知前事！"当下阿季上前乞求拆字，爻卜命运，驼子问："你拆个什么字？"阿季脱口说道："我名叫季，就拆季字！"驼子沉吟片刻，合掌说道："你这命好，眼下困顿，但天人吉相，好事将至！"阿季半信半疑，紧问他将去哪儿做什么为好？驼子说："季字上头一撇，这是青龙抬头，中间为木，下部为子，子属水，水在木下，木有水茂，这是一个绝好的字。所以，你宜于向东西北干事，忌讳向南，南属火，木见火焚。"阿季不懂阴阳五行，但听明白他遇水则生，遇火则克，不觉想起砍竹之事。旋即又想：麻子恶我，他不收我的竹子，我有何奈？不禁又郁郁愁闷。抬头又见三三五五船夫进庙，都在庙门口货摊上购买火纸，灵机一动，拔脚就赶回茶社，对二娘说："二娘，我有事可干了！"二娘问要干什么事体？阿季说："我还要回七里坪的火纸坊去，我去买了麻子的火纸，来河神庙门口卖，这一倒手，利也是不少的！"二娘也为阿季高兴，当下说了许多鼓励话，不提。

　　自此，阿季走动于七里坪和葫芦镇，麻子见阿季是来买纸的，也不再提及前仇，将纸售他。阿季先是三捆五捆买，再后十捆八捆，生意越大，本钱越大，本钱越大，生意越大。麻子的火纸坊销路一直不好，阿季几乎承包了他三分之一货量，麻子也可以允许他在火纸坊里多停留，听他天高地阔说些葫芦镇的人情世态，奇谈怪论。这期间，他也偷偷与丑丑交往。

一次丑丑说:"阿季,你越发不像以前了,嘴好能说!"

阿季说:"我这算什么,葫芦镇上人肚里全是新闻,话说得才多哩!"

丑丑说:"葫芦镇真好!"

阿季说:"你去不去,我领你走一趟。"

丑丑却说:"我才不去。"

阿季就拿出一瓶"雪花霜"给丑丑,丑丑闻了闻,说"好香!"却还给阿季。阿季说:"你怎么不要?我特意给你买的!"塞在丑丑的手里就走了。

丑丑重新坐下拨竹绒,心慌得跳,将"雪花霜"擦一点在脸上,总怕擦不匀,被爹瞧见,对着水渠里的水照看时,听见江面上阿季唱歌子:

这山望见那山高,
望见一树好仙桃,
长棍短棍打不到,
脱了鞋儿上树摇。
左一摇来右一摇,
摇得仙桃遍坡跑。
过路君子拣个尝,
不害相思也害痨。

郎害相思犹小可,

姐害相思命难逃。

五

阿季在河神庙门口卖火纸,卖得出了名,索性将纸摊摆在茶社卖。有买主来,阿季卖纸,没买主来,阿季就帮二娘待船夫。阿季腰不疼,腿不乏,一张嘴也能说会道,啥人啥对待,事体处理得滴水不漏。二娘弹琵琶唱歌时,他也吹箫,弦、竹和谐。船夫说:"二娘,你这徒弟精灵哩!"二娘说:"他是我的干儿啊!"阿季也甘心充干儿,并不避讳,越发精明乖觉。入夜,阿季还睡在茶炉边,二娘从楼上下来,一边烫了一壶水酒慢慢地喝,问阿季:

"前三日去火纸坊,给丑丑说透心思了?"

"说了。"

"丑丑怎么说。"

"她脸红,羞着就走了。"

"你没看她的眼睛吗? 她眼里会说出话的。"

"我看不出来。她走到坊门口,只说了一句:'你不怕我爹?'"

"这就是七成八成同意了! 阿季,你给干娘说,你没有拉过她的手吗?"

"干娘怎么说这个！"

"阿季还羞口！你要拉手哩，事情到了一定时候，那就不羞了。干娘问你就想知道事情到什么火候上。"

阿季记着孙二娘的话，他真的要试试丑丑待他的心意。再去火纸坊，天赐良机，麻子竟不在，丑丑的哑巴舅在纸浆坊里捞纸，阿季从水轮后进去，狗子没发现，正在土场上啃骨头。丑丑又惊又喜，让阿季站到墙角来说话，木榫还在起落，起落了白起落，遮掩着墙角的两人说话外边听不着。阿季问丑丑上次他提说的事，怎么考虑？丑丑说："爹是不同意。"阿季问怎么不同意，火纸坊的销路几乎他包了，还能不同意？丑丑说："爹信不过阿季，说阿季越发在外边跑动了，越发染有坏毛病，这号人钱越多，越靠不住，将来没个好落脚！"阿季说："他好死板，世事都到什么时候了，他还这么看人？"问丑丑："那你的主意呢？"丑丑不说，阿季就瞅着丑丑脸，脸子好白嫩，阿季心就热，伸手去拉丑丑手，丑丑挣了挣，挣不脱，让阿季握住了，像握一团棉絮，越握越小。阿季也糊涂了，丑丑也糊涂了，糊糊涂涂之中，两个人头尾相接，两人做了一个人。等醒来，都出了一身汗，吓得痴痴呆呆，丑丑竟呜呜地哭了。阿季慌手慌脚，不知所措，劝也不是，不劝也不是，倒拿巴掌打自己，求丑丑饶了他。丑丑不哭了，说："爹说你是坏人，你真是坏，你快走吧！"

阿季听丑丑这么说，心又咯噔咯噔发凉，他不走，又要问：

"丑丑,你真的看我是坏人吗?"

"你走!"

"你不饶我,你要不答应我娶你吗?"

"已经……我还能不让你娶吗?叫你走,你就快走!"

一块石头落下地,阿季就走了。在葫芦镇里,阿季痛定思痛,想起砸竹坊里的事,又惊又怕,到后来却全化作喜。孙二娘问他情况,他说丑丑同意了,绝口不提别的事。

日光荏苒,转眼半月过去,茶社里来了一位紫阳船夫,茗茶间论起茶道,说汉江二百里外的上游紫阳镇新生产了一种高山云雾茶,清心明目,防癌降压,且价格便宜。孙二娘心便动摇,欲搭那船去紫阳进货。阿季说:"干娘身体不好,水上行几日,风大浪急,必是太累,不如我去采购好了。"二娘说:"有你这一句话,我死了也心甘,即就是某年某日我死了,留下茶社交你,我也闭得下目!可你毕竟出门少,又不识茶,还是我去的好。我去三天五天,你好生经营茶社,船上的人辛苦,能到茶社,是瞧得上咱,你只能嘴甜腿快,百般服侍,别瞧不起这些下苦人,坏了茶社名声!"阿季说:"这是自然,干娘放心好了!"黎明,送孙二娘上船,其时晨雾锁江,但见渡口上旁江崖上古木参天,老干苍藤与秀石清泉相映,却有一只乌鸦聒噪,孙二娘又给阿季叮咛了一番茶社的事,船便一路上水而去。

阿季在茶社里手脚勤快,态度热情,里外接应,大方自如。

如此过了五日，孙二娘却不见转回。每天早起开茶社大门，扫除卫生，就持帚眺望汉江上游，江上却平阔一片，荡荡浩流，两岸诸峰罗列，一痕苍青，碧宇空悬，一弯残月，明迷之光铺洒身前身后。他突然觉得身冷，连连打了几个喷嚏，转身进茶社起炉生火，烧水泡茶，茶客们就三三两两来了，那些早起的船夫喝惯了一天的第一杯茶，直嚷道："阿季，冲酽点，清早这一壶喝了，一天头不疼的！你家干娘还没回来吗？"

阿季说："没回家，也到回来的时候了，说不定这杯茶你未喝完，她就回来了！"

此话言中，孙二娘回来了。孙二娘回来的不是活人，尸首被席卷着抬了回来！先是孙二娘买好了三百斤新茶，依旧搭了那条船返回，在江上行了一天一夜，不想在月日滩，江风顿起，波光摇曳，船一时把握不住，斜冲向一堆屋般大的乱石，便人船俱翻了。船夫识水性，却脑袋被撞去一半，再没浮起。孙二娘不善水，双手去攀浪头，浪头将她打入江底。远远的别的船上知道此船上坐有孙二娘，见船翻后，一片惊叫，当下船划过来，却没见了孙二娘踪影。这船呼叫那船，船队全停泊靠岸，人扑进江里打捞孙二娘；打捞上来了，孙二娘却死了。

孙二娘之死震惊了葫芦镇，满镇人人惋惜，所有的船夫全到茶社来哭。他们联合集资，为孙二娘购买了一副上等棺木，又去商店给孙二娘买了毛料葬衣。剥开席包入殓时，阿季见干娘双目紧闭,却面润如生,哇地就哭昏在棺下。众船夫用清水泼醒阿季,说:"阿季,你干娘死了,她在这镇上无亲无戚,无夫无子,你就是她的儿子,你万不要哭坏身子,还要给你干娘摔孝子盆,照料葬事啊!"一句话提醒了阿季,阿季似乎一下子长大了许多,将孙二娘的钱柜打开,吩咐几个船夫:去拱墓,去请鬼子班,去买米买面招呼来人用膳。

第二天中午,送葬队出发,阿季披孝,泪水涟涟,将孝子盆摔在孙二娘棺前,棺木就被八人抬起。从茶社出发,前边是五十余各路船夫每人持着花圈,再是鬼子班咿咿咽咽吹打,又再是一船夫举了八串鞭炮,沿路鸣放,后是阿季,抱了孙二娘遗像,又后是八抬棺木,再后是随行的船夫,镇上的各行各业男女老少。送葬队慢慢走过河街,就沿盘绕街而上,鞭炮声中,唢呐调中,八个船夫抬了棺木前走三步,左摆三步,右摆三步,后退一步,他们为孙二娘摇船一样,鬼路上走得那么缓,那么难,一走三徘徊,一步一回头。围观的人全都伤心感动得哭了。送葬队上到岗顶,然后从葫芦岗把儿处的窄道上通过,就直立立地登上镇外的大山尖去。抬棺的艰难了,所有送葬人全去扶棺,棺材像立栽了一般,在白花花的人头上运上去,孙二娘被埋葬在高高的山上。

阿季在坟头上拍下最后一锹土,回头看见河神庙门口的拆字驼子也来了。他是前一天买了阿季的火纸的,跪在那里烧焚。

焚毕,交给阿季一节挽幛,六尺白绸,上有墨迹。阿季看时,题为:过去画船虽有迹,飞来彩鹬却无形;舟行莫向葫芦镇,到此还须棹一停。

阿季继承了茶社家业,但实际上只仅仅是三间茶社房,六七十张竹躺椅,一套水壶茶具。孙二娘多年的积存,购买了三百斤紫阳茶覆没江水外,其余全在埋葬她时一花而光。阿季有心想离开这里,却每每见船夫照样来茗茶,于心不忍,强留住下。既然作了社主,招牌依旧是"孙二娘茶社",阿季就要一心使这茶社长存葫芦镇,永驻船夫们的心! 他早起晚睡,重新经营,船夫到来,就弹起孙二娘操过的琵琶,学唱着那些歌子。唱着唱着,阿季泪下来,船夫泪也下来。船夫泪下来了,阿季就不唱,说:"各位伯伯叔叔,我干娘在世时唱歌让大伙解乏,我唱了你们落泪,我干娘要知道了,干娘也是不允的。既然她死了,死了就不能活来,咱们还是行船的行船,卖茶的卖茶,唱一个'还阳'歌吧!"

阿季就唱起来:

> 还了阳,还了阳,
> 桑叶子短柳叶子长。
> 还了阳,还了阳,
> 亡者归阴我们归阳。

亡人归阴到阴曹地，

我们归阳阳满堂。

船夫们就一起唱开来。

如此忙过三个月，阿季为了茶社兴旺，也没有时间再往七里坪去，没有去买麻子的火纸，没有去见那砸竹坊里拨竹绒的丑丑。

六

过罢四个月，茶社又兴旺起来，汉江上下的船只，洵河往复的筏子，凡到葫芦镇，没有不停泊靠岸，来茶社茗茶的。但是阿季却发现镇子上的闲人常常待他不恭起来，在街上碰着了，就说："阿季，生意红火啊！"

阿季笑着说："托大家凑红！"

那人就又说："二娘一死，这下你可以娶个媳妇了！"

阿季还是笑了笑，立即觉得不对，不明白这人这话的含义，问一句："你说什么？"

"你总算把她陪终了，你好本事，想得长远！"

阿季愤愤起来，回到茶社气还不匀，他知道了镇上的人忌恨了他，要说他的坏话，也要说孙二娘的坏话。但阿季清清白白,堂堂正正。阿季气上来,偏要决心把茶社办好,愈发勤苦,愈发精明经营。又新盘了一台炉灶,置了二十把躺椅,添了烟糖果品买卖,生意更为红盛。他有心要在镇上再雇一名服务员,便物色了河街一个老婆婆的女儿。这女儿脸子平平,腰身却俏,手脚麻利,性情柔和,且也是唱歌子的好手。干过一星期,不想镇子上风声鹊起,议论汤沸,说是阿季和这女子乱来,又说到孙二娘在世之时,就有这风气。老婆婆的女儿羞辱不过,不告而辞了。女子一走,更落了口实,阿季上街,背后就遭人指点,茶社声誉顿跌。阿季扑在孙二娘遗像前嚎啕大哭,痛恨自己使茶社受累。

茶社的门暂时关闭了,阿季到镇子政府去诉委屈,要求调查落实,清白声誉。镇政府领导去查问老婆婆的女儿,一口否定,提出可以到医院体检;去调查说闲话的人,又都是你听我说,我听你说,结果不知所云。镇政府领导对阿季说:"一切都是造谣,你办你的茶社吧!"平反是平反了,一人手却捂不住万人口,阿季忙不过来,再去重金雇用服务员,则无一人响应。阿季到了此时,方明白麻子的话,世风真的日下,人心越来越不相通啊! 阿季恨的是那些丑恶,阿季却同时被麻子所恨。阿季这时候只觉得火纸坊的丑丑好,他迫切地想去见丑丑,要想办法娶了丑丑,领丑丑到葫芦镇,小两口就可以平平和和幸幸福福来开茶社了。

茶社的门又一次关闭，阿季离开了葫芦镇，带上了全部的积蓄，往七里坪去。搭船到了七里坪渡口，阿季跳上石岸，却看见了村中的水渠折流而下。这水渠是麻子引了沟里的溪水去转动砸竹坊的水轮的，然后废水从村旁洼地里流下汉江的。如今水直漫村前，在石板层上一曲三折，平石上织一层无数细密的倒写人字，仄石上翻一堆滚雪。阿季生疑，遥看火纸坊，石墙石顶依旧存在，却听不见了那沉重的难听的水轮轴咯吱声和木榫的起落咚咣声。

"麻子不办火纸坊了？"

阿季心里一股冲动：火纸坊不办了，丑丑就不整日整日坐在木榫下拨纸绒了，他就更容易领走她去葫芦镇了！

土场上，万籁俱寂，阿季却突然害怕起来，觉得是那样空。砸竹坊里窜出了狗子，直向他扑来，阿季已经从地上摸出一块石头了，但狗子并没有咬，也未吠。四个多月未见，狗子也温顺了？他叫着狗子："狗子，狗子，丑丑呢？"狗子却霎时惊恐起来，大声吠叫，森煞可惧。阿季骇绝，定睛间，看见了纸浆坊的门口，石墩子上坐了麻子和哑巴老舅，一个左，一个右，默默地在用绳子扎捆晾干的火纸，听见狗子狂吠，抬起头来，木然地看着阿季走过来，一直走到面前了，又低下头去扎捆火纸。

麻子的不热情，阿季是习惯的，但麻子的不恨不怒，阿季预感到这里的异变!

"老伯,木榫怎么不砸竹了?"

"不砸了。"

"丑丑呢!"

"死了。"

"死了?!"

"死了。"

阿季被铁锤击了一下,木在那里,立即奔向砸竹坊,水槽子垮了,水轮空静,轮板干裂,一搂粗的方形木榫立竖在原地,榫底下还是一堆未被砸好的竹绒。阿季又疯了一般冲过来,对麻子吼:"丑丑死了?!丑丑怎么死的?!"

麻子却突然扬起一拳,直打在阿季的心口上,阿季倒在了地上。麻子又平平静静恢复了原状,说:"你安静下。丑丑真的死了,'三七'都过了。"

阿季真的被这一拳打醒了,他坐在地上,哽咽着问丑丑怎么死的,为什么死的?麻子还是一边扎捆火纸,一边低了头,慢慢地说开来,讲的好像是一宗很古很古的事情。先是,麻子发觉丑丑好几日神色不安,后来就老是躲避爹,一个人到茅房去吐。麻子以为丑丑病了,让去看医生,丑丑却不去。也就在这天夜里,麻子听见丑丑在她的卧屋里低声呻吟,麻子问怎么啦,丑丑说肚子有点疼,不要紧的,后来就到茅房去。麻子以为丑丑拉肚子,并未在意,便又瞌睡了。第二天一早,起来喊丑丑去砸竹绒,连喊数声不应。到了她卧屋,炕头上放了一个碗,碗里是瓷和玻璃碴末汤,已经所剩无几了。麻子心就毛起来,他知道喝这东西是打胎的,就往茅房跑,丑丑便死在茅房口,口里吐血,下身出血。听完了,阿季哇哇地哭叫不绝。

麻子说:"丑丑死了,我也顾不及羞辱了,你说说,是哪个贼东西勾引了丑丑,使她干出这种丑事?!都怪我啊,我为什么开这个火纸坊,让那些不三不四的人来我这里,我没管好丑丑啊!"

阿季说:"你没管好丑丑?丑丑还不是让你管死的?!"

麻子说:"放屁!丑丑死了,死的也好,她要不死,怎么活人?她要不死,我也不会清醒我活该办这个火纸坊!我不办了,再也不办了,卖掉了这几百斤火纸,我什么也不办了!谁要那水轮谁拿去,谁要那木榫谁拿去,我一分钱也不要了!"

阿季说:"我要!"

麻子说:"还要什么?还买这火纸吗?"

阿季说:"我买!"

麻子说:"买多少?"

阿季说:"我全买!"

一沓一沓钱从怀里掏出来,放在地上,就进去将一捆一捆的火纸提出来,放在了那水渠旁边,又拿了板斧走进了砸竹坊,喊里哐啦劈碎了水轮,劈碎了木榫,抱上火纸堆。阿季跪在那里,一根火柴将火纸点燃了。水养出的竹,竹制作的纸,真有火性,顿时黑烟冲起,火光燎天。丑丑砸了几年的竹,制成了百张、千张、万万张的火纸,为别家的亡人烧化,没想到最后的也是最多的火纸是为自己的亡灵所烧。

阿季被火燎焦了头发,燎焦了眉毛,跪在那里是一桩木头,一礅石头。麻子和哑巴大舅完全被这一切惊呆,看着满天飞舞的纸灰片,落下来,黑了一地,黑了一头一身,突然干涸的眼睛里泪水肆流。

汉江的水面上,偏好过着一排竹筏,竹筏上垒的还是竹捆,撑筏的又是一帮一伙少年子。他们是到另一村的另一新建的火纸坊去交竹了,看见了七里坪的黑烟明火,唱起来一首古老的汉江号子:

    吆噢——噢嗬噢——哎咳——!

    吆哎——吆——!

    噢——哎咳吆——!

    噢——哎咳哎——哎——咳——哎——!

美穴地

柳子言给姚家踏坟地是苟百都的一顿烂酒后的多嘴惹下的。苟百都使威风，呼啦着漂白裯子，一进门鞋就踢脱了仰在躺椅上说："柳哥，你来钱主儿了，北宽坪的掌柜请你哩！"柳子言说："他咋知道我，八十里的路我不去。"苟百都一边拔根胸毛吹着一边嘿嘿地笑了："掌柜不晓得你，苟百都却知道你呢。我带了一头驴子一条绳，你先生是坐驴子还是背绳呀？"驴子在门前土场上烟遮雾罩地打滚，苟百都一扬手，腰间的一盘麻绳嗦地上了梁，再扯下来，陈年尘灰黑雪似的落了柳子言一头。

柳子言就这么跟着苟百都走了。

穿过房廊,金链锁梅的格窗内,四个长袍马褂在八仙桌上坐喝,他们斜睨着柳子言,便把一口浓痰从窗格中飞弹出来了。柳子言耸耸肩上的褡裢,将鞋壳里垫脚沙石倒掉,笑笑地,看鸡啄下浓痰微醉起来,趔趔趄趄绞着碎步。四月的太阳普照。苟百都已经进里屋去禀告了许多时间还不出来。空中飘落下一根羽毛,是鹰的羽毛,要飘到面前了却倏忽翻了墙去。廊头的一只狗随之大吠了。柳子言打也不是,不打也不是,里屋门里便有一声叫道:"让我瞧瞧,来的又是哪一路先生?!"声音细脆尖锐。柳子言想,老树一样的财东还有这嫩骨朵儿女儿?遂一朵粉云飘至台阶,天陡然也粉亮了。眉目未待看清,锥锥之声又起:"光脸犊子!你真能踏了风水?"酒桌上的长袍短褂立时噘了拳令,重又乜视了柳子言,说句"该是庙会上唱情歌的阿哥吧!"哄然爆笑。柳子言脸涨红了。柳子言的脸不是为谑笑而红,倒是被这女人震住,女人的目光罩住他如突然从天而降在面前的太阳,乍长乍短的光芒蜇得难以睁眼,一时自惭形秽站不稳了。掌柜在内室喊:"让先生进来!"狗还在咬,柳子言走不过去,苟百都再唬也唬不住,女人说:"虎儿!"腿一叉已将恶物夹在腿缝,柳子言同时感觉到了后脖子有一点凉凉的东西,摸下来是一片嚼湿了的瓜子皮儿,女人很狐地丢过来了一个笑眼。

掌柜在烟灯下问候柳子言,说百都夸你大本事,姚某就把你请到了，姚家上下都是善人，踏出吉地有重谢，踏不出吉地也有小谢。话说得帖妥温暖，柳子言就谦虚着晚辈没本事，但会尽力而为，"有多大的虮子出多大的虱吧。"掌柜也笑了，要苟百都陪先生到后厅单独吃酒去，柳子言身不胜酒，摆手谢免，掌柜就欠起身把烟灯推过来，柳子言也是不抽。风吹动了门帘，琉璃脆儿的帘钩叮叮当当作响，帘下出现了一只穿着窄窄弓弓白鞋的小脚。柳子言知道掌柜的女儿站在了那里，他准备着女人要来了，但那鞋尖蠕动了几下却始终没有走进。苟百都后来就领着柳子言从后门出来往坡根去了。

柳子言转遍了后坡寻找龙居，几次觉得后脖子似乎还在发痒，痴一会呆，随之拿手拧脸，骂一句"荒唐"，小跑着上坎下涧把自己弄得气喘咻咻起来。苟百都一边提鞋跟一边骂："你是鬼抬轿了？！你不抽烟，你也该讨个泡儿给我呀！你算×男人，驴子都在后腿跟别个烟具，你倒不会抽烟？！"柳子言坐在了一个土峁下，说："太阳还没落，你去接掌柜来，吉穴就在这儿了！"西边山一片红霞，掌柜来了。柳子言放着罗盘定方位，遥指山峁远处河之对岸有一平梁为案，案左一峰如帽，案右一山若笔，案前相对两个石质圆峁一可作鼓一可作镲，此是喜庆出官之象。再观穴居靠后的坡峁，一起一伏大倾小跌活动摆褶屈曲悠扬势如浪涌，好个真龙形势！且四围八方龙奴从之，后者有送有托有乐，前者有朝有应有对，环抱过前有缠，奔走相揖有迎,方圆数百里地还未见过此穴这等威风!淫浸到地理学问中的柳子言此一刻得意忘形,口若悬河,脚尖划出穴位四角让下木楔。北角第一楔却打不下去,刨开土看,土下竟有一楔,又下南角楔,南角土下又是木楔。四角如是。掌柜哈哈大笑了:"柳先生真是好身手,不瞒你说,我已请四位高手七天踏出此穴,请你来就是再投合投合的,这里果然是吉穴了!"柳子言却一下子坐在地上,后怕得一身冷汗都湿漉漉了。

夜里,苟百都在厢房里给柳子言铺床展被,柳子言骂:"苟百都,贼,你好赖认识我的,怎不透风是要我来投穴,你成心要捣我一碗饭吗?!"苟百都说:"柳哥你可别没良心,这不是更显摆了你的本事吗?——好,算我瞒了你,我请你客!"便一掌推开后窗,推出了一个黑糊糊世界来,顿时有猫在叫春,有一盏灯幽幽地由小渐大了,幽幽着"回来哟,回来哟……"柳子言便听着苟百都对着那里问话:"喂,谁个?""我。他苟叔呀!""西门家的!这般黑了你是来踏掌柜的溜子吗?""爷!话可不敢这么说。孩子烧得火炭样的烫,我来叫魂呀!""你两口耍活龙蹬了被子把孩子凉了吧?掌柜今日踏坟地,你家不送礼吗?""哎哟,真是不知道呀,我明日灌二升小米过来哩。""有心就是。我给掌柜圆场,小米就留给孩子吃吧,你过会捉只鸡来应付一下作罢。""实在谢你了,他苟叔!""不谢。我在这儿等着,来了敲窗子!"苟百都收回头往墙角架柴火了。火燃起来，窗子果然被敲响，苟百都扑啦啦丢回一只鸡来，连嚷："柳子言好口福，是个母鸡哩！"合窗时却又探头出去，问："西门家的你手里还拿着什么？"西门家的回说："这鸡近日怪势，白天不下蛋偏在晚上下，刚才路上就把一颗屙下来了。"苟百都便变了脸，说："鸡已经是掌柜家的了，你怎敢就拿掌柜的鸡蛋？递过来！"递过来就在窗台上磕了，一口吸干。

鸡并没有杀脖开膛，活活拔毛，屁眼上捅过铁条就架烤到火上了。苟百都一边说鸡还叫唤着什么呀，一边抓了盐往流油的鸡身上撒，嚷着"好香，好香！"，后来就撕下一条腿给柳子言。突然门哐啷推开，风把墙窝子的灯扑灭："好呀，百都，又杀谁家的狗偷吃？！"柳子言立即听出是谁来了，吓得一口吐了鸡肉，退身到柴火黑影处。

苟百都嘿嘿笑着："四姨太，我知道你会闻香来的。一条腿正给你留着，牙签也给你预备了的！"

黑影里的柳子言终于看清了火光涂镀了的女人的俏样，但他吃惊的是这女人竟不是掌柜女儿！"四姨太？"有这么年轻的四姨太吗？

四姨太伸手去接苟百都递过来的鸡肉时，发现了柳子言，女人的眉尖一挑，遂平静了脸道："哟，先生也偷吃嘴儿！偷吃香吗？"柳子言好窘，女人偏死眼儿看他，"北宽坪的女人都是单眼皮，柳先生倒是双眼皮！先生吃肉，也不让让我吗？"

柳子言便说："四姨太你吃！"

"好，我吃你的肉！"女人把柳子言的鸡腿接过咬一口，嘴唇撮撮地翘开。柳子言说："太烫的。"女人说："我怕揩了口红哩。口红还在吗？"嘴更撮起来，红圆如樱桃。

这一宵，柳子言没有睡好。一惯沉静安稳的先生感觉到了浑身燥热，兀自地翻来覆去睡不着。唠唠叨叨的苟百都由鸡肉叙谈起他的食史，吃过了除掸灰掸子外的长毛的飞禽，也吃过了除凳子外的生腿的走兽。"你吃过吗？"他没有吃过，睁眼看着又点亮的一盏燃着独股灯芯的矮灯檠，柳子言的心如同墙壁上的灯影一样晃乱了迷离的图景。如果在往常的柳子言，白日在驴背上颠簸八十里，又在北宽坪的后坡跑动一个后晌所构成的疲倦，一捱上枕头就睡着要如死去，不想现在却回想起了八岁的孤儿跟随师傅在玄武山上学艺的情形，想起了这么多年每日为人踏勘风水的生涯，不该走的路也走了，不应见的人也见了，人生真是说不来的奇妙。便是今日的事情，当初怎么被苟百都知道了自己，要挟而来，竟认识了北宽坪财名远播的掌柜和他的四姨太，一个怎样艳丽的美妇啊。

一提起美艳的四姨太，柳子言耳膜里就消灭不了女人尖尖锥锥的调笑，只有小孩子才会有的放肆出现在大户人家少妇之口，别有了一种大方，甚至是浪荡，以致使少年热情的柳子言就如在一块林中新垦的沃土上，蓦地撞着了一只可人的小兽。为了他，女人在台阶上把狗扼伏胯下，身子在那一刻向一旁倾去，支撑了重量的一条腿紧绷若弓，动作是多么的优美。为了保持身子的平衡，另一条腿款款从膝盖处向后微屈着；胳膊凌空下垂的姿势，把一领缀满了红的小朵梅花的白绸旗袍恰恰裹紧了臀部，隐隐约约窥得小腿以下一溜乳白的肌肤。且一侧着地将鞋半卸落了，露出了似乎无力而实则用劲的后脚。是的，这样素洁的肥而不胖的一只美脚，曾经又在门帘下露出一点鞋尖。柳子言能想象出那平绣了一朵桃花的几乎要鲜活起来的鞋壳里，一节节细嫩的五根指头和玉片一样的指甲了。

对于柳子言，这无疑是一种不可思议的奇迹，他从未见过一个鹤首鸡皮的老头娶得如此鲜嫩的年少妇人，且又是他第一回一见而心跳不已。后脖子又酥地一下痒了，一片被女人香唾嚼湿的瓜子皮永远使那一块皮肉知觉活跃，这时候的柳子言不免又想起了初黑天时一句"男人倒长双眼皮"的赞语。这样的话，柳子言可以在每一处地方差不多听到，皆觉无聊之风，过耳即消；唯这一次经这女人说过了，那一时手脚无措，鼻尖上都沁出汗来。现在回想，那是多么憨傻的一副村相哪！也是确确实实的事，以自己英俊的面孔，高出一般内行人的堪舆本事，蛮能得到一位人物整齐的妻子长相厮伴。但走南过北的柳子言至今一把锁封了家门，日日背着装罗盘的褡裢流浪了。如果从小就窝在家里种地牧牛什么也没见过,独身也就安心独身,而如今经见了万千世事,又偏偏目睹了一个枯老头的妙龄姨太,柳子言恨起这巧讨饭一般的风水家技艺,而苍苍茫茫地一声浩叹了。

噗地一口吹灭灯盏,柳子言不忍在若即若离的灯芯光焰中淫浸往事,坠入幽深的黑暗。但院中的狗还在咬,遂听见一声"虎儿",接着有一串细微的金属叮铃的音响,柳子言不觉屏息而静,双眉上的额心像要生出一只眼来也似透视了院中的一切。女人已经是换了一件圆领的晚服短衫吧,那短衫使女人别有了一种与白日不同的柔媚,情致婉转,将粉颈根两块突凸的锁骨微微暴露。女性的美艳皆如四姨太这一类,该肥的胸部和臀部浑圆,该瘦的后脊和两肋则包骨不枯。她牵着狗的铁绳走过,铁绳使她柔不胜力,牵住一头,其余软软拖地,一径经过了公公病瘫卧床的窗下,经过了吃斋的婆婆诵着祷告之声的经房,然后就息睡到掌柜的床上去吗?真的,一双褪了脚足的红尖白鞋,在床下是怎样的一对停泊了的小小船舟,送去了一枝带露淋淋的花朵偎长于一根已朽腐的枯木边了。

这般想着的柳子言陡然睁圆了眼睛,脱口在黑暗中说:"苟百都,你家的四姨太好风流!"

"世上的好女人都叫狗 × 了!"苟百都全然未睡,似乎正被一种事情所愤怒着。"你也想着四姨太呀?!"

一句话破坏了所有的美妙遐想,柳子言后悔着叫起这粗俗丑恶的下人。苟百都却连连砸着火镰,要点灯,火石爆溅着细碎的光花,在反复明灭的灿烂里,柳子言看见了掀被而坐的赤条条的苟百都和苟百都两腿之间挺硬的一柄恶根,他把头别转了。苟百都说:"把纸煤递我,纸煤在你床头墙窝里!"柳子言没有去摸纸煤,说声"给!"将一团火绳扔过去,却故意失手把灯檠哐啷打翻了。苟百都骂了一句,摔了火镰,却说起掌柜怎样地不行,吃人参鹿茸也不行,夜里只拍着四姨太的屁股光说是好东西,四姨太就不止一次地在那松皮脸上抓下血印,养了"虎儿"靠"虎儿"了。"柳哥,你信不信?"柳子言不作声。"反正我是信的!"苟百都咽了一口唾沫,"咱行的,可咱不如一条狗么?!"

柳子言不愿再听下去,发出了悠长的酣声。苟百都说:"不说了不说了,柳哥,你是踏坟地的,坟地真能起了作用吗?"

柳子言说:"不起作用,掌柜的能请这么多人来?"

苟百都说:"四个先生踏的穴,你一来踏的还是那个,这么说姚家的坟地是最好的了?"

"最好。"

"还有好的吗?"

"有是有,北宽坪怕也没有再胜过的了。"

"妈的,那他姚家世世代代要做财东,要×好女人了?!"

天明，柳子言起得早，站在院子里仰头看一棵枣树。四月里的叶芽长得好快，生着刺的、硬着折弯的枝柯，把天空毛茸茸地割裂开了。四姨太抱着两床绿被往廊前的绳上晾，轻轻就咳嗽一下。柳子言一转头，绿被与绿被之间恰恰地露一副白脸正笑着看他，这景象在柳子言的感觉中妙不可言，想到了荷塘里的出水芙蓉，兀自地发呆了。女人说："先生起得早呀！"柳子言便说："四姨太也起得早！"女人从被子下钻过来，抱怨着掌柜微明送那些风水老先生，随路又要去前村的铺子里收取些银元，害得她没瞌睡了。"先生看枣树看了那么久，枣树上有花吗？"女人已经站在柳子言的身边了，并没有看枣树，却看柳子言的脸。柳子言慌了，竭力饰其中机，不敢苟笑，说："瞧，枣树上有一颗枣哩！"枣树梢是有一颗去年的陈枣，虽有些瘪，却经了一冬一春的霜露更深红可爱，女人也就瞧见了。

"我要那颗枣哩！"女人突然说。

柳子言摇了一下树，天乱了，枣没有落下来。

"我要哩！你给我摘下来嘛！"女人仍在说。

面对着同龄的已经噘了嘴撒娇的四姨太，柳子言也忘记了被雇请来的手艺人的身份，忽地鼓足了勇敢，一跃身抓住了树枝，一只手扯着一只手竭力去摘干枣，将一颗在满掌扎着硬刺手心中的枣儿伸到女人面前。女人却没有去取，喜欢地说："你真老实！"喘笑着竟往厅房去了。

一时间，柳子言窘起来，女人已上了台阶，回身向他招手："傻猫，你不来挑挑刺吗？"脖脸仍窘烧不退。遂走到厅房，却不见了女人，兀自用牙咬着拔掌上的刺，无法拔净，女人却又在东边的小房里轻唤："进来呀！"柳子言再走过去，一挑帘子，房内的窗布并没拉开，光线暗淡，幽香浮动，女人竟已侧卧于床上，靠的是一垒两个菱叶花边的丝棉枕头，身子细软起伏，拥上去的月白色旗袍下露着修长如锥的两条白腿。柳子言的胸中立时有一只小鹿在撞了，欲往出退。女人说："不挑刺了吗？""我已经拔出了。""是吗？"女人翻身下来，拉柳子言于床沿坐了，"先生不用我的针了，我可得求先生事哩。你识得阴阳，一定会医道的，你凭凭脉，这夜里总是睡不稳呀！"一只手就伸来平平停放在柳子言的膝上了。柳子言何尝识得病理，听了女人的话，不知怎么的，竟也伸出三枚指头扼按了女人的玉腕。是的，女人的脉在汩汩跳着；柳子言的三枚指头跳得更厉害，如此近的靠着女人且扼按了人家的手！柳子言如果真会凭脉，脉象里的强弱沉浮能告知女人夜里睡不稳，害的是和自己昨夜一样的心思吗？是一样的心思了，该要说出些什么样的话语，透出心迹呢？但是，但是，或许这女人真的有病，是诚恳在请教着一个医家郎中呢？柳子言后悔了不懂假懂，他的手现在是再也取不下来，一瞑目，深自痛恨起来了。为什么有了这样的对于四姨太不经的妄念呢？自己对医药常理一窍不通，却要将一夜的痴恋发展到这步举动来作伪行骗，这不是很可卑的吗？紧张得出了热汗又自悔的柳子言这么想，又为自己的检点发生了疑问。看见了一个美妇人而生爱恋，这爱恋又是他第一次萌发，这当然算不得什么可卑，如果见了美艳的女人冷若冰霜心如死灰，柳子言就不是今日的风水先生，而是一截木头一块石头了。既然女人的玉腕已在怀中扼按，不识凭脉也得像模像样地凭一次脉了。柳子言终于心静下来，感觉到了女人的脉正和自己的脉同一节奏地跳跃。为了庄重起见，他侧勾了脑袋，但控制住的思维在不久就又恍惚出游，头虽没有抬，却知道女人一眼一眼地瞧着他，而窗布关不住的一格细缝里透进了一道耀眼的阳光，使万千的微物一齐在其中活活飞动，同时衬映出了女人脸上的一层茸茸细毛所虚化的灵晕般的轮廓。这时候，一只小鼠从房角的什么地方溜出来，作了一个静伏欲扑的姿势，遂钻过门槛不见了。柳子言不知怎么说出了一句："有猫吗？"

"毛？"女人轻轻地惊了一下，明显地平放在那里凭脉的手在骤然间发胀了。柳子言抬起头来，看见女人一脸羞红地说："不多……稀稀几根。"

柳子言立即明白了女人的误会，暗暗叫苦了。怎么能提问这些无聊的话呢？凭着感觉，女人是喜欢了自己，起码可以说并不讨厌，方在没人干扰的空房里能让他凭脉，一旦认定了淫邪而反目，岂不同这可爱的女人连话也说不成了吗？柳子言赶忙解释:"我,我……"女人却在羞红脸面的瞬间被另一种东西所刺激,被凭脉的手捏成了一个小小的软拳捶在他的肩上,喘笑道:"你这是什么先生?你这是什么先生?"拢在头上还未完全梳理好的一堆乌发就扑撒而下,摩抚了柳子言的额角和一只眼,以至在一副软体失却了平衡倒过来的时候,柳子言一揽胳膊,女人已在怀里了。

突如其来的变化,不期然而然,柳子言如梦中从高崖纵身跳下,巨大的轰鸣使心脏倏忽停息了,他疑惑着这是不是现实,又一次注视了在怀中已微闭了眼皮而嘴唇颤动的女人,头脑里极快地闪过这女人怎么就委身于我的问题。是真的钟情了我还是个淫荡的雌儿或者更有什么阴谋而陷害我?如果在怀里的不是掌柜的女人,是普通人家的待嫁的姑娘,这一切顺理成章的事情就会有了。但自己一个被姚家雇请来的贫贱之人怎么能干这种越礼违常的事体呢?正如苟百都所说,这是个饿慌了的娘们儿,这一刻里淫情激荡,为了满足自身而要他充当一个工具,作用如同一条狗吗?坦白的仍是纯洁童子身的柳子言这么一思索,笨拙得竟不知如何来处理这个女人。再一次看女人,女人眼睛睁开了,燃烧着火一样的光芒,樱红的口里皓齿微开,柳子言的血又重新涌脸,将刚刚闪现出的思索又都粉碎了。他把女人再次搂紧,潜意识里似乎明白面对着的将是一盏醇酒,但醇酒的泛着嫣红颜色的美艳,使他只感到心身大渴。柳子言把四姨太放倒在了床上，解开旗袍，看见女人白腴的肚皮上裹着一件艳红的裹兜。"不要看，你不要看！"柳子言手足慌乱满头大汗……终没有成功，他便很快一脸羞红地跑出门了。

出山的太阳已经灿灿地照着了半个房廊，院中枣树上落下一只翘尾的喜鹊在欢快地叫。小房里的四姨太在砸摔着茶碗，踢倒了凳子，随之一疙瘩东西从窗子里甩出，哭声就起了。柳子言看见了那是女人的红裹兜，兜带儿全然撕断。

贼一样回到厢房的柳子言，心仍跳个不住。他怨恨着自己的无能，原来是这样一个泪蜡头的男人吗？他想，虽然并没有从肉体上接触女人的经验，但自己并非无能呀，为什么那一时竟会心狂力弱呢？柳子言回想着刚才的场面，便听到了狗咬，去村前河里挑水的苟百都在房廊口喊："四姨太，你拦拦你的狗呀！"他就为刚才的事件怕起来，庆幸没有成功而避了被人撞见的危险。到了这时，柳子言又怀疑了女人大白天主动于他是不是故意让人家发觉而加害他，最起码要使他免去踏勘坟地的报酬吧。或许女人在淫心激荡后而未有满足，恼羞成怒，待掌柜回来又是怎样地指控着他强行奸淫的罪恶呢？

挨到了苟百都叫他说掌柜召见，柳子言站在掌柜的面前坐也不敢坐。

"坐呀。"掌柜说，"你给我踏了吉地，我说过要谢你的，这些银元够吗？"这时候，柳子言看见了八仙桌上齐齐摆了五个银元柱儿，森森放着毫光。

柳子言心放下来。他看着掌柜核桃一样的脸，脸上读不出什么阴谋和奸诈，便知道四姨太并没有告发他。他说："我不收你的钱，能帮掌柜出些力我就满意了。"掌柜说："那怎么行？总得补补我的心意呀，那么，你看着我家的东西，看上了什么你拿一件吧！"

柳子言的意识立即又到了四姨太的身上，连遗憾着自己的失败，却同时为自己被艳丽的女人钟情感到得意和幸福。那场面的每一个细节皆一齐在甜蜜的浸泡下重新浮现，将会变成一袋永远嚼不尽的干粮而让柳子言于一生的长途上享用了。这么想着，却神忽他往，不禁心里又隐隐地发痛了，一个身缠万贯的财东的女人爱上了自己，一个家穷人微的风水先生，在背后是多么放诞着痴恋，却在她的赐予面前阴暗地审视着她的不是，这不是很耻辱的事吗，很下作的事吗？唉！唉！讲究什么走州过县的经见了世面，讲究什么饱肚子的地理学问，屁！忧虑，怀疑，胆怯，恐惧，再也无法弥补地辜负掉怎样的一个清新早晨啊！柳子言歪头斜视了一下旁边的小房，门帘依然垂着，那女人并没出来。"即使她出来送我，我还有什么脸面再见她呢？"柳子言盯起阳光流溢的厅外院子，院子里的捶布石下软着一疙瘩红，是女人发泄恼恨扔掉的裹兜，他终于说了："掌柜是大财东，能到你家，我也想沾沾姚门的福气，如果掌柜应允，院子里的那块红布能送我，我好包包罗盘呢。"

掌柜在吉地上拱好双合大墓的第七天，久病卧床的姚家老爷子归天了，灵柩下埋在了墓之左宅。三年里，姚家的光景果然红盛，铺子扩充了五处，生意兴隆，洛河上的商船从南阳贩什么赚什么，北宽坪的四条大沟田畦连庄，逃荒而来的下河人几乎全是姚家的赁户。逾过八年，姚母谢世，姚家又是一片孝白。双合大墓将要完全地隆顶了。

苟百都仍在姚家跑腿，仍是夜里不在房中放尿桶，数次起来去茅房要经过掌柜的窗下听动静，回来睡不着了，就上下翻饼似的胡折腾。姚母去世，依然要披麻戴孝的苟百都却不能守坐灵前草铺，也不可拿了烟茶躬身门首迎来送往各路来客，他是粗笨小工班头，恶声败气地着人垒灶生火，担水淘米，剥葱砸蒜。在龟兹乐人哀天怨地的唢呐声中，苟百都听出了别一种味道，为自己的命运悲伤了，他注意了站在厅台阶上看着出出进进接献祭品的四姨太，这娘儿们穿了孝愈发俏艳，他突然冒出一个念头：怎么死的不是姚掌柜呢？现在，苟百都被掌柜支派了去坟地开启寐口，苟百都实在是累得散了架，但他又不能不去。背了镢头出门，经过四姨太身边，故意将唾沫涂在眼上，却要说："四姨太，你别太伤心，身子骨要紧哩！"

四姨太说："呸！苟百都，你是嫌我不哭吗？"

苟百都说:"我哪里敢说四姨太?其实老太太过世,这是白喜事。再说,老爷子住了吉穴使姚家这多年爆了富。老太太再去吉穴,将来姚家的子子孙孙都要做了官哩!"

四姨太说:"你个屁眼嘴,尽是喷粪,又在取笑我养不出个儿吗?我养不出个儿来,你不是也没儿吗?要不,你儿还得服侍我的儿哩!"

苟百都噎得说不出话来,在坟地启寐口越启越气,骂姚掌柜,骂四姨太,后来骂到柳子言把吉穴踏给了姚家,又骂自己喝了酒提荐了柳子言好心没落下好报。整整半个早晨和一个响午,一个人将双合墓的宅右门的寐口启开了,苟百都索性发了恨:姚家发财,还不是靠这处穴位吗?你掌柜有吃有穿,老得咳嗽弹出屁来,却占个好娘儿们,还想世世代代床上都有好×!一镢头竟捣向了严封着的左宅门墙,喀啦啦一阵响声,门墙倒坍,一股透骨的森气当即将他推倒,且看见那气出墓化为白色,先是指头粗的一柱直蹿上去,再是于半空中起了蘑菇状,渐渐一切皆无。苟百都死胆大,站在那里捋捋头发又走进去,那一口棺木尚完好无缺,蜘蛛则在其上结满了网,若莲花状,也有官帽状,官帽只是少了一个帽翅罢了。苟百都听人讲过,棺木上有蜘蛛或蚂蚁结网绣堆便是居了好穴,网结成什么,蚂蚁堆成什么,此家后辈就出什么业绩人物。而苟百都此时骇怕了,他明白了他是在出散了姚家的脉气,坏了姚家世世代代作威作

-152-

福的风水,禁不住手摸了一下脖子,恍惚间看见了有一日自己的头颅要被掌柜砍掉的场面。但苟百都随之却嘎嘎狂笑了:"姚掌柜,姚老儿,苟百都不给你做奴了,我帮你家选的穴,我也可坏你家的风水的!"

姚家明显地开始衰败,先是东乡的染坊被土匪抢窃,再是西沟挂面店的账房被绑票,接着洛河上的商船竟停泊在回水湾不明不白起了火,一船的丝帛、大麻、土漆焚为灰烬。掌柜怨恨这是坟地散了脉气所致,一提起苟百都便黑血翻滚,提刀将八仙桌的每一个角都劈了。但逃得无踪无影的苟百都再没在北宽坪露面,只是高薪请了会"鬼八卦"的术士画符念咒,弄瞎了远在深山的苟百都的老娘一只眼睛。

约摸三年,正是稻子扬花时节,掌柜在为其母举办了最后一个服孝忌日的当晚,与四姨太吵了嘴,闷在床上抽烟土,村人急急跑来说是在村前的稻菽地堰头见着苟百都了。苟百都一身黑柞蚕丝的软绸,金镶门牙,背着一杆乌亮的铁枪。问:"苟百都,你回来了,这么多年你到哪儿去了?"苟百都把枪栓拉得喀啷响。问话人立即脸黄了:"噢,老苟当逛山了?!"苟百都说:"你应该叫我苟队长,唐司令封我队长了!"唐司令就是唐井,威了名的北山白石寨大土匪,问话人赶忙说:"苟队长呀,怎不进村去,哪家拿不出酒也还有一碗鸡蛋煎水呀!"

苟百都说:"我等个人。"问:"等谁呀?"苟百都躁了,骂:"你多嘴多舌要尝子弹吗?没你的事,避!"掌柜听了来人的述说,跳起来把刀提在手里了,又兀自放下,一头的汗水就出来了。掌柜明白了铺子遭抢、商船被焚的原因,也明白了当了土匪的苟百都在村口要等的是谁了,立时脸色黑灰,拉了四姨太就走。四姨太说:"我就不走,苟百都当年什么嘴脸,不信他要打我?!"掌柜翻后窗到后坡的涝池里,连身蹾在水里,露出的头上顶个葫芦瓢。直到苟百都在天黑下来骂句"让狗日的多活几天"走了,来人方把掌柜水淋淋背回来。

又是一夜,人已经睡了,北宽坪一庄狗咬。村口瞭哨的回报着苟百都又来了,是四个人四杆枪。掌柜又要逃,大门外咚地就响了一枪,苟百都已经坐在门外场畔的石碌子碾盘上。不能再逃的掌柜心倒坦然起来,换了一身新衣作寿衣,提上灯笼出来说:"哪一杆子兄弟啊?哎哟,是百都贤弟!多年了,让哥哥好想死你了,你怎的走时不告哥哥一声就走了?今日是来看哥哥了!"

苟百都说:"听说北宽坪来了几个毛贼,唐司令要我们来拿剿,毛贼没害扰掌柜吧?"

掌柜说:"有苟队长护着这一带,毛毛贼还不吓得钻到地缝去!来来来,把兄弟们都让进屋来,今日正好进了几板烟土好过瘾!"

苟百都领人进了屋，还是把鞋脱了仰在躺椅上，急去抽那烟土，一抬眼，却愣住了。四姨太从帘内出来正倚着门框，一腿斜立，一腿交叉过来脚尖着地，独自冷笑，噗地就吐出一片嚼碎的瓜子皮儿。苟百都说："四姨太还是没老样儿！我记得今日该是老太太的三年忌日，四姨太怎没穿了更显得俏样的孝服呀？"四姨太说："百都好记性，知道老太太今日过三年？！"掌柜忙责斥女人没礼节，应给苟队长烧颗烟泡才是。四姨太仍是嚼着瓜子，款款地走近烟灯旁，苟百都便伸手于灯影处拧女人的腿，女人一趔身子将点心盘子撞跌，油炸的面叶撒了一地。苟百都忙要去捡，四姨太说："沾土了，让狗吃吧！"一迭声地唤起狗来。苟百都在女人面前失了体面，脸色就黑了，说："这虎儿还听四姨太话么！"顺手抓过枪把狗打得脑门碎了。枪一响，满厅药烟，姚家上下人都失声慌叫，掌柜笑道："打得好，咱们口福都来了！今晚吃狗肉喝烧酒，这狗皮你百都贤弟就拿去做了褥子吧！"

苟百都却懒懒地说："今日不拿，你让人将皮子熟了，改日送到白石寨就是。"

熟好的狗皮送去，苟百都捎回的口信是：苟百都再不要掌柜的一分一文，只想和姚家认个亲哩，如果把四姨太嫁给他，掌柜也永远是苟百都的仁哥哥。

十天后，得了红帖的苟百都真的骑了一匹披着彩带的黑马去到姚家。苟百都就把四姨太抱上马背，自己也骑上去，回头对掌柜拱拳道："仁哥哥留步吧！"四姨太却说："老当家的，我要走了，夫妻一场，你不再来给我整整头吗？"掌柜突然老泪纵横，过来要抱了四姨太痛哭，女人却一口啐在他脸上骂道："呸！老龟头，你就这么让姚家的一个跑腿的抢了老婆吗？！"掌柜昏厥在台阶上。

一匹油光闪亮的乌马像黑色闪电一般地驶过了北宽坪，晨霭浮动，河蛙乱鸣，丑陋而剽悍的苟百都在这个美丽的早上并没有奔上白石寨，他为巨大的快乐所激荡，纵马在河川道的石板路上无目的地疾驰。直待到火红的太阳一跃跳出山巅，马已经通体淌汗，他才揽了缰绳，往五十里外的老家而去。身子发热，那一顶黑绒红顶的礼帽不知滚落在了哪一丛草中，敞开褂子，风摆旗般地啪啪直响，而锃亮的长枪斜背身上，枪带已紧勒进一疙瘩一疙瘩隆起的胸肌里。浑身被汗浸得热腾腾酸臭的汉子，一手牵着缰绳，一手死死地搂着面前的女人，女人像蛇缠住了一样无法动弹，先是不停地惊叫，再后便被颠簸和胳膊的缠裹所要窒息，迷迷晕晕，只剩下一丝幽幽喘吟。

"四姨太，"他说，"不！不不！你终于是归了我的娘儿们，你是我的老婆！你哭吧，闹吧，踢我的肚子，咬我的胳膊吧，我就喜欢你这个烈性子雌儿！你唾那老家伙一口实在解气！你这么闹着也实在解气！你知道吗，在我给姚家当使唤的年里，我每夜叫着你名字入睡，可你宁去抚摸狗不肯伸给我一个指头，现在你却是我的老婆了！"

女人从昏迷中知觉过来，她的后脖子被苟百都的嘴吻咬着，涎水湿漉漉顺脖流向后背，那一只蒲扇般粗糙的手扼着她的左乳，且有两个指头在掐着乳头。她知道她现在是一只小羊完全被噙在了一只恶狼的口中。在姚家十多年里，不能说没有吃好和穿好，但她厌恶着干瘦无力连胡子都不扎人的掌柜，她因此而使尽了执拗性子，摔碟打碗，耍泼叫喊，想象着她能在一种强有力的压迫下驯服和酥软。如今这土匪苟百都给了她这种强力，她却是这么恐惧和悲伤！往昔受她戏弄的人，面孔丑陋，形体肮脏，那么在往后，也就在今日的晚上竟要爬上自己的身上吗？她后悔在掌柜极度痛苦的决定后她竟如释重负又怀有一种幸灾乐祸的心情所发出的笑声，也后悔今天早上没有悄然遁逃或撞柱而死反倒顺从地被苟百都抢上马背！女人在这时，感觉却回到了姚家，可怜起那个瘦弱的财东姚掌柜了，遂一口咬住了扼着她左乳的那只手，血从嘴角流下来。苟百都一松手，她迅疾地扭转身，啪，啪，啪，将耳光扇在了那一张毛孔里溢着油汗的丑脸上，骂："你是什么猪狗，你能娶我吗？你这洗不白的黑炭！你尿尿都是黑水！"

苟百都被这突兀的打击震住了，一时出现了在姚家跑腿时的下贱呆相。但刹那间，这土匪丢开了马缰绳，一手按住了女人的下巴颏儿,一个勾拳向她的腹部打去。这一拳打得太重了,女人呀地在马背上平倒了上半身,呼叫着,喊骂着,四肢乱踢乱蹬,苟百都按着,看见勾拳打下去时指上的戒指同时划破了肚皮,一注奇艳无比的血,蚯蚓一般沿着玉洁的腹肌往下流,这景象更大刺激他的兴奋了,浑身肌肉颤抖着,嘿嘿大笑。像在案板上扼住一只美丽的野鹿,一刀刀割破脖子而欣赏四条细腿的挥舞;如逮住了老鼠浇上了油点着放开,看着在尖厉的叫声中一朵焰火飘动。苟百都就这么慢动作地扯开了女人的裤带,剥开了女人的衣裤,将身子压下去。

马还在跑着,受惊似的几乎要掠地而飞。犬牙相错的山峰在跳跃中纷纷倒后,成群的蚂蚱于马蹄下飞溅在枪托上留一个绿印而瞬息不见。苟百都张大了嘴发出怪叫,在女人的身上终于结束了自己一段漫长的历史,女人肚皮上的血也同时粘上他的胸毛,干痂成一片,揩也揩不掉。受到了从所未有的震撼的女人,如风中的柳树曾经左倒右伏,但就在几乎一时要摧折了之际,又从风中直立而起,无数的反复冲击中则不期然而然地享受了柳之柔软性能和死去活来的快感。她终于在马放慢了步伐悠悠而行的时候,一句话也说不出来,作为一个女人,毕竟是一个女人,再也没有了在姚家的掌柜面前的泼悍和任性,她说:"你真是个土匪!让我到河边去,我要洗洗。"

苟百都停住了马,放她而下,苟百都俨然已成为一个伟丈夫，并不防备她逃走，懒懒地看着头上的太阳闪耀光刺，看着女人走到河边双手掬水再让水从指缝漏下，银亮亮如撒珍珠。水里落着女人的影子，她撩水洗起下身，像要把一切都洗掉去。

这时候，河对岸的一条小沟里，山路上正踽踽地走下来一个人。路细乱如绳。女人看了一眼，提了裤子又垂头洗脸，觉得那人是牵着绳从沟堉下来的，或是绳拉他而来的。但那人在河边站定了，惊疑地哦了一声，随之叫道："四姨太！"

从水面上传过来的叫声并不高，且颤颤的如水溅湿了发潮发沉，女人却倏忽间蜂螫一般地冷丁了。多熟悉的声音，又多陌生的声音，多少多少年里只有在睡梦里听到，醒来却茫然四顾而慢慢麻木淡忘以至重重遗失得没了踪迹的声音；如远山里吹来了一缕微风，如大海的深处泛上了一颗泡沫，她的一根神经骤然生痛了。她再一次看着那人时，马背上的苟百都已经认了出来，张狂喊道："柳先生！咋就在这碰着柳子言你狗 × 的哥了！"

柳子言在喊声中看到了马背上背了长枪的苟百都，他要从河水面上跑过来的腿僵硬了，木桩似的戳在沙里："是苟百都呀，听说你当粮子逛山了，是唐井的队长了，果然是！你这是往哪儿去呀？"

苟百都说："柳子言，我告知你，我今日娶了老婆了，你该是第一个恭贺我的人！"

"娶了老婆？"柳子言看着苟百都在太阳下咧着金牙的嘴，

他想戏谑了。"娶的是哪一位,能压了寨吗?"

"你瞧瞧,你叫过她四姨太的!"苟百都说。

女人已经立直身,隔河望着柳子言。望着依旧是长袍短褂背着褡裢的柳子言,他虽没了往昔的年轻,但英俊依然!女人张开了嘴,感觉到一颗心跳到喉咙了,噎了噎却并没有吐出来。她注视柳子言听到苟百都娶了她的话后的表情,果然笑容陡然硬在脸上,喑哑了似的长久地没有说话,脚下的松沙在陷落,水汪上来湿了鞋面裤管,人明明显显地矮下去了一截。"柳先生!"她叫了一声。但她的耳朵并没有听到她的声音;柳子言也没听到,却怔怔地瞧她一眼,那是多么悲惨的一眼啊!

"娶了四姨太?"柳子言面对着苟百都,声音已变调了,"你是枪打了姚掌柜?!"

苟百都却说:"娶亲是吉利事,怎么能杀人呢,好女人就不兴咱×吗?"

柳子言勾了头就走,却忍不住还看一下河这边的女人,踉跄而去,石头就无数次地将他绊倒,绊倒了爬起来还是走。

艳阳下女人身子摇晃着返回来,说:"走吧。"牵着苟百都的手上了马背。苟百都笑骂一句"呆先生",一松缰绳,撮嘴吹着口哨,马噔噔地跑起碎步,伴响起风前的鸟叫,流水的鸣溅,再一揽胳膊重新要箍了女人的腰,女人突然锐声说:"我要柳先生!"

苟百都勒了马:"你要柳子言?"

女人反转了身来再说一句:"要柳子言!"更直直看着苟百都,随之噘了小嘴,将两道尖眉也翘挑了。粗悍的土匪在暂短的疑惑中为女人的变化无常的脾性开心了,这是真正成为自己老婆后的一种要强吧,在姚掌柜面前的那种四姨太式的泼劲重演,是女人终于从哭闹而转为顺悦的标志吧?苟百都喜欢女人像烈马般的暴躁而在降服过程中得到快愉,同时也喜欢在降服之后马时不时抖抖臀部,耸耸耳朵,或者毫无缘由地喷一个响鼻。"你要柳先生,看上他那小白脸吗?"他也来了调侃。

女人说:"柳先生是咱见到的第一个熟人,他没有祝福咱们一句话,你就让他走了?"

苟百都觉得妇人言之有理,扭转马头,柳子言已经离他们很远了,便举枪在空中叭地放了一枪。枪声很脆,震动着河谷,跟跟跄跄的柳子言在突兀中惊跌在地。枪声震掉了崖头的松石哗哗啦啦掉下来的时候,也震掉了一时涌在心头的懵懂,顿时清醒于往事的追忆中。多多少少的岁月,他离开了姚家,再没有遇见过像四姨太美艳又钟情于他的女人,谁能在踏过了风水之后还器重一个贫贱的风水先生呢,没有的。愈是为自己的命运悲哀,愈是为失掉了四姨太的情爱而痛惜。一件记载着女人的懊恼和怨恨的红绸裹兜,便一直视为定情物贴身穿在自己的童子体上,他细细感受着红裹兜的柔软,体会着红裹兜穿在女人身上时的情景，就不免有一阵幸福的眩晕。他曾经数次徒步赶到北宽坪来，希望能见到一次四姨太，如果四姨太提着瓦罐在泉边汲水，他会将她从泉台上抱起而不管瓦罐摔成七片还是八片；如果在山坡上见到捡菌子的四姨太，他会将她放平于蒿草之中，并使蒿草千百次晃动不已。柳子言的暗恋放诞了奇异的光彩，一看见了北宽坪后的山崦上的那个古战场残留的石堡，就心身皆进入恍惚之境，觉得曾经是有一个夜晚，月色清丽，空气甜润，他们携手登上石堡，一任小小的窗洞里呜呜长鸣，也一任露水湿了他们的睫毛也打湿了鞋袜和裤腰，静静地躺过了千年百年……但是，每一次山下村庄的鸡犬之声破碎了他的幻想，远远看见了姚家炊烟直上的屋宅，他却不敢再走下去，落泪独坐，几次已疑心自己是风化成一块石头了。

这日葫芦峪有人家请去踏坟地，葫芦峪可以从另一条沟直达，脚仍是不自觉地拐进北宽坪的山路，他愿意多绕道数十里看看心爱的女人居住的地方，谁知现在女人竟一河之隔，活生生的，就站在他的面前！

令柳子言悲惨的是女人竟不再是姚家的四姨太，她成了逛山土匪的老婆！在柳子言的意识深层，他爱着这女人，但这女人真正要成为自己的老婆长年相厮那纯是远山头上的一朵云，登上山头云则又远，他们的缘分恐怕只是一种偶然的相遇相爱。因此上，在痴恋转为暗恋的漫长日月中，柳子言不管怎样跋涉到北宽坪的山上希望去见到四姨太,到最后都将是一种单相思。唉,自己就是这般的薄命,只能在盐一样的生活中把她的身影腌咸了,风干了,在孤独寂寞中下酒吧。问题就在于,女人是姚财东的姨太也好,是另一个什么管家的娘子也好,他柳子言有什么办法呢?可现在女人成了黑皮臭肉的苟百都的老婆,却实在无法接受!粮子,逛山,土匪,就全凭那一杆能喝血吃肉的长枪吗?当苟百都向他炫耀,一脸的恶肉刷漆似的油亮,他恨不能一个石头砸过去,砸出五颜六色的脑浆来,但面对着高头大马和乌黑的枪管,他惧怕了。柳子言的泪水倒流肚里,为女人伤心了,为孱弱的自己伤心了!他不愿多停留,在丑陋的苟百都面前的无能比那一次面对着女人的无能更使他羞辱,再不要让钟情过他的女人看见他了!

一声枪响,使他跌倒了,蓦然间他估摸这一枪是苟百都打向他的。女人现在既已做了苟百都的老婆,瞧着自己无能的样子是不是感到可怜可笑,不经意中会把过去发生的事情失口泄露于她的匪夫吧?土匪毕竟不是守财的姚掌柜,一定不允许一个风水先生曾对他的老婆做过的事体。

马蹄腾着沙石过来了,苟百都在喊:"你站住,站住!"柳子言猛然之间翻身而跑,苟百都愈发怒了,开始叫骂,马匹一个飞跃,几乎是掠过柳子言的头顶落在他的面前。柳子言准备死去。

"苟百都，你要打死我吗？"他说。

"你跑什么？"苟百都说，"我的老婆要给你说话的！"

柳子言吃惊了，他看着女人，女人从马上跳下来向他走来。女人站在两丈外的一株细柳下，一头乱发飘拂，蓬蓬勃勃如燃烧的黑色火焰。

"你没给我说一句话，你就走了？"她说。

"恭喜你。"他说。

"你再说一遍！"

"你要做压寨夫人了，我恭喜你。"

女人嘎嘎地怪笑着，靠在了细柳上，细柳负重不了，剧烈地摇晃了。

柳子言调头又要离去。

"你就这么走吗？"女人突然地厉声嘶叫，手抓住了细柳上的一枝，竟将枝条扳下来，凶得像恶煞一样扭曲了五官。"你就会走吗？你一辈子就会乌龟王八一样地走吗？！"

当女人发疯地扑上来，柳子言不知所措地呆住了，倏忽间柳枝劈头盖脑抽下来，啪啪啪声响一片，柳叶碎纸似的满空皆是。柳子言没有动。他知道今日是丢命了，与其死在苟百都的枪下，还不如被心爱的女人活活打死！他感觉到的并不是疼痛，女人手中的也不是柳条，是锋利无比的刀，在一阵迅雷不及掩耳的砍杀下，他似乎还完完整整，瞬间则一条胳膊掉下去，另一条胳膊也掉下去,接着是头,颈,腰,腿,一截一截散乱了。女人喘着粗气无休无止地挥动枝条,留给了柳子言满脸的血痕,一截截柳枝随着一缕缕头发飞落在水面,终于只剩下一尺余长了,仍不解恨,哗啦一声撕裂了他的褂子,赤身上露出了那红绸裹兜,女人呆住了,软在地上,嚎啕起来。

遍身是伤的柳子言在女人倒在沙窝,泪水和鼻涕一齐迸出之际,蓦然明白了一个女人的心。女人竟还在爱着他!感激之情油然生出,珍视着从自己脸上流下来的血滴在河滩的石头上溅印出的奇丽的桃花。他要弯身扶起哭倒在面前的女人了。苟百都却以为柳子言欲反击自己的老婆,在马背上吼道:"柳子言,你敢动我老婆一个指头,我一枪敲了你的脑壳!"柳子言高傲地抬起头,说:"我哪能打了她?苟百都,我现在正式恭贺你了!"

苟百都笑了:"你早这么说就好了!你现在可以走了。"但柳子言没有走。女人说:"我不让他走!"苟百都说:"柳子言,你听见了吗,她不让你走,你就给她下跪再道个万福吧!"女人说:"我要让他和咱们一块走!"苟百都疑惑了,眉头随之挽上疙瘩。女人说:"柳先生能踏坟地,怎不让他同咱们一块回家去踏个坟地,你还指望我将来的儿子像你一样半辈子给姚家跑腿吗?"苟百都哈哈大笑起来:"说得好,说得好!柳先生,苟某人就请你为苟家踏吉地了。姚家有钱,能赏你一桌面银元,苟某人有的是枪,会抢一个女人给你的!"

三个人结伴而行了。

先是苟百都和女人同骑一匹马,马后步行的是柳子言。小桥流水,古木,巉崖,女人不停地遗落了手帕要柳子言捡了给她,或是瞧见一树桃花,硬要柳子言去折了她嗅。行过三里,马背上的女人便叫嚷马背上颠簸,一身的骨头都要散架了,苟百都便命令柳子言背着她,"你不悦意吗?不悦意也得背!"柳子言巴不得这一声唤,在女人双手搂了他的脖子,树叶一般飘上背来,立即感到了绵软的肉身热乎乎的如冬日穿了皮袄。哎呀,女人的香口吹动了一丝暖气悠悠在后脑勺了,女人耳后别的一撮柔发扑闪了前来摩抚着他的额角了,柳子言重新温习了久久之前的那一幕的情景。他不知觉自己载负了重量行走,而是被一朵彩云系着在空中浮飞。当半跪在背上后来又换了姿势的女人将两腿分叉地垂在了两边,柳子言紧紧反搂着一双胳膊,眼睛就看见了两只素洁的肥而不胖的红鞋小脚,呼吸紧促,噎咽唾沫。洋洋得意的苟百都在马背上又吹起口哨。柳子言终是腾出手来把那脚捏住了,捏了又捏,揣了又揣,乐得女人说一句"生了胆了!"苟百都看时,女人用手指着山崖上一只在最陡峭处啃草的羊,而同时另一只手轻抠起柳子言的后心了。

到了过风岔,苟百都的家就在岔垴。三间石板和茅草搭就的屋里独住着瞎了一只眼的老娘。山婆子见儿子冷不防地带回一个美妇人,喜得没牙的嘴窝回去,脸全然是一颗大核桃了。

举灯将女人从头照到脚，悄声对儿子说这婆娘是从哪儿拾掇来的，屁股好肥，是坐胎的胚子，只是奶太端乍，将来生了娃娃恐怕缺了奶水子吃。天一黑，柳子言被安置到屋旁的旧羊棚里歇息，女人才过来看他，苟百都便也过来扔给了一个缝了筒儿装塞着禾草的老羊皮，说："你要孤单，搂了它睡吧。"一弯腰将女人横着抱到草房东间土炕去了。

幸福了一路如今又被抛进冰窖和油锅受水火煎熬的柳子言，掩了柴扉，静听着山里的鸟叫。鸟叫使夜更空。石磴上插着的松油节焰也不旺，直冒起一股黑烟，柳子言想，这烟也是松油节的气吗，燃不起焰就只是生黑烟吗？躺卧在深山破败寂冷的旧羊棚里，自己背了来的女人却在了一墙之隔的炕上，这是与那个女人算什么一种孽障啊。而苟百都呢，一个黑皮土匪，今夜里却搂了爱自己的恁个美艳的妇人在自己的旁边，这真是天下最残酷不过的事情。这样想着的柳子言，随手咚的一声，抛过裆裤将那个松油节打灭去了。

石板房里，传来了苟百都熊一般的喘息声，间或有女人的一声"啊！"叫，睡在房西边炕上的山婆子开始用旱烟锅子敲着柜盖了，问："百都，你怎么啦？你们打架了吗？"苟百都回话了："娘，睡你的！你老糊涂了？！"后来，一切安静，老鼠在拼命地咬啮什么，柳子言听见石板房门在吱呀拉响，女人嚷着拉肚子，经过了旧羊棚，就蹲在棚门外的不远处。隔着柴扉的缝儿，柳子言看不清她的眉脸，一个黑影站起又返回房中去了。一次如此，二次又如此，柳子言知道了女人的用意。她并没有闹什么肚子，她冒着寒冷为的是经过一次旧草棚来看看他了！柳子言的眼泪潸然而下，他把柴扉打开，他要等待女人再一次来解手。但女人重新蹲在了旧羊棚门外，他刚要小声轻唤，野兽一般的苟百都却不肯放掉一刻她的肉体，赤条条地跑出来一等她解了手就抱她回去。

翌日，同样是瘦削了许多的三个人在门前的洞溪里洗脸，柳子言在默默地看着女人，女人也在默默地看着他，飞鸟依人，情致婉转，两人眼睛皆潮红了。早饭是一堆柴火里煨了洋芋和在吊罐里煮了鸡蛋。苟百都只给柳子言一颗鸡蛋吃，便爬上屋前槐树杈去割蜂箱中的蜜蘸着鸡蛋喂妇人。女人说："我是孩子吗？你把你鼻涕擦擦！"苟百都的一珠清涕挂在鼻尖，欲坠不坠，擦掉了却抹在了屋柱上。女人一推碗，说："柳先生，你吃我这些剩食吧，我恶心得要吐了！"柳子言端过碗，碗里卧着囫囵的五颗荷包蛋，心里就千呼万唤起女人的贤慧。

柳子言有心给出土匪的苟家踏一个败穴，咒念他上山滚山下河溺河砍了刀的打了枪的染病死的没个好落脚，而苟百都毕竟在姚家时跟随诸多风水先生踏过坟，柳子言骗不过他。"你要好好踏！"苟百都警告说，"听说吉穴，夜里插一根竹竿，天明就能生出芽的，我就要生芽的穴！"柳子言踏勘了，苟百都真的就插了竹竿,明天也真的有芽生出。苟百都喜欢了,提出一定要亲自送他走二十里山路回去。柳子言又得和女人分别了。女人说:"柳先生,你现在该记住我家的地方了,路过可要来坐呀!"

苟百都说:"是的,苟某人爱朋友。"女人送着他们下山,突然流下泪来,说:"山里风寒,小心肚子着凉呀!"柳子言按按肚子,感觉到了那肚皮上的裹兜。苟百都就笑了:"瞧,一时也离不得我了!柳先生,你不知道,有娘儿们和没娘儿们真不一样哩!"

苟百都真的把柳子言送出了二十里,到了一座山弯处,正是前不着村后不靠庄,苟百都拱了手寒暄柳子言是苟家的恩人,永远不会忘了。柳子言喉咙里咕涌着一个谢,爬上山坡去。差不多是上了坡顶,苟百都掏了一颗子弹丸儿,鞋底上蹭了又蹭,还涂了唾沫,一枪把柳子言打得从坡的那边滚下去了,说:"苟百都有了美穴,苟百都就不能让你再给谁家踏了好地来压我!"

已经是一年后的又一个初夏,苟百都便不再是昔日的苟百都,黄昏里蹴在前厅后院的新宅前,举枪瞄一棵山杏树上的青果子打,打下一颗就让妇人吃一颗,得意洋洋又说起柳子言踏的坟地好。可不是吗,自滚了坡的老娘白绫裹了葬在吉穴,他不是顺顺当当就逃离了白石寨,竖了竿子坐山头。他唐井是司令,咱也是司令嘛!做了司令就有人买司令的账,这不就一院子的青堂瓦舍么,不就有大块的肉,大碗的酒,苎麻土布,丝绸绫罗,连尿盆不也是青花细瓷么?妇人在姚家那么多年,生养出个猫儿来吗?没有,现在凸了肚皮,一心只想吃个酸杏。这狗×的柳子言真是好本事!

女人听厌了苟百都的摆阔,扭头起身回屋坐了。她不能提柳子言,柳子言就是一枚青杏果,一提起心里便要汪酸水。柳子言为苟家踏了好风水,柳子言却怎地再不照面过风岔!不爱着的人,狼一样地龇牙咧嘴敢下手,爱着的人却是羊羔似的软,红颜女人的命就是这等薄了?!

哀怨苦命的女人,只有独坐在后窗前凝视林中月下的青山,青山是那么照人的明艳却不飞扬妖冶,白杨林子是那么庄严又几多了超逸,但青山与杨林的静而美、美而幽、幽而哀的神意实在不容把握。这样的月夜里,是决不要听到枪声的,白石寨的土匪一来,枪支并不比唐井多的苟百都就要着人背她先去山峰顶上的石洞里避藏了。石洞里凿有厅间卧间和粮食水房,洞外的光壁上石窝中装了木橛架了木板,人过板抽,唐井的子弹爆豆般地在洞口外的石崖上留一层麻点。这样的月夜里,也是不要狗吠的,一条狗吠起,数百条吠声若雷;苟百都的喽啰回山了,鼓囊囊的包袱摊在桌上,黄的铜钱,白的银元,叮叮当当抓着往筐里丢,同时在另一处的幽室中就有了一个呻吟的绑了票的

-170-

人。这样的月夜里也是不要酒的,喝得每一个毛孔都散着酒气的苟百都就又要得意于他的艳福,想象着皇帝老儿该怎么淫乐,把炕席揭了,撒上豌豆,放上木板,使行房事晃悠如在船舟。今夜的月下,就只让女人静静地临窗坐吧,恨一声柳子言你哄了我,骗了我。一架蓬蔓开了耀眼的葫芦花就是不见结葫芦!但终在一个月夜,女人看到了窗外不远的涧沟畔上的一株钻天的白杨,白杨通身生成的疤痕是多么活活的人眼哪。这眼是双眼皮的,这眼就是柳子言的眼,原来柳子言竟天天看着她!女人从此天天开了窗户,一掰眼就看着他的眼睛在看她。但是看着她的只是眼睛还是眼睛,柳子言,你到哪儿去了,真的再也不来了吗?婆娑的泪水溢满了女人的脸面,女人最终把双手抚在了突出的肚腹上,将一颗慈善的心开始渐渐移到了未出世的儿子身上,说:"你将来要当官的,真的,娘信着柳先生的本事,你也要信哩!当了官你就要天南海北地寻了他回来!"

柳子言其实并没有死。

一颗子弹打了来,那涂了唾沫的炸子儿当即炸断了一条腿在坡顶,而柳子言血糊糊滚落到坡那边的一蓬刺梅架里了。一位砍樵的山民背回了他,他央求着说他可以禳治这一家祖坟使主人从此家境滋润而收留他养伤,便开始了整整半年的卧床未起的生涯。半年里,北瓜瓤子敷好了断腿的伤口,他单足独立,再也不能爬高下低地跑动了。被抬回到老家去挂了拐杖学行走，一次次摔倒在地，磕掉了两枚门牙，终于能蹒跚移步了，就常倚残缺的石砌院墙看远山如眉，听近水呜咽，想起那一个自己答应过要去见的女人。但他独足去不了过风岔，他没有枪，他对付不了土匪苟百都。

夏日正热，于堂前的蒲团上坐了燃香敬神，祈祷着思念中的女人能大吉大安的柳子言，听到了一阵异样的脚步声，回过头来，一副滑竿抬进门，下来的竟是仍没有老死的姚掌柜。掌柜一脸老年斑，给柳子言拱拳了，说找了先生数年，一会听说先生遭苟百都给害了，一会听说先生还活着，他无论如何要亲自来看看，果然先生还这么年轻这么英俊，竟好好的嘛！柳子言无声笑了笑就站起来，一条腿没有了，惊得掌柜忙扶住他，日娘捣老子的骂那土匪苟百都，"苟百都害了你害了我，他是咱俩不共戴天的贼啊！"柳子言又一次被掌柜请去北宽坪重新踏风水了。但他不是骑了驴子，而是坐在背篓里雇人背着去的。

旧地重游，柳子言坐在了女人曾经赐给他情爱的那个小房里失声痛哭，掌柜问他伤了什么心。他说想起了四姨太，还是这间房，还是这把椅子，却再见不到四姨太了！掌柜遂也老泪流出，劝慰柳先生不要为她难受，说四姨太好是好，再也寻不到她这般俏眉眼的娘儿们了，可毕竟现在是土匪的婆子，他掌柜也不为她哭坏身子了。柳子言说："你知道她的近况吗？"

掌柜说:"我只说她被抢了过去不是拿剪子捅那土匪,也得触柱死去,她竟旺旺活着!听人说她出门,后边有两个护兵跟随,真真正正是土匪婆了!"柳子言心里愤愤起来:一个家有万贯的财东,一个不该娶少妇偏娶了少妇的老头,你拱手把四姨太献给了土匪,却要怨怪四姨太没有在新婚的夜里触柱死亡,得一个贞节的名号!这也算一个与四姨太十余年的丈夫,算北宽坪地方的绅士么?对着并不慈善的掌柜,柳子言收回了对他遭到苟百都迫害的同情,也全然坦然了多少年里总有的一丝对他不起的心思。厌恶起掌柜的柳子言这么骂一个男人的歹毒,却也从掌柜身上看见自己的丑恶,骂起自己不也恰恰和这枯老头一样没有保护了那个女人吗?女人原本不爱掌柜。况且掌柜人也老了,而自己呢?柳子言扭头看窗外,窗外的枣树还在,他不禁戚戚感叹:"今年枣树上没干枣了。"

"枣树上哪儿还有干枣呢?"掌柜干笑了一下,忽问起一个问题来。"柳先生,听说苟百都也占了一处吉地?"

柳子言说:"那也算一块吉地吧。"

掌柜说:"那他还有大气数吗?你知道吗,为了占那吉地,他是将他娘掀进沟里跌死,对外说是失了足……哼,一个瞎眼山婆子能守得住?!"

柳子言说:"甭提土匪那一宗了,柳子言会给你再踏出一块好穴位迁埋骨殖的。"

掌柜连声就呼着丫头，催问酒温好了没有，又说柳先生这次来不必着急踏勘，先喝三天的醉酒，姚家大院中的这些使唤丫头喜欢上哪一个了就只管招叫了去侍候你。

柳子言也真的这一顿酒吃醉了。

就在柳子言醉吐了一定要掌柜来打扫那秽物的时候，一个爆炸的消息传到了北宽坪，说是苟百都被龙抓了！掌柜一把搂住了也被惊得酒醒的柳子言长一声笑，短一声哭，夸讲着天神之公道，也夸讲土匪早不死迟不死偏在柳子言要重踏坟地迁葬父母骨殖的今日而死，这定是将要踏出美穴的预先兆应了。两个人已经听报信人说过一遍苟百都被龙抓的经过，却仍要再说一遍又说一遍，确确实实地核证了这一切皆是事实。威风着方圆百里的苟百都是在前三天下山到黑龙口坪坝里的一家财东炕上抽烟土，已经抽过三个时辰仍不过瘾，他眉飞色舞地给财东和另几个土匪讲他的英武。说唐井派人来杀他，此人枪法好，刀法也好，却不知他苟百都是怎么个人物竟使唐井也奈何不得！那人来了，他枪也不带刀也不挎，端了火盆在门口吸旱烟哩。来人问："谁是苟司令？"他说了："我就是苟百都，伙计，来吸一锅子吧！"来人说："嗬，原来是黑皮八斗瓮！"他说："是长得差些。"还是低头吸他的烟。烟灭了，用手在火盆里捏一颗红炭按在烟锅上，来人眼就看直了。点燃了烟叶取下火炭，火炭没放在盆里却放在了膝盖上，膝盖上的肉就嗞嗞响，再说一句:"这烟叶真香,你真不吸吗?"来人就跪倒在地了,说:"苟司令你是条汉子!要么你砍了我的头,要么我跟你吃粮!"那一把短刀就摔在他面前了。在座的财东说司令就这么收了来人了?苟百都说:"屁!当粮子逛山不敢杀人我要他干啥?"拾起来人的刀在眼前看锋刃,说句好刀口哩,忽地一下砍下来人的头。头因为掉得太快,那眉儿眼儿还是笑笑的,便差人直送白石寨去了!在座的皆土色了脸面,苟百都就哈哈大笑,笑未毕,屋外忽然天变,一朵云停在屋当顶,接着嘎嘟嘟一个炸雷一道电光打开窗子冲进来,众人全都震昏了。待眼目睁开,屋里一切完好,唯独不见了苟百都,急奔出门,空中咚地掉下个黑炭来,苟百都烧焦成二尺长。掌柜又是一串大笑,突然说:"可惜了,可惜了!"报信人说:"掌柜说土匪死得可惜了?"掌柜说:"听说他有两颗金牙,花了大钱镶的那金牙就烧化了!"报信人说:"哪里就烧化了,他的喽啰敲了金牙才用白布裹苟百都。正为了这事,他们不敢回去见那四姨太,不不,见那匪婆子,才一哄都散了,苟百都的尸首还是那家财东埋了的。"掌柜说:"你说的对,是四姨太,今日晚上我就要去过风岔接回那娘儿们,回来了你还叫她四姨太!"

姚掌柜匆匆去张罗接四姨太的事宜了,留在了厢房里的柳子言却仍为突如其来的喜讯震得说不出话来。四姨太,那个心爱的美妇人竟然还能再次一见吗?他不能不感慨这是怎样的一种缘分啊！当掌柜领了一班人灯笼火把去了过风岔，柳子言的死而复生般的惊喜却遂被另一层为自己和那女人的悲哀代替了，一个逃离了老朽去当了三年的压寨夫人的四姨太，到头来又回到朽而又朽的老头的炕上，那女人就是因为长得太美么？每一次像猎物一样被狼叼来叼去，又每一次偏让柳子言遇着。暂短的相会，留下的竟是长长久久的悲伤和凄凉，这是对那可怜女人的残忍呢还是对为此而残废了的柳子言的残忍？！那么，自己对一个可望不可即的女人的爱恋是一种自寻的罪过了，就不要再把这种罪过同时带给那个女人吧。这么想着了一夜，发起了高烧的柳子言终于决定在四姨太被接回时绝不去见她，眼不见心则不乱，让她度过她后半世的清静岁月吧。

天稍稍发亮，柳子言收拾了褡裢，扶杖而走了，但门前的土场上一副滑竿急急抬了过来，他看见了坐在滑竿上面色黑灰眉眼扭曲的掌柜，却没见到四姨太。他拱手搭问："四姨太呢？"掌柜却并没有回答他，昨晚那飞扬的神气没有了一点痕迹。"四姨太没有接回来吗？"他又问了一句。掌柜哼了一声，显得那么的不耐烦，却恶狠狠对放下了滑竿要散开的随从说："把吃的东西送去，好好看管。今日大门关了，后门掩了，外边人一个不准进来，家里人一个不许出去！"便踉跄进了大厅去自个卧屋了。柳子言是不能私走了，看着立即有人抱了被褥提了饭盒出去，大门砰砰下了横杠，不知究竟出了什么事情。姚家的丫头和跑腿的在没人处交头接耳,一有人又噤声散开,柳子言不能询问任何人。他默默地回坐到厢房去,寻思四姨太一定没有接回来,或许四姨太已经死了,或许四姨太已逃离了过风岔。厢房的门口远远正对着院角的厕所茅房,短墙头上的一蓬豆荚蔓窸窸窣窣响后,一个人头冒出来,柳子言知道这是姚家大太太在那里解手用豆荚叶揩了屁股了。但大太太却在短墙头上向他招手。

"来呀,柳先生!"她又一次招他,"你不想听听稀罕吗?"

柳子言走近去,蠢笨得如捣米桶一般的肥婆子走出了茅房短墙,一边系裤带一边说:"你知道小骚货的事吗?"

"四姨太?"柳子言忙问,"她到底怎么啦?"

婆子说:"哼,老鬼总忘不了吃嫩苜蓿,只说小骚货的×叫土匪×了,心还在他身上,没想土匪死了骚货还不回来!"

"不回来了。"柳子言说,"她到底是不肯回来的了。"

"不回来老鬼行吗,她有一副嫩脸脸么!老鬼真不嫌她脏,她是给土匪怀了个仔儿,肚子都那么大了,喝苦楝子水怕也坠不下来了!"

柳子言惊呆了:"四姨太有了孩子?!"

婆子说:"老鬼一看就上了气!要当场把土匪仔踢落下来,又怕丢了骚货的小命儿。可那匪婆子竟也往涧里跳,被人拉住,头上已破了一个洞。老鬼气得骂:'你那时怎不就跳了崖,我还给你立个节妇牌呢！我现在来接你，你倒寻死觅活？！'就把骚货用滑竿抬回来了，真该让她死去才好！"

柳子言忙问："怎不见抬了回来？"

婆子说："抬回姚家让生下那个土匪种吗？姚家是什么人，不要说招外人笑话，这邪祟气儿要坏姚家的宅舍呢？你瞧瞧，关在那个石堡里，让生下匪仔儿了，还要放三天的炮竹，艾水洗了身子，方能倒骑了驴子回姚家的门！"

肥婆子说着捂了嘴嘎嘎直笑，柳子言的脑子里已一片混乱，他望着院外山坡顶上的古堡，泪水拂面。那一座古战场残留的石堡，数年前他默默地从远处观望，想象了一个月夜他怎样地能和四姨太幽会其中，数年后的今日，四姨太竟真的被幽闭在那里了。石堡上到底是如何的败旧，荒草横长，野鸽遗矢，孤零零的一个美艳女人就在那里生养胎儿再将胎儿亲手处死吗？柳子言不知道肥婆子何时离去，他双手抠动着墙皮一步一跳地不能在厢房门口安静，指甲就全抠裂了，墙面上抹出了一条一条血道。突然单足跳跃竟走到厅房台阶下，他改变了主意要看看四姨太，甚至拿定主意请求在姚家长期住下，他要永远能见着那个女人，也要让那女人永远能见到他！他跳跃到台阶下再要跳上台阶，他摔倒了，碰掉了一颗门牙，对着听见响声出来的掌柜说："你怎么能将四姨太关在石堡呢？你不能这样待她！"

掌柜疑惑地看着他，说："柳先生，我是器重你的，你不要管我家私事。"

"不！"柳子言再一次从地上跳起，单脚竟如锥一样直立着，说："掌柜，这是你家的事，我本是不能管的，可你是请我来为姚家踏吉地的，你是知道的，积德为求地之本，知积德善人未有不得吉地的。苟百都为何死于非命，他行恶多端，吉地也成了弃地啊！"

掌柜说："我何尝不正是这样做呢，那娘儿们怀的是土匪的种，我让她出血流污的在姚家生养，岂不辱没了姚氏祖宗？我要不是待她好，我早在过风岔一刀挑开她的肚皮了！柳先生是手艺人，怕是昨日的醉酒还没完全醒的吧？来人，扶柳先生回屋去，熬了莲子汤好好服侍先生吧！"

几个跑腿的男人几乎是抬着柳子言到厢房去了。

躺倒在厢房土炕上的柳子言，现在只能是无声地抽泣，为了将来还是掌柜的四姨太的女人，他的求情遭到了掌柜的拒绝和厌烦，他的那点勇敢可怜得毫无作用可起。漫长的一天里，他恨着自己不是个土匪，若是有土匪的蛮力和枪杆，他也不至于这般容忍了掌柜这老狗。到了这时，反倒那苟百都真是个汉子，可惜了苟百都的死去，女人宁愿跟着土匪也比来姚家要好了。这一天终于将尽，四山严合，逼出了黑暗下来，月亮也随之出现，多清丽的月夜呀，原本是浪漫的人儿飞身于山峁，依山上下曲折的石堡栈道，让月光浸着雪净的衾绸，让月光逼着

-179-

玲珑的眉宇，有了如丝的幽梦，有了如水的思愁，有彻悟有祈祷有万千神话……而现在的女人于石堡中哭涸了多少泪水？柳子言担心着女人经受不了生下骨血让人活活弄死的折磨而要死去的。是的，她要死去的，任何一个最坚强的女人都会在灰了心的绝望中死去！一时间，柳子言紧张得一身汗都出来了，他似乎就看见了女人披头散发地在那里吼叫，风却灌满了她的口，谁也听不到她的呐喊。她开始痴痴地盯着石壁看那一群快活的蚂蚁了。她是那蚂蚁就好了。上苍啊，怎么让这女人来世时托生一只自由自在的蚂蚁呢？石堡的门洞外，女人能看到月下起伏的万山壑岭么，能看到浮云浸拥的栈道石廊么？不不，石壁如塔压着她，如笼囚着她，她从门洞看到的是一堆堆磷火。对了，柳子言想起了发生在这山头的一个古远的传说，说是一位英武的将军驰骋鏖战了一生却终在最后被敌军包围在了这座石堡中。同样是一个美丽的月夜，石堡的内外躺满了部下的尸体，只剩下了将军的妻子和一个忠诚的卫士，将军看着满山围拢上来的敌军，他血刃了自己心爱的年轻的妻子，他不忍心妻子落入敌军手中受辱，他血刃了妻子而抱着她还微笑的头颅而哈哈大笑，对着吓呆了的卫士说："好了，我英雄的一生要结束了，现在，我要成全你。他们以三百两白银悬赏我的头，你就提了我的头去见他们吧，我忠诚的卫士！"说完，风吹动着他的长发，星月照耀着他的铠甲，一只手抓着头发，一手扬刀就抹掉了自己的头,竟然那只手把抹掉的头颅提着而身子不倒。这古远的传说这么清晰地在柳子言脑海中浮现,他想,四姨太一定在这个时候听见了一片鬼的嚎叫,看见了那英雄的将军和将军的妻子,她在哀叹了:谁是我的英雄呢?英雄将军保不了妻子的活着,却保护了妻子的死去,这妻子也是幸福的。我一个容貌美丽的女人,因美丽而为臭男人们活着,如今要死在一个可爱的人的刀下也不成啊!柳子言愈这么想,愈坠进了不可自拔的境界里去,过去的一幕幕的无能、软弱、忍耐全然激发了一个男人的所有勇敢,咬牙切齿道:"我是你的英雄,是的,我是你的英雄!"

英雄了的柳子言在夜静人睡之时,拨开了姚家的大门,拄杖往山上去了。

崎岖的山路上,柳子言摔倒了一次又一次,他开始往山头爬。他的衣服全破了。一条唯一的腿和两条胳膊血肉模糊。他预想着爬到古堡怎样地打开石堡洞门的栅栏,怎样地呼叫着四姨太的名字而与她相见,他要告诉她不要哭,也不要叙说长长久久刻骨铭心的思恋。赶快逃离石堡吧,即使天黑不能远离,也要到另一处的什么地方躲起来。然后他们在某一处相会,然后他要和她,或许她愿意独自一人,他都可以帮她逃到很远很远的地方去的。但是,当柳子言刚刚爬到了古堡下的栈道长廊下,看守着四姨太的人发现了。这是一位年迈的在姚家跑腿的老头,他是认识柳子言的,询问着柳先生摸黑怎么能到山上来。

柳子言瞒不了他，老老实实地把一切都告诉了，他明白有人看守着古堡他是不能去搭救女人的。他说尽了女人的苦愁来感化这看守，甚至应允，若看守人能放他上去救那女人，他保证付一笔数目巨大的银钱，也保证为看守踏勘出一处大吉大贵的坟地，永葆其家族后代安乐昌盛。看守同意了，却劝柳子言不要亲自去，一个残废的人怎么能爬上那古堡，就是这栈道长廊，健全身体的人也要小心才能过呀。"先生请相信我，我就去帮四姨太逃走吧。明日掌柜要问，我就说我去拉屎，回来不见人了，大不了掌柜勒我一绳，罚了我一年的工钱。"柳子言感动得直磕头，说他今生今世忘不了老伯大恩，又千吩咐万叮咛了许多许多要小心的事，方又倒爬着下山。

柳子言返回了姚家，天已经麻麻泛亮了，他若无其事地招喊了一个下人要求背篓里背了他去后坡跟踏勘坟地。背篓背出了大门外，他却对着从河里挑水的姚家佣人说："你就给掌柜说一声吧，我去后坡跟踏吉地了，让他随后也来看看。"可是，当柳子言踏勘到了晌午，掌柜却没有来，柳子言也不急着回去，就躺在暖和的地坎下打盹了。昨夜的奔波已经弄得他疲倦之极，现在该是好好地歇息了。蠢笨的掌柜这阵在干什么呢，他哪里知道石堡中的四姨太已经远走高飞，而这一切又都是一个残废的风水先生所为的呢！他作想不来在某一个山洞里还是松林中的四姨太，这阵儿是怎么地感激和思念着他啊。他得很快地踏勘完坟地去相见，而那个尊敬的看守老头能在他一回到姚家碰见，告诉他四姨太的去处吗？柳子言终于在松弛心身后迷糊起来，将隐隐的一种后怕和一种暗自涌上来的英雄气概的念头带到了梦境，但同时听见了声音："先生，你醒来，掌柜来了！"被佣人推醒了的柳子言果然瞧见掌柜远远走来了，且笑眯眯地在几丈外就说："柳先生，你怎不多歇几天就踏坟地了！你这么为姚家费力，姚某人真是不知该怎样谢你了！"

柳子言说："掌柜不必客气。你来瞧瞧，这个穴可真不错哩！"

掌柜说："是吗，这么快的？！先生你怎么受伤了，满手是血呢？"

柳子言脸红了一下，忙说："刚才下坎时不小心跌了，没事的。我想你既然来了，咱就把方位定了好下楔哩。"

掌柜却说："先生急着是要走吗，这次来可不能让你很快就走的，我得好好款待你才是。过午了，回家吃饭吧，明日再来好了。"

柳子言被背了随掌柜回到姚家大院，掌柜却并没有让他去厢房用膳，而让人一直背他到厅房，掌柜则仰躺在睡椅抽起烟土来。一个泡抽完再抽一个泡，掌柜再不看他，也不说话，柳子言起身要往厢房去，掌柜突然说："柳先生也爱上我的四姨太吗？"冷丁一句，柳子言脸唰地黄了，扶桌站了起来又坐下，说：

"掌柜，你怎么说这话？我姓柳的有什么冒犯了你吗？"掌柜说："昨晚出了一件怪事儿，有人想要再夺走我的女人，竟到了石堡去，先生是能人，你估摸这是苟百都吗？"柳子言心里作慌了，他想一定是女人逃走后，掌柜在追查了。一想到女人已经逃走，柳子言又暗暗得意，恢复了脸面，故意作惊道："四姨太真的接回来了？谁到石堡上去干什么？苟百都不是被龙抓了吗！"掌柜冷笑了："苟百都是死了，可惜学苟百都的人没他那身膘肉！德顺，你进来吧！"厅房里便有一人进来，竟是石堡那看守四姨太的老头。老头看了一眼柳子言将头就垂下了。掌柜说："姚家的下人出了一个苟百都咬人的狗，可再没第二个对姚某人二心的人，德顺告诉我了一切。我现在只想问柳先生一句，你爱上我的那个四姨太了吗？"柳子言在刹那间天旋地转了，他恨死了这个叫德顺的老头，龙该抓的不是苟百都而是这狗德顺了！自己英雄了一场，竟坏在一个卑贱的下人手里，柳子言知道他现在的结果了，却为女人将受到又一重的惩罚而叫苦不迭了。到了这步田地，柳子言还掩饰什么呢，胆怯什么呢？他虎虎地看着掌柜，突然说："是的，我是爱上四姨太了，我第一次到姚家来就爱上了四姨太！掌柜你杀了我吧！"掌柜一丢烟具，哈哈大笑不已，直笑得身子连同睡椅前后摇晃，说："柳先生真个坦白！我还可以告知你，你不但是爱上四姨太，四姨太也在爱上了你！"柳子言叫道："不！这与四姨太无关，要杀要剐，我柳子言一人承担！"掌柜说："柳先生真是爱女人爱得深呀！我并不杀你，你是我请来的贵客，我还要谢酬你哩，你知道我要谢你什么吗？我就把四姨太送你！我虽然爱这娘儿们，我为她破过家，在她当了匪婆子还把她接回来，但我今早去到石堡里见了她，我决定就送你了！"柳子言直直看着掌柜，他估摸不出这老谋深算的掌柜说这话的真正含义。他站在那里不动，等待掌柜的突然变脸而吆喝了五大三粗的打手冲进来。掌柜却又在说；"柳先生，难道你也不回谢我一句吗？"柳子言简直不能相信事情竟是这般变化，阴霾密布的天突然透亮，湍急汹猛的水突然拐弯平缓，狂旋的龙卷风突然消失了吗？他一低头颅答道："掌柜说话若真，那我多谢了！"掌柜却说了："但我却也要你保证，一定要踏勘个吉穴给我！你今日草草踏了一下就说要定方位，我姚某就不能依你了！好吧，四姨太我先让她在石堡上待几日，几时吉穴踏成，你就带她走吧！"

　　整整踏勘了六天，真心真意地选好一处吉美穴地的柳子言爬到了石堡，出现在他面前的四姨太已是于那一日的早上被掌柜抽打一通鞭子将儿子降生，儿子却活活地在她的面前摔死了；而她也同时于掌柜的面，用石片从左额直划出四条裂口到右腮，说："你不是总爱着我这张脸吗？我现在一心一意是你的四姨太了！"柳子言看着毁了容的女人，他啊的一声惊跌在地了。几分得意的掌柜也觉得愧对了柳子言，几分歉疚地说："柳先生，我不该瞒着她毁容的事,望多谅解。娶女人就是娶一张脸,柳先生若不喜欢这个,姚某再送你个丫头好了,整头洁脸的乖巧人哩。"柳子言摇摇头,一下子跳起来,将面前的女人搂抱住了。

用鸡毛粘好了脸伤的女人,从此再也没有了往昔的俏丽,那四条从左眉斜斜下来到右腮的疤永远留下了红痕,但柳子言用驴子领回到他的家屋,怜爱如初。他拥抱着这个千难万难方遂了心的女人,再不是旧日无能的男人,他是丈夫,尽着丈夫的职责。

他们在五年之后终于生下了一个儿子。

有了儿子,使这一对夫妇不再是为了过一种安静可心的日子了。他们幻想着在这个世界上,要活得顺心适意,有头有脸,就必须是要当官的。他们商定要为柳氏家族选一个最好的坟地;大半生为了他人的幸福,柳子言踏遍了山山水水,现在他们是在为自己而选穴了。一头瘦小的毛驴子,载着已经花白了头发的夫妇,终于在一个雨后天朗的正午寻觅到了一个山嘴下,柳子言激动不已,满口白沫论说勘踏美穴的妙处,什么风水以山名龙,故山之变态千形万状,走垄之体转移顿异,其潜现跃飞变化莫测,唯龙为然。何以曰脉,是统人身之脉络,气血所由以运行而一身之禀赋,脉清者贵,浊者贱,吉者安,凶者兀,地脉亦然。什么龙要旺,脉要细,穴要藏,局要紧,砂要明,水要凝。化生开帐两耳插天，虾须蟹眼左右盘旋，明堂开睁砂脚宜转。他满口文言古辞，女人哪里听得明白，问这山嘴下该是什么穴，柳子言又得意指点，说那山嘴两边呈半环，环后有横崭，崭后又一山成大环抱，虽不是五山耸秀四水归朝，青龙双拥官诰复钟，但却也是梧桐枝穴，此龙身枝脚均匀之格，梧桐枝双迎双送，两平势对节，分枝作穿心，该是祖宗儿孙相顾，至贵呢！女人乐道："好了，好了，我不懂你的这样穴那样穴，我只要我儿子当官的穴哩！"

柳子言自小没有了父母，被师傅收养学道，他不知道自己的父母葬在哪里，坟墓拱好了，便做了先考先妣的灵牌安放进去，又为自己和女人拱了双合大墓，便宣布再不为人察识风水了。在儿子长到了十二岁，男长十二接父志，在一个早晨，夫妇俩烧了锅菊花汤水沐浴，穿好了所有崭新的衣服，对儿子说："儿呀，我们不可能看着你长到三十四十，也不可能为你留下青堂瓦舍的一院房屋，百亩良田，万贯资产，可我们可以助你去当官。从今往后，你不要想着你的父母，也不要守在这个地方，你可以出外去干你的事了！这个世界这么大，你不会孤单，你会有许多大事要干的。"儿子是聪明俊秀的人物，听从了父母的话，磕下一个响头，下山而去了。

这父母骑上了毛驴。女人虽然老了，身架还俏，人依旧干净，头脚整洁不乱，却把一块印格手帕顶在头上，手帕太大了，四个角便遮了脸。柳子言说:"今日暖和没风,遮得那么严干吗?"妇人说:"不遮,难看呢。"柳子言端详着她,脸上皱纹是纵横了,五官却不多一分不少一分地端正,那四条伤痕虽是发红,他却看到了往昔的美艳,说:"你一点不难看。你是天人,你原本是在天上,但你到了人间,桃花恨你,春风恨你,所以你受尽磨难,只有了这四道疤你才活得安生了!太阳这么好,咱要出远门,为啥要遮呢?"

妇人听从了丈夫的话,要骑上毛驴了,柳子言就去扶她,趁机要捏捏那一双精精巧巧的脚,再将一竿柳条给她,让她当驴鞭。女人就说:"你再捏,我可要抽打你了!"两人遂想起过去长长的一幕,相视在阳光下就全笑了。

他们一个在前一个在后,就这么骑着毛驴来到了他们的坟地,直走到地下拱好的坟墓穴里,便动手将墓坑中的砖石一块一块封了墓穴口。封得那么严,没有一丝风可漏,没有一点光可透。柳子言说,今晚会有一场雨的,坟顶上的土能塌下来埋了墓道,咱们可以安安静静睡了。

该怎么睡呢?漆黑的世界里,女人并没有立即感到呼吸的紧促,她询问着柳子言,并撒娇地一定要柳子言扶了她睡下,且要双手就紧紧搂住她,让她头枕在那宽宽的胸脯上。柳子言按她的要求去做了。他们在这个时候听到了坟外风扫过墓顶,那几丛枯草摇曳着泠泠的金属声,有蚂蚁在叫,蚯蚓在叫,墓壁上爬动的湿湿虫释放着姜葱一样的气味。两人同时想起了过去的岁月,想到了那一切一切细微得不能再细微的细节,倒后悔忘了带一壶酒来,这些记忆是用盐风干了的肉丝,蛮能有滋有味地下酒呢。柳子言开始摸索着从身上解那件已经很旧很旧几乎稍稍一撕就破的红裹兜,妇人并没看见,却感觉到了,也伸过手来,拉平了,盖在他们的脸上。

"这是咱们的铭旌哩!"柳子言说。

"铭旌都是要写一生功德的。"妇人说。

"那上面不是有血斑吗,那就算咱自己写下的。"柳子言说。

两人无声笑了。

"咱们的儿子会当了官吗?"妇人悄声又说。

"会的。这是一个好穴哩!"

"能做了什么官呢?"

"很大的官,真的,大官哩!"

十年后,四十里外的洪家戏班有一个出了名的演员,善演黑头,人称"活包公"。他便是柳子言的儿子。柳子言踏了一辈坟地真穴,但一心为自己造穴却将假穴错认为真,儿子原本是要当大官,威风八面的官,现在却只能在戏台上扮演了。

烟

石祥小的时候去山上古堡,就知道古堡的瓦砾中有这么个烟斗。那一年,石祥只有七岁,现在却是十八年的烟龄了。

夕阳如血地照来,是一天最好的时光,微风踏斜蓑草,汗水已不黏腻,蚊子也不到来的时候,山沟里真是偷得一时的闲静了。这边山坡上没有向那边山坡放枪,那边山坡也不向这边山坡放枪,似乎彼此达成了一种默契,谁也不要辜负了美妙的时光。石祥就赤身裸体趴在那块已经趴得很久的光溜溜的洞口,用意念放松着头皮,再是眉部、腮部、后颈、双肩、胸部,一节节到了脚脖,一股酥酥凉气沿脚心而出,他想要唱一句戏呢,但石祥不能唱,咽了咽唾沫,木木地发半晌呆,点燃了烟斗里的一颗香烟,旋即一缕蓝烟升起,在洞顶上受阻而摇曳变幻,有一丝二丝便顺着草叶飘出去了。如果站在对面的山坡,这个洞是发现不了的,戴着草编的石祥的头也是发现不了的,但阳光能照着这个烟斗,铜的光亮会像一颗小星子一样的,可是石祥放大着胆子照常吸烟,正是出于年轻军人的一种得意的显示。后来目光便移开了铜的烟斗,匕眼瞧那个红与黄的落日,日渐下坠,但很长的天幕上似乎残遗了无数的日影,以致看到了日行之迹。"日也是铜造的?!"不知怎么石祥想到如果以烟斗去磕那落日,一定是悠悠动听的铜声。瞧呵,这最南的边境线前的一片连绵不绝的山岭,石祥看得好远,但他没有去过,如同他只见过那同样是连绵不绝的赛鹤岭而仅仅是上过其中一座山峰的一个古堡一样,待在这坡下的沟里,恐怕你是永远也兜转不出,壑壑岔岔,哪儿都是开始,哪儿又都是结尾,山深似海,实在是海的模样。石祥想入非非了,要是有一架飞机,从飞机上往下视,这片山地又该是一个环窝套着一个环窝,那是风的舞蹈留下的巨形脚印吗?可是,可是整个的战事却在这里进行,于两面山坡上,你向我轰一阵炮,我向你轰一阵炮,或是零星地施放冷枪,这战事好庄严好残酷,是不是又有些好玩的意味呢。年轻的军人突然为自己的想象感到高兴了,他想说话,将烟斗在铁管上磕了一下,铁管随之也传来金属的颤响声,石祥

-191-

忙把耳朵贴了近去。

"你瞧那落日!"

原本要告诉的正是落日,全没想那人却是在提醒他了。

"瞧那落日。"他说。

"落日好酸!"

"又看着老婆的照片了吧?"

"我抽烟哩!"

远隔十三米外的一个洞中,趴伏的是二十二岁的小李子,他们自进入阵地以后,已经是十七天没有见过面。每日小李子在那边一敲动流水的铁管,那洞里的滴水聚成潭就可以将一部分输流到这边来供他饮用。这几乎是一种发明,秘密的水管倒成了他们通信的工具,只要口对着一头的管口说话,对方就能听到,当然,这种低沉嗡嗡的音响只有他们才能破译出其中的含义,以致他们在这称之为电话的水管里对话时不止一次得意地说:"咱们现在的耳朵是有了特异的功能,可以听辨鸟的语言和蚂蚁的语言了!"

"抽烟你在想什么呢?"

"我想起你那个烟斗,它真的是古堡上的吗?"

"谁哄你天黑让挨了枪子!"

"你知道?这烟斗你曾用过?"

"那当然。"

"那么,你前世是做什么了,也是打过仗吗?"

石祥不言语了。当他带着这个烟斗来到了军队,他是军队中烟龄最长的兵,大家都在嗤笑着他的这个玩意儿:在过去的年月,这或许是一件很精美很值钱的烟斗,但现在不免滑稽可笑,一副村相的蠢样,简直与一个现代军人不相称了。于是,他正经地讲过去的故事,故事当然使人人惊奇,随之皆又不信,做了士兵仍是一副乡间孩子憨态的石祥说完了故事,他也有些奇怪了:为什么就会知道呢?七岁的孩子,饥饿的苦焦使他跟着父辈一块去赶了驴驮贩粮,逼仄的山路上他们行走了一夜,天明方翻上了赛鹤岭。赛鹤岭是那么的广大,朝阳的涌出,使众峰群壑蚀上了红色,他看见了每一个山头上都有一座石砌的古堡,也红如锈铁。父辈们感慨着,提出要往一个山头的古堡去,他们被壮观激动,为久远的发生在这一带许许多多的往事以及世事沧桑而长长叹息。他们自然是不允许石祥上去的,"看着干粮吧!"这么限制了他,似乎觉得不忍,就也允许他在看护干粮的时候可以大吃一气。但是,石祥却突然想吃烟,实在想吃烟,从来没有过的烟瘾!令他这么烦躁,他也不晓得这是怎么啦。他将驴驮上的干粮袋一件一件卸下来往一处集中,就有一群长翅的鹰和黑丑的老鸦在头顶飞旋,数次冲下来要搏夺了那干粮袋子,就在他搬动了石板镇压住集中到一处的干粮袋时,一只老鸦已啄开了驴驮上的一条布袋,急忙呼叫扑打,老鸦竟衔了布袋起飞,那破了洞的布袋就遗漏着秫面糕的碎块四处扬撒。要是往常,石祥会痛惜大哭,会一面拾了石子掷打而一面捡着糕的碎块填到口里去,可是这阵石祥的烟瘾发了,当用身子趴在那压干粮袋的石板上时,烟瘾使他一阵晕眩,觉得眼前的一切是那么熟悉,他大声地对着已爬到半山头的大人们喊:"不能上那个古堡,那个古堡什么也没有的,往左边那个古堡去呀,古堡的左边有一条小路的。"大人们被他的话惊住,幼小的石祥并不在意,仍处于恍惚之中,说:"古堡左角的那一棵树下,掀开那面白石板,下边是有一个烟斗啊!"听着他这样的叫喊,大人们就认为这是在胡说了,但恰恰还是上了他所指点的古堡,出奇的是在那树下的白石板底果真发现了一个小小的烟斗,人们呼叫着下来了。

"石祥,你说的是什么样的烟斗呢?"

"子弹壳做的烟斗嘴,细铜管做的烟锅杆。"

说得一点没错。小石祥一把夺过来。

"这是我的!"

"你怎么知道这里有烟斗呢?!"

"我知道。"

就这样,石祥能知道前身的事流传开来,但前身的事还知道些什么呢,譬如姓什么,叫什么,干过什么事情,石祥却无论如何是说不出来的。

他现在也无法对小李子说得出来。

百无聊赖的石祥这时只有把玩他心爱的烟斗了，虽然他带的是整条的高档香烟，他偏要拔掉过滤嘴，将纸烟插在烟斗里或是干脆撕开了烟丝按到烟斗里来吸。黑漆漆的牙咬着烟斗嘴，那一块铜已经咬得发扁，似乎只有这么咬嚼才有了烟的滋味。长长地吸一口使烟输送到了身子的每一个关关节节，又带着关关节节里的疲倦悠悠从口中涌出，这个时候石祥就最有了想象力，眯缝了眼睛想起什么便来什么，要看着什么也真的就是什么，以至于真假不能分辨，连自己也我非我非我起来了。那在洞壁顶上缭绕的是朝朝暮暮的云雾吗，那湿津津的洞壁上也是露水附着吗？一只身上有着光洁油亮的壳背的昆虫一定就是刚刚爬出水面的龟了吧。哎呀，云雾生发的早晨空气里到处是呛呛的腥味，岸边的峰峦将晨曦分割成无数的三角，这一个三角幽暗，那一个三角明丽，三角与三角接连处就变幻着五色或是七彩。石祥隐约听到一种嗡嗡细音，不用看，那该是一只小蜂千百次扇动了带露的薄翼了。但他还是把眼睛睁开了，首入眼帘的还是那只漂亮的龟在爬行，触动了洞壁角的一盘小小蛛网，蜘蛛却没有动，缀在网上的和珍珠一般的水珠在一瞬间垂垂欲坠了，却没有掉下来。掉下来的时候，那是多么美妙的一种音响啊！烟雾越来越浓，真是云雾无心出山岫，几只蚊子在其中飞动了。不不,这不是蚊子,怎么是蚊子呢,呈祥的仙鹤姿势才这么优美。仙鹤呈祥,洞便是仙洞,洞中一日世上百年,这一句自幼便听得的古话却使石祥忧患起来,想到了遥远的那个有着自己童年和少年的故乡,想到了要在某一日回去,村中的房子还在吗,人还认得他吗,他还认得那一座不会塌的石桥和那一口搬移不走的水井吗?烟愈是浓烈了,不再是袅袅,简直有翻腾涌滚之势,看不见了仙鹤的石祥担心天要下雨了,那么,天是什么呢,地是什么呢?噢,噢噢,天之所以为天的是云,地之所以为地的是水,水升蒸便为云了,云降落便为水了,天地原来是一样的。因此云纹和水纹多么相似呀,那云中的鸟水中的鱼除了毛和鳞还有什么区别呢?石祥在瞬间的玄想妙得后,感觉到了心身十分受活,在他重新打坐起来的时候,他发现了三面洞壁上茸茸地生就了一层绿苔,这是石祥为之得意的事呢,这些绿苔在很久前就生就的,它们已经同他沦同了一个生命,在他没有烟吃的时候,除了紧张的作战时间,他是无精打采的,这些绿苔也似乎蔫下去,附在洞壁上几乎没有了颜色也没有了形体,而他一吸烟,他来了精神,绿苔也鲜活活地呈绿显形了。这么想起来,石祥突然觉得洞外的山坡上杂七乱八的那些松、杉、栲、槲、青冈、白桦全然不是树了,是一群似乎见过面的熟人在陪他站着,站着的人是那么英武和亲近。这是些怎样的人们呢,怎么就觉得熟悉呢?愈是这样想,耳际里就隐隐约约响起了激烈的枪声，且在枪声之中成片成片的人倒下去，然后是死死寂寂的安静，然后是树木萌生为林……这是怎么了，这是怎么了？恍惚中的石祥要求个究竟，满坡满谷的林子却突然像产生了无比强大的磁力，他又像是一只小鸟要被吸将包容而去，但他要被吸将去，林子却似乎一直在远处，他和林子同时在飞逝着而使他不知所以然地坠入一种境界中去了。

这是八十年前吗，这是那个赛鹤岭吗？

赛鹤岭上聚集着一群英武的人物。三省交界的边地，山高皇帝也远，这些落草的英雄差不多已经傲啸了十年，他们企图赶走三十里外的县城中的官家，目的却迟迟不能达到。当然，官家也并没有打败他们。可惜的是他们为着共同的业绩而生分抱怨起来以致内讧爆发，经历了残酷的厮杀，成片成片的人马死去，终于各自占领一个山头修寨筑堡为王起来。铁打的寨堡流水的大王，到后来，在一座五凤峰上突然出现了一位新的大王。大王从哪里来，什么出身？土著的群王谁也不知道，他们简直不能容忍这外来的人在他们地盘上吃饭。但是，每当红日西坠，这新大王骑马在古堡上扬手放枪，就将天空中的飞鹤一只一只打下来，然后一动不动如雕塑一样地立在那里，昏黄的天幕正衬着是他的背景，气宇是那样轩昂又沉静，似乎手一伸就要拍打着太阳有玻璃一样的脆声，这剪影使赛鹤岭的人都看见了，所有的大王都有些忧惧了。他们恨他，却又怕他，终有一个姓胡的大王历来是杀人不眨眼的枭雄，便派了一个头目去探虚实，他要试试新大王的厉害。这头目喝了三碗烈酒，自是汹汹豪气，爬上了那座最高的山峰，攀登了六十四台长条青石铺就的古堡门洞长阶，新大王正坐在最上的一台石阶上盘脚搭手着吸烟。那时所有的大王都吸用着装板烟丝的水烟袋，这位新大王口中却噙着一个铜管制作的小烟斗，烟斗锅里恰插着一支纸烟。头目不知怎么就慌乱地跪下，头也不敢抬的，说："禀告大王，我是南峰胡大王派来的。"新大王说："我等你好一辰了。抬起头来吧，坐到这里吸颗烟。"头目听见语句是那么柔软平和，于是把头抬了，却立即胆子壮大起来，他从来没有见过一个吃粮的逛山竟会长有这么俊秀的面孔，眉细眼长，鼻准圆润，腮帮有红施白地细嫩。头目差点嘻地笑起来，如果不是听闻到这就是那个厉害的新的大王，他会要初阳发动上去捏捏那细皮嫩肉的脸蛋了。新大王说："胡大王有什么事吗？"头目说："我家大王让告诉你，三天后有人要来端了你的窝子。"这话是胡大王来试探的，意欲新大王听后能自动离开此地，但头目现在想立功了，说完话就看新大王的脸，他要趁这美男子不注意，一刀砍了脑袋提回去。新大王听罢，却无动于衷，竟将双目微合了深气吸烟，那烟一丝一缕没有再飘出来，甚至刚才吐出的还绕在额头上的一团烟缕也悠悠吸进口去，像是一堆乱绳寻着了绳头收走一样无踪无影。头目便有些呆了。但也就这时候，那烟却又从新大王的口中飞出，飞出的是一个烟的小小的圈，旋即扩大，倏忽套在了头目的脖子上，接着又一个一个烟圈套来，瞬间烟圈接踵而生，一个接一个地套在头目的脖子上了。头目立身不能动，脖子也僵硬起来，用手去抓又抓不下也赶不散，浓烈的呛味使他一时昏然不知所措。新大王却说话了，仍慢条斯理的："多谢你家胡大王，回报说我知道了。"头目已经听不见他在说什么，惊恐地看着脖子上的烟套终于慢慢散去，便真如绳捆索绑之后的身骨散架似的倒在地上。当新大王再要他也来吸一颗烟，说这烟真是好味道呢，他慌忙磕头，倒退着要从六十四阶石台上下去。新大王说："你这样回去，胡大王要怪罪你了，我送你一个立功的东西吧。"遂从地上捡起一块瓷片，只那么在左手上一划，便有一枚指头断下来，头目失声大叫，新大王说："这枚六指只怕就是为胡大王长的。"左手扬了扬，还是五枚指头，那一枚却在地上虫子似的蹦跳不已。

从此新大王就长居五凤峰的古堡，他可以到每一个大王的领地内收取税款粮草，每一个大王领地的巡哨都不能拦截阻挡，新大王成了实际上的赛鹤岭上众大王的大王。

又一年的三月清明，赛鹤岭风传着新大王有了压寨的夫人，众大王便都携了厚礼前来祝贺。宴席还没有开，五凤峰寨的场子上摆下了茶点供宴前小坐，新大王就让压寨夫人为大家斟茶了。夫人果然美若天仙，鸦云乌发，星月眉目，裙下的一点品红绸鞋小脚走过来如水上漂一样消声静气，而散发的幽香却是每一个人都浓浓地闻到了。众大王的夫人都是有姿有色的雌儿，但却绝不能与新大王的夫人伦比，这毕竟使他们心中充涌了嫉妒和悲哀，便也立即想开：这武艺高强的青年大王有一张俊美的脸孔，其实人家是天设地造的一对啊！但是，很快他们交头接耳起来，因为有一个大王发现这夫人正是城里县太爷的姨太，却怎么现在成了五凤峰的压寨夫人了呢？那位胡大王发话了："尊敬的大哥，嫂夫人果真是天上人物，不知娘家何处，又是从何方娶了来的？"

新大王已经看出这些大王的猜疑，他不愿对着这些人推心置腹，见姓胡的如此问，就哈哈大笑了："这个你们也不知道吗？你们多少年里与官府打交道，还是我听了你们的传言，才去请了这位县太爷的姨太来给我压寨了！"

众人是已经知道这夫人的来历，听了新大王的话却更为惊讶，他们为了打败官府成十年的搏杀而不能，他竟不声不吭将县令的姨太掳来当了压寨夫人，且说得那么轻松，岂不无疑在对他们的无能而嘲弄吗？况且这新大王是在什么时候单独去攻打了县城呢？！姓胡的便说："大哥如此威风，想必县令的那一颗狗头也在这里了！"

新大王说："攻打县城是大伙的心愿，我怎能一人去坐了县城？我这夫人与我有缘，她一见我，随我就来了的。"

胡大王说："我明白了，明白了，听说湖北山中有一种蛇叫魅蛇，人将猫尿洒在油布上后铺在蛇洞口，蛇闻见尿味出来交配，就把精液遗在油布上，再是晾干油布，只要拿这油布在女人面前摇摇，女人就三昏六迷自跟着来了。大哥原来是湖北人氏，这夫人怕是在县城关帝庙会上所得的了！"

年轻的武人面颊微微红起来，说声"胡兄一定是很想去湖北一趟了"，遂哈哈大笑，将一盒只能在省城买到的纸烟发散给众人。

众大王早就听说新大王吸的是新式的纸烟，一上古堡看见他口嚼着烟斗，烟斗里插着稀罕玩意儿，便觉得自己那手捧的水烟袋而自惭了形秽，如今新大王发散纸烟，也就丢开了那压寨夫人如何得来的兴趣，只将发散到手的烟支反复玩看了叼在口角来吸。但是，新大王挨个发烟，偏就没有发散给胡大王，甚至走过了胡大王的面前看也不看一眼，兀自等大家全都把烟支点燃了问道："味道怎么样呢？烟是好东西，世上不吸烟的是那乌龟，乌龟有个大盖，吸了烟会呛的。兔也不吸烟的，兔是豁豁嘴叼不了烟支呀。驴蹄子是两半，它更是捏不住烟支啊！"众人哄然爆笑，扭头就看起胡大王了，胡大王顿时脸色灰白，站起来，一掌拍在桌上骂道："白脸小子，你这是要羞辱我吗？！"声起枪响，新大王还未转过身来就扑地倒地了，子弹洞穿了他的胸口，血水喷起来洒在石桌上，他的口里还噙着那柄烟斗，在冒着一柱细烟。

这个故事已经十分遥远了，只有年长的人似乎还记得父辈们隐约说到过一些，但是谁说得清细节呢，谁说得清这故事是发生在七十三座峰峦的赛鹤岭间哪一峰上的古堡呢？

一个月的最后一个太阳在最南的边境线上沉没了，土石洞下的坡沟里，那一道如线的细水开始了蛙鸣。战争并没有使水蛙灭绝，在仅有的几只中，依旧公的和母的交配，生出无数黏液的东西，无数的小蝌蚪甩掉了尾巴，在这一个宁静的夜里发出了声音。那钩心斗角的巉岩里，一咕涌一咕涌再也长不完整却还存在的林梢间一定是有着魔穴的，穴里的魔也一定是吸烟草的，现在喷烟似的冒着雾气，弥漫到坡上来，是洞里的蚊子打锣般地轰嗡时间了。石祥最忍受不了的是夜晚，他的身上被蚊子叮得没一片完肤，只要随便用手在背上一抹，就是血糊糊一片。举手在眼前，看着艳红的往下缓缓流动的血道，他不知道这是自己的血还是蚊子的血。双方交战，到了这个年代，最痛快的是山顶上的大炮，可以将无数的雷霆轰然倾泻过去，也轰然倾泻过来，但是，他们却仍然要蹲在这低矮潮闷的土石洞中。石祥不明白将军们的作战意图，自己觉得这样必要吗？可这是命令，他只能在炮轰中于十七日前进入这里，直等十三天后又一次炮轰中再从这里撤离。现在无战事,一切静悄悄,他无声地将与蚊子战斗,吸大量的纸烟把蚊子呛出去,更不失自豪地为自己有这个小烟斗而庆幸了。正是这烟斗使他有了强烈的烟瘾,等到将来复员归去,他可以炫耀自己抽烟的能耐了,嚯,胸部上挂着勋章的年轻英雄同时是超凡的吸烟之最者,一口气吸一包烟,两包烟,没有战争能吸这么多好烟吗?这时候,他想象不出右边十五米远的洞里的那个魏班长,一个从不吸烟的瘦小男人,这一夜该怎么过了。

第十五天,一早,对面山坡上向这边放冷枪,这边的洞里并没有回击,那边的枪声也停下来,而对面坡的一棵弯脖子树下的白石台上突然出现了三个赤身的女子。石祥先是以为三株柔弱的白桦,后来又以为是三只银光的长狐,终于看清为三个艳绝的女子,他的心头蓦地怔了一下。在霞光被山峰分割成巨大立体的明暗里,弯脖子树正在水津津的朝阳明辉之下,如舞台灯光罩住一般,女人在清丽的霞色中向着这边扭捏展示。毫无疑问,这是那边的敌军一种美人计,以此来羞辱和勾惹这边隐蔽的兵士。石祥确实是一股激荡的热气极快地流贯了全身,不自禁地想起了什么,同时舔了一下发干的嘴唇。"女人都是一样的美丽。"他这么想着,又愤愤起来,明白这是可望不可即的,既不论它的政治上的企图和阴谋,这种展示如水中月镜中花,又能与一个战地的士兵何相干呢?他端起了枪瞄准,几次要勾动扳机，但他放下手来，嘲笑自己这是一种不可即的怨怒呢，还是一种经不住引诱的逃避？同时却也觉得这里的战争真是不像所有书籍上所描写的战争，他索性又看了一阵女人，就蹲在洞口拉起屎了。洞边的树叶铺在地上，粪拉上去，然后提了叶子的四角摔出去，石祥为这种战地的大便感到滑稽可笑，也为对方女人出现的同样的滑稽可笑开心了。但就在这一时，他发现了对面山坡的左侧一片蒿草里有了敌兵向沟底爬行，草很深，几乎谁也没有注意，眼看就要进入沟底，那么，只等潜伏到了沟道，钻入这边的山坡草木林中，他们就可以摸进别的土石洞来了。这样的事情曾经发生了一次，结果牺牲了三个密洞中的战友。石祥来不及提起了裤子，端枪瞄准着爬行的头一个敌人开枪了，清晨的枪声特别清脆，那人跳了起来，像一只弓腰的狗，接着就重重地摔下去不动了，后边的四个爬起来就跑。几乎同时，这边山坡的各个洞穴发现了目标，四个敌人就在乱枪中全平摆在了那里。石祥抬头看那白石台上，已不见了三个赤身美女，倒后悔他上了美女的当，一梭子弹就射向那里，恐怕是这边所有的兵士都后悔了，他们几乎一瞬间里都向那白石台开火，火光在白石台上飞溅，石祥觉得那美女就在上边，如雪如玉的身子被子弹洞穿，殷红的血顺着起伏有致的躯体下行，感到了一种从未见过的美艳。

这样的仇恨的射击在久久的一段时间后，对面坡上并没有回击，一种激起来的战斗的冲动未得到全部宣泄而结束，石祥又吸了一支烟，开始无聊地眯起了双眼。洞里的战争使年轻军人有力使不出，深感窝囊，但战争确实是这样的战争，没黑没白，不激烈也不得放松，石祥最容易处于一种昏朦状态。是的，他没有完整的不瞌睡，也就没有完整的瞌睡，随时打盹，一打盹就似乎做梦，梦大多支离破碎。现在，他就梦见他住在一个小而黑的房子里了，是房子里吗，还是就在这个土石洞里？石祥却搞不清起来，意识里一会儿觉得我现在是在土石洞里又做梦了吧，一会儿又觉得梦里我毕竟又回到了土石洞，或是在梦里梦到了土石洞里的我在做梦吧。

反正这个房子是小而黑，他没有烟吸了，他太想吸烟。

那个疤脸兀自在抽半截烟，眼睛红红的，两腮鼓得很起，几乎将所有的烟一丝一缕不漏地吸进肚去。这可恶的东西，贪鬼，烟蒂已经烧到手指了还不肯丢弃吗？打一个喷嚏吧，打一个喷嚏吧！阿弥陀佛，果然疤脸打了一个喷嚏，口鼻里的烟缕冒了出来，他们全张开了口，在空中吸着飘过来的烟味。为什么又是做这样的梦呢？是梦中自己的烟瘾发了吗？人常说有所思则有所梦，但我现在并不觉得想抽烟呀！

石祥记起来了，三天前他也是做过烟的梦的。鬼知道他怎么就听到了警车响，正欲开门，门口有了三个警察说："你被捕了!"他不明白他为什么要被逮捕,但却觉得他是应该跟他们走的,就走了。那时,他口里正噙着烟斗,他把烟斗装在口袋向家人告别,警察却将他的烟斗夺过来,那么看了看,丢掉了,"不用了,牢里是不准吸烟的。"此时此刻的石祥立即感到坐牢并不可怕,可怕的是他将从此没有烟吸了!他被带进牢去,他什么也看不见的,过了一会儿,黑暗中出现五个人的脸,他笑着拱拱手。"都来得早?"五个人没有理他。"我来了,请多多关照。"还是没人理他。他要拣个地方坐下去,要歇歇好多好多的疲劳,那一个疤脸的,突然地说话了:"带草了吗?"他不明白什么是草,说:"草?"另外四人立即将他按在地上搜身了,搜得很狠,连下身也抓到了,终是在他的口袋里翻出了往日装烟时遗下的半根纸烟,交给了疤脸。疤脸走过来嘿嘿地笑了:"你还敢骗我呀?"这时他才明白说草是要烟的,未等解释,疤脸已揪住了他的头发:"哥们儿,初来乍到,你可看看这里的电灯泡比你家的灯泡怎么样,是圆的还是方的?"牢中的灯泡当然也是圆的,"圆的。"他说。他的头立即被扼着在墙上撞了,撞得咚咚响,撞起一个血包。疤脸再问:"是圆的方的?"他说方的吧,疤脸放开他了,大笑起来:"还聪明。我这是教你。"他从此又是大笑,笑得他从此老实得不能再老实了。

其实疤脸不揍他,他也是害怕疤脸的,在他一进牢门第一眼看见了疤脸,就觉得好眼熟,在哪儿见过,心里就嗖嗖泛凉气。

曾有一次隐约想起赛鹤岭上的那个胡大王,似乎左脸上也是有过一个疤的,但这个疤和那个疤有什么联系呢,他得不出个明白来。

那是一场吓死人的梦,做过了也就过了,现在,他又梦见了疤脸,梦是怎么搞的,怎会反复一个境界呢?他每次打盹前总希望能梦见自己的父亲和兄弟,还有那个曾经相好过但并未确定恋爱关系的女同学,可没有一次梦见过他们,倒是梦到他从未有过的被捕和牢中的事。石祥迷迷糊糊之际,突然一个感觉袭上心头,使他悟到了梦是再世的幻影,或者说就是再世。这种感觉一经产生,他就极度地惊慌了,因为这感觉和他七岁时突然知道古堡上有个烟斗一样,自己这是怎么啦,一种特异的功能呢,还是他本身就是一个奇人?这么想着,他倒觉得蛮有意思,前身是做过一名英雄的山大王的,后身又是蹲过牢的,但那毕竟是前身和后身,而现在呢,他是一名军人,一名参加了战争的真正军人。遂又想,一个人在现今的生活中能知道过去和未来,这岂不是很幸运的事吗?枯燥艰苦的土石洞里,如同在看电影,他就希望每日都在回想前身之事,每日又在梦中经历后身之事,他极力想将这自己仅知的三世联系起来看清其中的原因,一世与一世怎样的转化,但除了吸烟外,再也寻不出别的来。唉,罢了罢了,反正活一个人真怪的,既然如今是军人,就真真正正活个军人的样子,爱我的枪,爱我的这个土石洞,当然还有这个小烟斗了。

又是一个炮击的白天。炮击是土石洞最好的休息日，石祥敲打了水管让水放过来泡吃了一些饼干，就和小李子在那里通话。通话很长，声音很大，小李子情绪很高地说着梦见妻子的具体细节，后来又说到他们的新婚之夜。"你是不懂得女人的，"小李子说，"冬天女人睡过的被窝里有一种奇特的香，你闻过吗？"这是很悲哀的事，他不知道。那一位眉心有一颗痣的女同学，他很早很早就注意到了，曾经寻找着各种借口去接近她，在暗地里琢磨她的每一个眼神和对他说过的每一句话，企图发现她对自己的一点暗示或一种什么象征的东西，但是没有，××，我这不是懦弱，只要你给我有那么丁点的意思，我就会有成倍的勇敢的啊！记得有一次，她来到了他的家，家里并没有别人，他激动得不知怎么接待她，翻箱倒柜地寻找了那么一堆核桃亲自砸着让她吃，有一颗核桃就骨碌碌滚在了她的腿下，他原本是近去要捡核桃的，就在捡起的瞬间触着了她的腿，她明显地身子动了一下，脸色通红起来。他以为她不好意思了，愣了一下又回坐在他的座位上，却立即大觉后悔了：她脸色通红，是以为他突然去要拥抱或接吻的紧张和害羞吗？但她以为了只是紧张和害羞却并未成怒或避开，岂不是对他的拥抱或接吻表示接受吗？！唉唉，他又失去了一次机会，失去了机会再也没有了机会，他就是这样在暗地里放诞着爱恋，当面了却那么无能的人，他连靠近她也没有靠近过怎么有闻到女人被窝里奇香的艳福经验啊！石祥停止了与小李子的通话，默然滚在了一旁。

　　炮击在继续轰鸣，对面远山头上已经没了树木，连一棵草也没有了，炮弹使那里成了一片焦土，浓浓的硝烟味直漫过来，使石祥连声咳嗽。他想象着在赛鹤岭上的那些远古的石堡算什么呢，如果用现在的大炮，几下就可以轰开了。那时枪是有的，枪毕竟又仅是山大王的佩物，长矛大刀的兵器进行的是一种什么样的战争呢？还有，那个新大王，生就的一张俊秀如美妇的脸孔，怎么就统率了狼虎一般的喽啰部下？石祥觉得这样的脸是宜于花前月下的谈情说爱，他出战的时候，是应该戴一副凶恶的面具的。石祥又犯玄想了，一玄想就坠入别一种境界。是的是的，新大王是有一副面具的，这面具是他营建了五凤镇后才觉悟而制作的。当胡大王的头目试探失败之后，新大王的地位谁也不敢偷觑，远远近近的山民就潮水般地向五凤峰的辖地涌来，以求得生存的安定。新大王就选择了峰下的一块平坝让山民规划住宅，极快地竟形成了赛鹤岭最大的镇落。为了镇落的安全，也是为了炫耀年少英雄的武威，新大王每日的清晨和夜晚要骑马在镇街上巡逻。这已经成了一种规矩，也渐渐成为镇民掌握时辰的标准，马蹄一响，人们就开始呼儿唤女地起床了，或是关门吹灯地歇睡了。但是，总有许多人家在这个时候要趴在窗户缝里往街上看，就看见了一匹白色的大马上端坐着那么俊美的少年大王，晨曦或者月光之下，那额角分明，鼻梁高耸，双目炯炯若星，简直是天神一样的人物啊！多少青春少妇和妙龄的女子从此心旌飘荡，夜里的风雨多么紧，她们是不会醒的，婴儿的啼哭多么吵，她们是不会醒的，而街的那头一有了嗒嗒的马蹄声和喤喤的马鞍上的铃铛声立即就翻身起来了。那时候，山寨和古堡里需要做饭的厨子，镇落里的人家要派出妇道去义务，但谁去谁不去得亲自由新大王决定，新大王就在巡逻时只消将那柄精制的皮革马鞭悬挂在某一家的门环上就是了。能到古堡中去，能到新大王的身边，这马鞭的悬挂就成了女人们企望的幸事，被视作了一件无上的体面和光荣。于是，一宗悲剧便产生了。镇落里最漂亮的一位姑娘，她差不多已等待了很长很长的日子，马鞭却并没有悬挂在自家的门上，她同爹爹做小炉匠的活计，几乎是全镇落第一个早起开门，等着新大王的马匹过来的时候，她已经燃起炉火工作了。那一时里，她要红堂堂的炉火映照出她自以为最美丽的侧影，手在忙活，耳却在街上，小锤敲打铁皮的声响完全同马蹄声一致节奏。知道马匹已到了身后，这种知道是并不用眼看的，凭着感觉，凭着闻到的气息，她几乎停止了呼吸，一根一根汗毛都透起了紧张和羞怯，但马匹并没有停地依然走过，似乎是并没注意到她的存在。这姑娘不免在漫长的一天里泪流满面，再不好生干活，要给爹发脾气。镇落里来提亲的人很多，姑娘全不同意，她要嫁给新大王，最坏也是同新大王一样英武俊秀的人，她对自己充满了自信。但新大王压根儿不知道她，甚至连让去古堡为厨的差事也轮不到她，姑娘的神经就犯毛病了。常常夜半醒来，突然觉得马鞭是挂在了自家门上，她就要跑出来看一看，或者感觉到今晚马鞭会挂上的而一整夜在炕上长坐不眠。她知道新大王喜欢吸烟，她也喜欢新大王吸烟的那一种优雅潇洒的姿势，她决定要为新大王做一个烟斗：我不能接近他，烟斗却要时时揣在他怀里，噙在他口中。她是有高超的小炉匠手艺的，硬是用小锤锻打成了精美的烟锅和烟杆儿。为了有一个称心的烟斗嘴，她设计了无数的方案皆不满意，终在一次新大王持枪射击飞鹤时，她捡到了一枚弹壳，竟透了孔儿恰到好处地安在上边。一件倾注了全部感情的烟斗终于做成了，她要在新大王的某一日的来到时亲手交给他，但是，她到底没有享受到门上挂马鞭的荣耀，且一个震撼的消息传来：新大王攻克了县城，杀退了官兵，收服了县太爷的太太要做压寨夫人了！姑娘在那一天里如痴如呆，精神完全崩溃了，如一朵花寂然地在无人知晓的山阴处放绽了一番奇丽后而红英脱落。五天的不吃不喝，她要死去了，临死时还在呼唤着新大王的名字。这情况终于有人大胆地报告了新大王，新大王匆匆地骑马赶来，他全然不知道竟有这件事，坚强的很少动了感情的新大王为姑娘的痴情而后悔了，痛哭了，他用手拍了拍依旧美艳动人的姑娘的脸颊，将手中的马鞭轻轻放在了她的身上，却从她的攥着的手里取过烟斗噙在自己口中了。他没有说话，默默地插上一支纸烟，浓浓的烟雾就袅袅在姑娘的头上和脸上。

新大王再一次巡逻在镇落石街上的时候，戴着了一副凶恶的面具，而那张棱角分明的嘴上迟早是噙着那一柄烟斗。

这烟斗终于遗落在了古堡的乱石之下，八十年后的七岁的孩子竟明白无误地指点寻出，"我真是新大王的再世了。"石祥这么想，却怨恨了既是再世化身为什么不也是一张俊秀的脸呢？自己同那个女同学之所以迟迟确定不下恋爱的关系，她就是嫌石祥长得太憨啊！

石祥的头实在涨得厉害，眉圈阵阵抽痛，想要再知道一些过往的事体，脑子里出现一片空白，什么图像皆没有，浩浩莽莽一声长叹，再不知该做些什么，歪头睡去了。一睡去却立即听到了声响，屏息静听，不是蚂蚁，也不是蚯蚓，是疤脸在说了："你去过堂，一定要粘回一颗烟蒂的！"他便被人带走了，穿的依旧是一双露出脚趾的破鞋，也已经在大拇脚趾上点着了牙膏，头低着走过了长廊和院子一直往一间小屋去了。这一路线，他没有发现烟蒂，直到坐在了审问室中的椅子上了，仍在熬煎着怎么才能给疤脸带回一颗烟蒂呢？审问员问什么，他答什么，终于瞧见了就在椅子左前不远的地上有一个烟蒂！他把头扬起来对着审问员，一派认真听审的样子，一只脚却使力伸过去。

-212-

离烟蒂一尺了，半尺了，身子不觉弯起来，好了，碰着烟蒂了，他的大拇趾就要去粘了，审问员突然问："你在干什么？"他坐端了身子，但腿又伸过去粘烟蒂。审问员又问："腿？"他只好说："那里有颗烟蒂。"立即，身后站立的警卫人员一脚将他的腿踹直了，那颗已粘上趾头的烟蒂飞到了墙角。但就在这时候，一块弹片呼啸着落在了土石洞口，土石飞溅到石祥的身上，石祥醒来，一抹脸，一手血，同时感到有许多小沙粒深深嵌在肉里。石祥愤怒地骂了一句娘，第一个念头是沙石嵌进肉里若是不能立即取出来，那将来就肯定是一个麻脸石祥了。石祥是麻脸，那个女同学该会果断地与他结束了吧？他使劲从肉里往外挤沙粒，结果又是血流满面，而且疼痛使他嗷的一声昏了过去。

苏醒过来，已是月在中天，炮击平息了。这一夜的月光十分好，但石祥口渴得难受，他用手去击打通水的铁管，手拍上去连他也听不见声音，就在地上摸索，摸到了那个小烟斗去敲打，旋即将大瓷缸接上去，但水没有过来。他嘴对了铁管口向里边轻声呼叫，仍没有回应。这是从来没有的事情啊，石祥心中掠过不祥的念头：小李子那边也出事了，负伤了，牺牲了？！那么，"我也要死了，我也要死了。"仰身倒在那里，手脚再也无法抬起来了。

整整两天，石祥未能喝上水，饼干无法下咽，勉强爬起来

-213-

尿了三泡，三泡尿喝完，再也尿不出来了，现在唯有的是吸烟。

疤脸又在吸烟了。这烟是石祥的家人在送来的棉被中夹带的烟丝用卫生纸卷做的烟，但烟归属于疤脸，疤脸吸过了一半，终于递给了他，他双手颤抖，眼珠突出，腮帮深深陷下去，烟缕就进了肚中直至小腹，他感到了从未有过的舒服，每一个关节却酥酥发软。当他久久之后睁目四顾，看见了那三个可怜的人正涎水长流瞧着他，目光是多么卑下和乞求啊，"来，"他说，"你们也吸一口吧，只是一口！"他把烟递过去，三个丑陋者感动得泪水溢流，爬着过来接住，一个狠狠吸了，递给另一个再狠狠一口。仅仅是三口，没有冒出一丝烟缕，烟支已经燃到烧指的地方了……

又是梦，又是来世的情景，难道我的来世永远要在监牢中吗，永远是一个无烟吸的烟鬼吗？他惊怕而醒，醒来又渴又饥，吸过一支烟后便木木发呆起来。一只蚂蚁在洞口经过，这是一只很大的蚂蚁，头与肚滚圆，腰与脖却细若线丝，看上去若即若离的样子，但通体的油光黑亮是石祥前所未见的。他伸出手去，蚂蚁就爬了上来，手握成拳，蚂蚁仍在上边爬，企图寻找能下去的边缘，他把拳顺着它的爬行而旋转，蚂蚁也就不停地匆匆地循环往复。这愚蠢的家伙！石祥似乎觉得这样戏弄它有些残酷，却不愿停止拳头的旋转，恍惚间自己也看拳头巨大起来，蚂蚁顺了那手纹爬行犹如是那山的壑沟。

是一条壑沟，一个人气喘吁吁往上爬，爬到了赛鹤岭最高山峰的古堡门洞。

"哐啷"一声，石祥从一个境界的边缘被扯回来了，他听见是铁管在响，忙附耳去，逮住了那边闷闷的呼叫声。

"石祥，石祥，你死了吗？"

"你没有死？你没有死？！"

石祥激动得低声急叫，泪水就流下来。他听见了小李子在说他才醒过来，不知是昏过了多久，是一两个小时，或是五六个小时。石祥还在哭，这哪里是几个小时，整整两天又一个晌午啊！但他说不出来。后来小李子又是怎么告诉他如何受的伤，石祥没有听见，直到水咕嘟嘟流过来，他用口接住了先喝个够，然后才在水壶里、缸子里接满。现在，脑子、眼睛、耳朵，一切都清楚了，天是瓦蓝瓦蓝，山坡那边的树一片翠绿，又有什么昆虫在动听歌唱，石祥要舒舒服服来享受一下了，他感到了活人的幸福的滋味。但是，不知怎的想起刚才闪过古堡的事，啊啊，今天是什么日子，过去的事和未来的事几乎在不长时间都显示给了他，这是一种什么天意呢？在这低矮艰苦的土石洞里，面对着凶恶的敌人，面对着死亡，他应该全身心地处于战斗状态，为什么竟要让他一次又一次知道得那么多呢？过去的生活毕竟还悲壮有趣，未来的事却如此恐惧厌恶，石祥想摆脱这种困境，不希望再做那些来世情景的梦吧。

-215-

那么,唯一的办法就是不打盹。不打盹的唯一办法就是战事进行。但现在双方都安静了,他只有吸他的烟来刺激精神了。

坚持了一个晚上,又坚持了一个白天,烟已经不能为他驱赶睡魔,恰在这又一个黎明他听见了鸟叫,偶一探头,发现了曚昽的晨曦里几个敌人已经爬到了沟底,不,还有三个人头在洞下并不远的树丛中闪了一下。石祥立即感到事情的危急了!这些可恶的敌人摸到了这边,如果再迟几分钟,不可设想的局面就发生了。当他把枪端起来,却寻不着了目标,他知道敌人藏在某一处的树木中,开枪不但不能消灭他们,而且只能暴露自己,急中生智,抓起了自己的几包纸烟丢过去。果然,在一丛蒿草深处有两个人头晃动。叭叭两枪,两个凶残的也穷惨了的偷袭者血水激溅,石祥同时看见有三颗纸烟也溅了起来,不见了。沟底里的敌人往回逃遁,其余的掉头就跑,他们猫着腰跑得极快,如蛇在窜行,晨雾中只见有数道蒿草在动。所有土石洞的枪都一齐爆响。

石祥毫无睡意了,他为自己最早发现敌人和机智举动而激动不已。想着那些洞穴中的战友一定在感激他了,一定会在将来集体请求为他记一大功的。石祥一兴奋就噙了烟斗,拿手在一个布包里掏烟,但是令他沮丧的是布包里已经没有了烟!没有了烟,这日子怎么过呢?他空噙着烟斗,真是后悔得要骂起来了。这同时,猛烈的炮击开始了,山沟上空,炮弹呼啸着飞来飞去，到处是乱石飞木，到处是浓烟土气，石祥缩进了土石洞的里边开始去睡觉了。他原本是不愿再睡的，而现在没有他们潜藏在洞穴里的兵士的事可干，又没了烟吸，犯着烟瘾呆坐比那梦境更使他不堪忍受啊！

仅存的烟发现少了许多，疤脸立即把所有被褥翻起搜查，终在放尿桶的墙角的草下发现了。这是谁干的？三个人拒不承认，疤脸就和他将三人轮流按在地上打，便有一个承认了。承认了好，疤脸歇下来，又命令他和另外二人继续收拾那一个，抓了头发往墙上撞，竟撞得脑壳破裂，这一夜躺下没有动，第二天早上也没有动，等到中午看时，人都已经僵硬了。

他被判处死刑拉出去枪决了。他十分后悔，但有些不服，怎么疤脸没有枪决呢？刑车通过了大街。街上那么多人指指点点议论，他听见在说："瞧，为了烟送了命！""这个烟鬼，为了烟值得吗？""该杀，为了烟都可以杀人，那什么事都可以干得出来的了。"他忍受着人们的咒骂，心里却说：为什么他要偷烟呢，有什么能比烟更重要呢？可惜我现在不能吸烟了。他抬起头来，看见了全副武装的行刑警察，有的在吸着烟，烟味是那么香，他暗中在逮吸着有烟味的空气，直吸得肚皮都鼓了，终于说："能让我吸颗烟蒂吗？"吸烟的刑警看着他，似乎要笑，但没有笑，说："临死了还想吸烟？"他说："要死了，让吸几口吧。"刑警就将吸过一半的烟塞进了他的嘴里，他嗞嗞地吸起来，很快吸完了，火已烧到了嘴唇，但他没有唾，还在吸，直到嘴上烧出的油和血把最后豆大的烟蒂沾灭，他仍未吐掉，一伸舌头将那烟蒂吞在口中嚼开了。嚼过了大街，嚼到了一片河滩，他跪在那里，口中的烟蒂还未彻底嚼尽，一声剧烈的响动，他立即死去了。

梦里，石祥是死去了，但是，土石洞里的石祥醒来的时候，他已被一块飞进洞里的石头击中了脑袋。石头并不大，来势却十分猛烈，立即在他的前额陷进一个洞，他昏迷了，再也做不出梦来。铁管在不停地响着，他似乎又苏醒了，硬着目光看着铁管，还知道小李子在为他焦急，但他醒来最急需的是想吸一口烟啊，隐隐约约的梦境依稀闪现，那个来世的他在死前已吸到了烟的，而他却带着烟瘾要死去了。他拼足了气力扑到铁管口，以最大的力量在喊：

"给我一支烟！给我一支烟！"

"石祥，你还活着，你真还活着？！"

"我要吸烟！我要吸烟！"

"烟怎么能给你呢？"

"你在那边吸一口，吹进管子里，我在这边就吸着了！"

一会儿，烟果然从铁管中飘过来，石祥将嘴张到极限，完全是把铁管插在口里，他吸到了烟，幸福的烟。当小李子在喊："石祥，你吸到了吗，吸到了吗？"石祥嘴还在铁管口上，眼睛微闭，一种满足了的微笑僵硬在了脸上。

十天过去了，又一次猛烈炮火的掩护下，土石洞里的军人按期撤下来了，又一批新的士兵重上岗位。战友们将石祥的已经发出臭味的躯体背了出来，装上了汽车，运往后方的火葬场火化。石祥的灵魂并没有远离躯体，不，他现在才明白了这并不称作是灵魂的，是应该叫作古赖耶识的怪诞名字的。为什么不叫灵魂而叫这么个怪名，反正石祥现在获得了这么个名字，并且还明白了作为人是有八个意识的，即口、耳、目、嗅、感、思之外，第七是潜意识，第八就是古赖耶识，而人的躯体死亡，前七识都要随之而灭，但第八识是不灭的。当石祥的古赖耶识现在离开了躯体，也才发现满空中到处在游荡着古赖耶识，它只能是同类的一种，再称之为"石祥的"便是错误了，它除了是古赖耶识就是古赖耶识。这些古赖耶识似乎在自身裂变着，同时相互拥挤撞击而上升，已经有很厚很厚的一团聚集在天之高空了。世界竟原来就是这些古赖耶识吗，一切都是这些古赖耶识在发生着作用吗？它们这么聚集在一团游荡空中，寻找着地面上的似乎有着什么频率相通的东西而附体吗？那么，它们碰到了草木的花粉受孕而附就成为新的草木的生命，碰到了人类的男女交配而附就成为新的婴儿的生命吗？那么那么，同样的道理，它们也是成为了一切家禽和野兽，一切飞鸟和鱼虫的生命吗？当这个生命的个体成熟死亡之后，它又是飘离而去吗？啊，伟大神奇的古赖耶识，这无生无灭、无时无空的创造世界的种子，这一次附在了人身上成为人，下一次附在了树木之上成为树，如此反复不已就是人世上所说的轮回转世吗？石祥的古赖耶识，不，它飘离了石祥的躯体而在空中默默注视着石祥的躯体的古赖耶识，它为石祥没有坚持到任务完成而惋惜了！但是，它又是多么为它存在于石祥这个个体的生命期间完满了这个个体活人的价值而自豪得意了！

火葬场里，躯体装进炼尸炉，立即化为灰烬，一部分留下来，一部分顺着高大的烟囱冒上天空。古赖耶识彻底要与一个石祥永别了，它顺着巨大的烟囱而上，它突然感到丢失了一件什么东西，想了好久，是那个小小的烟斗。古赖耶识是不知道石祥所做的梦的，因为它纯乎是无形无影无言的东西，它也不知道将来它又会附着哪个时候的哪一个物体，当它飘出了烟囱来到高空的时候，看见了那炼尸炉的大烟囱还在浓浓地冒着黑烟。

这是谁的烟斗呢？

佛关

一

兑子最后一次从这里走开是夜的子时,镇子里人睡灯熄,孕璜寺没有钟声。我前半夜无论如何睡不着,先是听屋梁上的老鼠磨牙,后来觉得身下发凉,凉气直往骨头里透,揭起席子,果然摸到了冰滑滑的一盘,抓起就从窗子扔出去。这是条双尾蛇,后来在院子的捶布石旁发现的。见到双尾蛇是要砸死的,但我没有砸死(我以为它已让我甩死了),以致倒霉的事一个接一个,这当然是后话了。当时该是公鸡要打啼的,公鸡未啼,狗也不叫,母鸡却鸣得很厉害,我按约就去了山根的黑松林里。

兑子并没有先到，我等待她，奇异的事情就发生了：听见了蚯蚓在泥土中的呼吸，缓慢悠长，如表叔独坐时的叹息。有一颗露珠从松针上往下滑，哧啦哧啦地似乎很涩，终于极脆地跌下来，遂声大到五音齐发的轰动。一朵两朵，相继是彼此起伏的狼牙刺花开放，唱着一种很美妙的歌。我惊奇在这个夜晚里我竟有这么好的听觉，以至于她还在蹚着那一片黄麦菅草丛，我便知道她来了，那理头发的声音，提衣领的声音，手在胳膊弯抓着衣服搔痒的声音，以及脚下松果压扁声，头发甩起来又扑撒开的声，音响惊心动魄。而当我们面对面站着的时候，这声音却全消失了。我问兑子："我这耳朵怎么啦？"兑子没有回答，只看着我，说："你喝酒了！"她看着我，其实她什么也看不见，刹那间我明白她决定离开的时间在子夜压根儿是没有考虑到白天与黑夜。我喃喃着我是喝了酒，从下午一直喝到天黑，原企图麻醉一场，但酒淡如水，这恐怕是我人生最后一次对酒的信赖了。我们沿着黑松林边的一个阴沟往山上走，山崖把月光割裂成一个大的三角，一靠近三角的边缘，似乎身子被割得疼痛。好容易到了那条小路，路很白，也瘦得可怜，且纠缠不清如绳子。绳子牵扯着我们上了山梁，孩子就哭了，静夜里声传得很远，越上得高越听着显。我在那里站住，她也停住，但立即又在前面走，不像一个瞎子，衣袂飘然宛若是鬼。我说："兑子。"她说："嗯。""你真的要走了？"她默不作声，步子加快，几乎要飞起来。人都说她是花蝴蝶变的,我疑心她真是非人了。山梁下逆着河水是有一条官路的,她却选定山梁上的小路,亏这夜月亮也好,一直伴随着我们。我看着面前深幽如海的山峦,我不知道她怎么能走回家去,鼻子就发酸,眼泪扑扑簌簌落下来。当我坐在一个石板上,倒掉鞋壳里一粒磨破了脚心的石子,我说:"兑子呀我跟你一块儿走吧。"她对着我,脸面极凶,骂了一句,我没有听清。

"你混蛋!"她又骂了一声。

"我混蛋?"我说。

"我是妇道人家,你也是雌的吗?"

"雌的?"

"最没出息的是走。"她说,"我看你是男子汉,我才把孩子托付了你。你连孩子都保护不了,还能保护我吗?"

我说:"孩子我能保护了的!"

她说:"那你还跟我往哪儿走?!"

我无话以对,我们就站起来告辞了。

兑子说:"你记住,孩子是佛关的孩子!"

她说了,就走近我,伸出手来,亲切地在我头上脸上摸一把。她这是第一次摸我,多少年里,我放诞着暗恋,希望有一日我能触摸了她的肌肤,她这时是摸我了,我立即抓住了她的手。手是棉花一样柔软,越握越小。我说兑子兑子,浑身就战栗起来,

-223-

直到她为我拭擦眼泪的时候，我才清醒她已经在我怀里温热如个婴儿。

她说："我们要分手了吗？"

我说："是要分手了吗？"眼泪又流下来。

她说："不要这样，魁。我知道你爱我，但我把最好的时光给了别人，现在我眼瞎了，我变成一个丑脸婆了。"

我说："不，你不丑，你还是最美的人。"

她说："这你骗我，我不美了，我是丑镇上最丑的人。"

我说："就是丑，丑能辟邪呀！"

兑子格格地笑起来，柔软的身子在我的怀里起伏，我那时完全处于迷糊状态，至今想不起事情是如何起承转合地发展着，反正她什么也没反抗，当我进一寸时，她竟能退一丈，月光下她把衣服都剥了，我听见她说："你来吧，魁，你愿意怎样就怎样吧。"在那个时刻，奇异的听觉又产生了，我听见了霍霍的风声，听见了风压倒蒿草而又在草窝里回旋揉搓声，听见了土壕里有石槌打胡墼声，听见了猫舔糨糊声，听见了老牛犁水田声，听见了似乎是狼虫虎豹牛鬼蛇神一起的狰狞声。上帝啊，无言的上帝！我激动地感念着，同时也怨恨这一天来得太晚，为什么竟在最后分离时幸运到来？毫不掩饰地说，在我兴奋之余，不止一次涌上一种犯罪的感觉，觉得对不住了表哥，但冥冥之中，又觉得我已不是我，或许我那时是表哥的替身。我祈祷上苍，我是表哥的替身，□□□□□(此处删去二十三字)。后来我倒在那里没有一丝力气，瞧见兑子站起来，身子在月亮下美妙绝伦，而双腿上有了红的血迹，如花如霞，如染的太阳光辉。我吓得问："怎么啦？"她说："我来那个了。"用手去涂，亮在我面前的一个血手。

她说："魁，我现在完全了结与佛关缘分！"

我说："兑子，我永远会记着你的，我一定还要找你回佛关的！"

她说："今世再不会回来了。魁，我托你给孩子一个作念吧，你有纸吗？"

我有纸，纸是垫在帽子壳里防头油的。我取下来，她将手按在上边，纸上是一个血手印。手印的精细纵横纹线全印着，了了清晰。

她说："孩子长大了，你告诉她，这是她母亲的手印。我画了多少人的手印，我只留下这一个手印。你躺着，我走了。"

她不让我起来，穿好衣服，系好鞋带，硬要我静静地看着她走远，走得无影无踪。

于是我看着她一身素白，衣袂袅袅而逝。至今回忆起来，她在欲逝未逝之际，是回过一次头来的，倏忽一片白光，只剩下那个白而空的月亮。我是一直在那里呆坐到天明，呆坐到太阳一竿子高起来，当我要站起，才发现我是坐在山顶上的一块五月的将熟的麦田里。我们的分离使麦子倒伏了好大一片。我抓过一把麦来,看着已灌了浆的麦粒,突然觉悟每颗麦粒都是一个女性的生殖器!我发疯般地扑向路面,朝着深幽如海的山峦,叫着"兑子兑子",一边用手在地上写她的名字。孕璜寺的住持说,叫名如念咒,书名如画符。对着太阳看着她的血手印,这一张兑子的人生命运图,我默默地祈祷着永远离开佛关的兑子能安全行走。

二

从山林里返回,我不舒服极了,膝腿发软,虚汗淋淋,路也似乎在地震摇晃,或者是海绵,一脚踏下去陷一个坑儿,脚抬起来路又随脚而上,我感觉我要虚脱了,谁只要轻轻撞我一下就倒下去再也不会起来。脑子里便有了幻景:我这么倒下去二百年三百年,一切都腐化了,骨头一节一节散在那里,只有身子中间部位的那团毛还在,考古的人会捡起毛来,突然说"×毛!",唾一口扔掉的。是的,我的那毛不干净,我也不干净。那一刻里,我安慰着自己是表哥的替身,但这种自欺欺人的心理越发使我有乱伦的犯罪感,更觉卑鄙。一步步走近佛关,一步比一步更艰难,更不舒服。有几次人走前去,又往后退,像是谁在后边拉,用手在屁股后摸摸,衣服完整,也没有长出尾巴,那身影正在一个树桩上，就知道影子挂在那里了。我终于明白我的不舒服是影子被树丫子牵扯得疼痛所致，慌忙紧跑，尽量躲开树丛地方，又恨天上的太阳太红。今日的事情奇怪得厉害，那一阵是惊心动魄的音响，现在又是影子生了感觉的困扰，这一定是表哥在作祟。商州的山里，鬼可以作祟，神可以作祟，狼虫虎豹成了精作祟，人也作祟。表哥是不是已经死在大狱了呢，他的亡魂在一直监视我？还是表哥并没有死，而他的意念在千里之外发注于兑子，而产生了无比的能量来惩罚我？活人的作祟是最厉害的。我回到佛关，并没有去镇街，急急地就到河畔崖头的那座石塔下。塔在三年前一场雷雨中劈残了，黑黝黝的只剩一半如插立的剑，失去了往昔的庄严，却有骇人的威武。我数着第八层脱落了浮雕小佛的佛龛，爬上去，撕破了一张很完整的蛛网，取下了半截砖压着的小纸包。天呐，老鸦并没有叼了它去，也没有腐烂发臭，而完全风干了！这是表哥的尘根，当人们把他和兑子抓住的时候，巨大的仇恨，拳脚如雨地倾注在他的身上，后来就踢这尘根，表哥偏要双手去护，他越是护，人们越是恨，双手就被人抓起来，露出那垂头丧气的一条肉来，有人就用手指去那里一蘸，拉出一道白色的有着胶质的细线，骂道："你干了！你真是干了啊！"人们又扑上去打，慌乱中尘根便被割断了，"日"的一声，掠过人们的头顶，又飞过了一个颓废的矮墙。我那时正站在人群的后边，我祝贺着表哥的又一次勇敢,内心深处也生了不少的嫉妒,我明白他掏出那么多钱在佛关改造校舍,目的全是为了讨好镇人,而一等将来与兑子成亲能堵了镇人的口。但表哥错了,镇人乐意接受他的办学和享受他请的那一顿丰盛异常的饭菜,却不肯他把兑子占为己有。镇人打他一顿,我是可以理解的,并不想去劝解,但镇人打他打到疯狂,我要前去阻止也是不可能了,当那尘根飞过墙头,我第一眼看清那不是一只鞋子,也不是兑子留给他的乳罩,我以为表哥这下是要死去了,就跑过矮墙去捡尘根。矮墙外正好是一个胡辇壕,在掘土掘得乱七八糟的土坷垃窝里,我偷偷地把它捡起来。表哥并没有死,流了好多血。我说:"要出人命了,快往医院送!"但偏在送医院的路上,警车就把表哥带走了。尘根要接续是没指望了,我是在夜里爬上石塔存放起来的。

这尘根风干得很小,像指头粗的一根牛肉干。它是死了,它曾经英雄一世,标志了一个男人的威风,它给了表哥人生最幸福的享受,也给了表哥最痛苦的折磨。表哥是死是活无法预料,即使活着也活得非男非女,非人非兽,表哥是彻底完蛋了。属于表哥的世界,也就是说表哥的这个世界是那么大,其实只是这么小。

我孤独地回到铁匠铺里。起火的炉台还在,但泥皮早已斑驳,一只硕大的母鼠正衔了一撮茅草钻进了炉膛,我知道鼠的家族里又将要添丁进口了。环视着这曾经住过表叔和表哥的地方,我不知道该说些什么。揭开炕角那个瓷瓮,舀了一葫芦瓢包谷酒要喝,猛地记起来昨日下午再不喝酒的誓言,就把葫芦打翻,想往酒瓮里尿一泡永远断绝酒对我的诱惑,但我顺手却将牛肉干一样的尘根丢了进去。做这一突然举动连我也莫名其妙,立在那里笑了一下,脑子里却闪过数年前的一场事来。表哥在崖壁上跌下来,他浑身的关节疼得立不起身来,他就在一个月里喝完了这一瓮酒而好的,他的好是我和表叔都视为奇迹,直到他出走之后,我重新做酒,才发现瓮底里有一盘蛇的骨架。表哥是喝了钻进毒蛇而腐化的酒恢复了身子,这尘根丢在酒里还能显出早昔的英武,表哥若是活着真有意念,又能使尘根重新恢复在身吗?然后我就又想起现在不知还在路上如何行走的兑子,那山野的恶狼吃没吃她,那路上的石子绊倒没绊倒她?我一遍又一遍念诵着惠心住持教我的"嗡哒叭嘟哒叭嘟叭娑哈"的十字真言,召唤着佛关镇上那所有的佛窟里的佛尊能保佑这两个人。当我长长地念诵之后,我无意中往酒瓮中瞧了一眼,我竟发现酒瓮中的尘根膨胀粗肿,似乎比在表哥身上精神勃发时还巨大!它原本是平沉于酒瓮底的,现在直立而起跃在瓮口,像一个竖起的萝卜,更准确地说像酒瓮里长出了一棵硕大异常的平头蘑菇!我放声大哭了。

三

　　七年前,我还是地道的西安城里人,我只知道我的表叔住在商州的山里,但并不知道商州的山地是个什么样子。表叔领着表哥曾经来过我家，带了许多洋芋和一篓包谷酒，我就是那时喝包谷酒喝上了瘾。我问过母亲：表哥的眼睛为什么那样大？母亲说，山里洋芋多，稀饭里都煮囫囵洋芋，吃的时候眼睛就得睁，久而久之睁大了。但表叔带来的洋芋，母亲总是切了丝儿炒菜吃。我恨我没有生在商州，眼睛才这么小，爹就不止一次地骂过我贱命。当我后来真正成了商州佛关人，回想起爹的骂，认了我来商州是一份机缘，是我的命运。在我十六岁的那年，高中并没有上完，我与爹的矛盾日益加剧。爹是一个挣钱的能手，常常出去一月半月，回来就提那么一提兜钱票，然后当着母亲和我的面，捏了一沓啪啪地在桌沿上拍，乜斜的眼神里全是在说：老子怎么样，老子在养活你们哩！他于是在家的日子就是酗酒，或是红着眼睛数落母亲的脸黑，头发干涩不蓬松，小腹突出，臀部下垂，尤其是脚，大拇趾凸一个难看的鼓包。母亲开始在脸上搽许多粉，烫头发，趔趔趄趄穿尖头皮鞋走路。但爹越发厌烦母亲，竟长期不回来。我知道爹是在旅馆里包了一间房子，供养了一个很漂亮的女人。母亲常让我去找爹要钱，我就去敲他的那些朋友的家，那里总是烟雾腾腾的麻将场，爹或许在，或许不在，我就又往那个旅馆跑，门卫每每一看见我就用身子挡在门口，大声喊我爹说："警察来了！"我讨厌父亲，讨厌不敢与父亲离婚的母亲，讨厌西安。我在某一个夜里下定决心要离开，因为我已经长大了，我可以独立了，虽然我不知道离开后能不能挣钱养活自己，可我毅然搭车长行了半个关中平原，长途汽车到达秦岭的山口，我打问着佛关镇的地方，终于找到了表叔。

这是关中平原和商州的交接点，原是一条古栈道上的驿站，车路沿着秦岭北坡向东绕去，而逆了那条满是大的且白得生硬的石头的河向里漫行，越过了韩家坪、张家界、蓝桥关、宋家洼，到达西峪山顶，下行七个盘道，就是佛关镇。说是镇子，其实还是一个小小山寨，四周都是连匝的山，有三个崖突出过来，像一个平面的三个齿的轮，屋舍就在每一个齿的两边繁衍。三个齿崖下流三道水，于镇前汇一个清幽幽的潭然后往东流去，三片房舍皆以九道木板桥、铁索桥、石拱桥连接。我站在东边三桥头上打问表叔，有人指桥头下街石铺的土场上坐着的一个老头，他果然是表叔。我叫："表叔！"表叔看看我，又扭过头去看脚前卧着的一个母猪。母猪有十八个奶，阳光下卧着如死着。我知道表叔没有注意到我，又叫一声表叔，他这下定睛地看我了，没牙的嘴皱如婴儿屁眼，立即就走过来。"这不是魁吗？"他喜欢地说，"你怎么寻得着这地方？！"表叔拔下后腰带上的旱烟锅擦了擦烟嘴儿递过来，又意识到我不会吃烟，再别回后腰带上说快到家去，说罢就前边走。表叔还是那急性子，步如雀跃。我母亲常叹息，表叔一生困苦，全是他的走相不好所致。我追不上表叔，他走得远了，立下就等我，等我走近了,他又小跑前去。后来指了指街铺南头那家门前搭有油毛毡棚的房子,随手抽下近旁一圈篱笆上的木棍给我,说:"你消停来!"他就先回去了。我不晓给我木棍做甚,立即有狗来吠,一扬棍它住了声,才扭身走,它又扑前来吠,而且很快来了三只,我便拿棍左右扫荡。远处的石阶上有人在笑,却不肯来帮我。好不容易赶到油毛毡棚,钻过一道铁丝悬挂着的链条、火剪、镢头、铲子、板锄等各式铁器,木板门里,表叔正急急收拾乱如猪窝的家室:用笤帚扫地,提走了夜里用的尿桶,说:"表叔这地方肮脏,你将就坐吧。"我是来投靠表叔的,哪里还能嫌弃他的不卫生?问表哥,他就骂起来,说表哥高不成低不就,铁匠手艺不愿学,又不能做学问、生意,家里待不住,也不收拾,生儿子生了个冤家。然后就舀了酒给我喝,又喊住门口路过的一个人,叮咛去寻表哥,让把母猪从街面铺的土场上拉回来。"你喝口酒呀!"他端着葫芦瓢追到棚前,酒却倒在自己的嘴里。

表叔在佛关是出了名的铁匠,有祖传绝技,所打造的链条是不会断的,除非铁质生锈腐蚀。佛关是古栈道上的山寨,公路没有通前,路都是在山崖石嘴上掏石窝子,栽石橛子,上边架了石条而行,最危险处就挂链条作栏,那时表叔的生意既不红火也不困顿。公路现在虽没完全开通,但开辟了新的毛路,作栏的链条没了用场,表叔就承接了开路用的铁钎打制的活路,再是山上垦田用的镢头,砍柴用的斧子,以及生活日用器具。

表婶过世得早，表叔拉扯着表哥过了有十年，他到西安我们家总是哭穷说恓惶，可在佛关，他却是个人物。那天我刚到，吃着表叔做的浆水面，就有四个人来定货，表叔带理不理的，和人说话时一直用竹篾儿掏耳屎，掏一点，放在桌面上，又掏，然后就积聚起来吹落在地，不改口地说是多少价就是多少价，一个子儿也不让的。

天擦黑，表哥回来了，他并不知道我来，用脚砰砰地踢开门，一个难看的猪头就先进来。表叔就说："你没长手吗？门板耐得住你这么踢吗？"门是走扇门，踢开了又往一起合，进来一半的猪就卡在那里，后边的表哥一脸不高兴，偏用脚又踢猪屁股，猪像杀它似的叫。原来这一个早上表叔起猪圈的粪土，放了猪在屋后拱食，就拱出一个死老鼠，表叔大呼小叫去抢那老鼠，猪却一口将老鼠吃进肚去。这是一只吃了毒药而死的老鼠，果然中午猪就不进食，卧在地上直吐白沫。表叔让表哥去请兽医，表哥懒得去，表叔只好拉了猪上兽医站去，我见到他的时候是兽医在猪屁股里放了体温表而回屋洗手去了。表哥脸还恼着，抬了脚还要踢猪，突然看见了我，那踢出的脚一时收不住，扑过来抱我，我们两个都倒在炕前的火塘里，火塘里没有火，灰腾起一团雾。我喜欢我的表哥。表哥有一副很美的体形，五官俊气，头发密而乌黑，他虽在佛关，样子极像是城里人。他看见我穿的夹克，连声说好漂亮。我脱下让他试，他就穿上了，对着镜子照前照后。表叔就说:"你安分些好了。"表哥就瞪表叔,拉我到他的卧房去说话。表叔却问:"猪病怎么样了?"

"死不了的!"表哥说,"人家让给喝绿豆汤的。你怎么寻着来的?"

我说:"坐车到山口就下来,问了差不多十个人哩。"

"山里不比你们西安省城,"表哥说,"满地石头,走路可得抬高脚的。可山里空气好,厕所多,哪里都是厕所,没人你哪里都可以尿了!爹,爹!"

表哥突然叫表叔。

表叔在后院关猪进圈,应了声:"是熟绿豆汤还是生绿豆汤?"

表哥说:"随便吧。猪的屁眼里还有半截体温表的,人家让你看着,你走了,猪拿屁股在石头上蹭,体温表就断了。"

表叔在后院惊叫了:"这你怎不早说,这猪还能活吗?"表哥说:"没事的,等拉屎就出来了。你累了吧?"

表哥就给我扫炕,说我们合一个铺睡,说他没有虱子,摊了被子让我检查,又怕我不相信,最后还是反盖了被子。我说我不乏的,这么早睡不着的。表哥就说看佛关夜景去,拉我下炕就走。表叔在后院又嚷什么,他一拉门,声音全关在里面。山里的月亮小,但很清丽。我们走过狗咬我的那条不成街的街路,三四条狗依然在那里游走,但出声儿也没出声。表哥依然穿了我的那件夹克,赢得了许多街上的人说好,他也不说穿了我的,样子很得意。我们走了旧关台,那已经废了,只有一座石条子垒成的古墙垛。他说,陇海线未通前,这里是关中通往河南、湖北、广东、广西的唯一要道,要是朝代不变,可是繁华地面的。他这么说着,英俊的脸上洋溢着激动,随之就默然下来,但他仍站在旧关台上指着半山腰新开辟的路面讲:"不要几年吧,这里公路就通了,或许这地方还有出息的。"他一心向往西安,羡慕着我。我告诉他我来这里就不走了,讨厌起西安城了。他大感不解,以为我说谎言,我坚定起来,他大叫我要后悔的。后来我们下旧关台的时候,我发现了台壁上嵌着的一面石碑,顺便看一下,上边竟有一首诗的:来时一布衣,去时一布衣,夜黑投宿店,羞于见关吏。表哥说这是唐朝的××写的,他是商州人,两次赴长安赶考落第,此诗是第二次空手而回所作。我脑子乱起来,××我是在学校读书时就知道的,他失败而归后三年奋发苦读,又一次出关,终于在长安城里做了大官。而我,生下来已是那个古城的人,却偏偏又来到山里来了。

表哥说:"哪儿去不得,为什么要来这儿呢?"

我说:"我也不知道。"

表哥说:"明日领你去抽个签吧。"

我们从外边返回铁匠铺,夜已经很深了,但表叔还没有睡,他在堂屋用脚踩木橛子捣一个石窝子里蒸熟的洋芋,说是给我做糍粑吃。表哥说:"猪要能死就好了,有肉吃,吃什么糍粑!"

表叔就发恨声,骂:"你小子就盼不得猪死,死不了的,刚才喝了绿豆汤,猪屙了,屎里有半截体温表的。魁什么肉没吃过,糍粑是山里特产,他吃个稀罕哩。"我和表哥已经在炕上睡下了,那哐啷哐啷的木橛声还在响着。

四

我恍恍惚惚地来到孕璜寺。推开山门,偌大的寺院里,端端地站着一帮小和尚,惠心住持正在教训哩。惠心这老和尚有一颗干瘪的头,平日与人少语,脸面严肃,只有和我说话时偶尔笑笑,笑也无声。他见我进来,看了一眼,并不作理会,我知道他在小和尚面前更要拿出庄严相的,就坐在石凳上看一只黄色细腿的蚂蚁爬动。寺院香火一年复一年旺盛后,扩建了一座大殿,又新辟了两排僧房,接二连三从外地寺院转来的和弃俗修行新来的和尚增多,这些和尚道行不深,定力不够,又出了表哥和兑子的艳事,小和尚们的衣着日渐新鲜,目光灵动,惠心住持就每日清晨于院中检查被褥了。现在的阳光灿烂,一道铁丝上晾晒了十二条被褥,惠心一一凑近查看,终于发现了一条被褥上有了斑痕,叫出那个白脸长身的小和尚,令他用小刀刮了,搅在一碗水里喝下。小和尚好俊气,端了碗看惠心。惠心说:"喝!"喝了,却不咽,作呕要吐。惠心说:"说话!"

小和尚说了话，说了话就咽下去了。我不免替小和尚难过，不明白佛是什么，信佛难道就一定要来寺院修行吗？修行就是将一个活人硬要变成木人石人吗？人哪个是没贼心的？做好人是有贼心没个贼胆的，在自己的被褥上遗自己的精在任何年轻的男人是正常的而做了和尚就不行吗？这和尚我是死也不肯做的，我宁愿上战场面对着千军万马去作战，我也不肯去与自己的性欲作斗争！

这个时候，我突然对惠心住持产生了恶感，但我必须见他，因为兑子毕竟是与他有着关联的人，兑子的出走，不能不告诉他。

小和尚们各自抱了被褥去殿里做功课了，惠心就走过来，他对我拱手作礼，口诵阿弥陀佛，问大清早有什么事吗？

"兑子走了。"我说，眼泪就掉下来。

他看着我，满脸麻木，好像我站在他的面前是那棵丁香树。我想起在佛关流传的一个故事，说是孕璜寺的老住持在寺里的时候，手下有两个小和尚，他年老将逝，欲选一个传钵者，这一夜就安排了一个年轻的妇人去诵经房里。妇人美貌，鲜衣艳服，先去一个小和尚那里，哭哭啼啼诉说自己的苦情，那个小和尚只闭目诵经，妇人伸手在他的光头上摸了一下，小和尚一侧身又诵起经来。妇人起身又到另一个房间去见另一个小和尚，同样苦诉了一番，央求能送其回家。这位小和尚就站起来，将她送到寺外的吊桥上，吊桥晃荡难行，妇人不得过去，就又将妇人抱着过了吊桥。结果，住持的衣钵传给了送妇人回家的小和尚。这小和尚就是现在的惠心住持，而妇人就是我的表婶。表婶那时老犯心口疼，在寺里还愿，替老住持办过了这件事，心口病并未彻底好，五年后又犯时过世了。这当然是后话。但老住持在传衣钵时说，惠心有同情心，惠心才能修正果。可现在，惠心听了兑子的消息，竟久久地旁若无事。"老秃……"我几乎要愤怒了，转身要走的时候，他却说："那孩子呢？"

"孩子，你还能想到孩子？"我说，"我养着，她是丑镇佛关的孩子。"我是称佛关为丑镇的，这称谓佛关的人没有异议，并且大家都沿用了这个词。在佛关，不论孕璜寺的佛塑还是洞窟里的佛画，每一个佛都是异常的庄严美丽，但居住在这里的人却是十分丑陋。土著的人世世代代身不高五尺，且皆头大腿短，或是臀肥头小，即使后来新迁的客户，久而久之也相貌失起比例来。我初来时不明白这是为什么，后见到这里的山桃野枣以及苹果柿子梨，也都歪嘴裂肚的，就认定是水土所致，称这里是丑镇了。出奇的是兑子和表哥却英俊了得，我夸赞他们，表哥却说："这里是以丑辟邪的，美只能是佛，但人怎么会是佛呢？人美了只能是妖，是邪，我和兑子不丑反倒是丑哩！"当时我不以为然，而今看来是有道理了。

兑子终于生就的那个孩子是不美的，我可以这样说，她完全没有其母的一点优点，反倒将母亲不易察着的缺点成十倍地扩大发展，她的鼻子就很塌，眼睛太小，稀薄的一头黄毛。但是，孩子生下来后，兑子抱着她在镇上，大家并没有作践这个世上没有公开父亲的孩子，反倒都来抢着抱，当了她的母亲说："叫爹，叫爹！"兑子立即将孩子抱过去走掉，却不变脸唾骂。

我是相信这孩子是表哥的，但孩子的奇丑又使我怀疑是表哥播种的，而镇上每一个年轻男人的丑都能在孩子身上现出一部分来，却也令我无法判定到底谁是她的父亲。

兑子走了，无法再论证孩子的父亲，在我的眼里，兑子在某种程度上讲是寺里的人。惠心住持修行到了成精，兑子一定会把孩子的来历告诉他的，或许住持的天眼洞开，早知道了孩子的父亲是谁的，我和住持就坐在寺院里莲花池沿上，故意反复提说孩子的可怜。住持说："她是佛的弟子吧。你带着也好，你要在洞窟里画佛的时候，孩子就放到寺院来，这里人多好照看。"

冲这一点，住持虽没绝对信任我，肯说出兑子的所有秘密，但我感念住持了。从此我去画佛或出门一天半晌，孩子就在寺院里同小和尚，同香客逗玩。心眼生多，只是头发越来越稀，个子不长。

在我以保护人的身份去兑子的土坯房里接孩子的时候，我忍不住地又一次放声大哭了。这是我今生哭得最伤心的一次。

土坯房很小，是土胡墼一层平压一层立栽而干打垒起来的。

立栽的土坯上都有着手印：大的，小的，深的，浅的。这些手印是丑镇上人的手印。他们其中，有人或许已经死了，有人或许已成婚立家，但更多的现在还是单身汉住在佛关，可是他们谁都不知道在这手印房里的兑子离开了，永远永远不会回来了。

土坯手印房后就是兑子早年居住的窑洞，她在临走已用石头砌垒了洞口。多少年里她在那里所画的什么，她不让任何人进去，现在也不让任何人看到，这就是我之所以伤心落泪的原因。

孩子使劲在房子里哭，声音嘶哑。当我和兑子前天晚上爬上山梁，听到孩子在哭，这两天里孩子是哭了几场呢？我打开房门，她已经成了泥人，一筐的鸡蛋一个一个全部捏碎，黄水白水同屎尿和在一起，肮脏的手又在四面墙上抓着无数的手印。她的肚子是饿极了，兑子将一张烙好的面饼中间掏了洞挂在她的脖子上，是让孩子饿时一低头就能吃到，但她只吃了面前的饼，饿得吃泥吃屎，脖后的一半饼却不晓得转过来。

我把孩子抱起来，孩子立即抓起我的衣服，头就偎在怀里吮我的奶。我痒痛难受，但还是让她吮，一面蛮有兴趣地看孩子的屎尿手印，并拿出兑子的血手印对着满墙土坯上的手印对照起来。兑子的血手印是兑子的人生图，土坯上的手印是追慕兑子的男人们的人生图，而哪个与兑子组合，完成了孩子的人生图呢？

我可恨我的无能，无法得出结论，这也是我伤心落泪的又一个原因。

我终于大胆认定，我就是孩子的父亲。"孩子，叫爹！叫爹！"我说，这是天命，我在兑子离开丑镇时得到了她，而在她离开丑镇后又得到了孩子，命运使我懂得了，今生今世我为什么厌烦西安而来到佛关的原因。如果表哥还在，还要像来时那个月夜说的话，我就要回答：我就为这点来的！

五

七年前，表哥为了我来佛关的祸福于第二天一早领我去孕璜寺抽签，一进寺院，到处都是香客，他们头上戴着黄表纸叠的小帽，背着五彩碎布缀纳的香袋，于大殿的长案桌上献贡添油，跪下磕头烧香，然后在和尚敲响的磬声里抱了签筒摇晃，捡了最先跃出的竹签给和尚，又持了和尚发的签号，布施了十元八元后到后院去领签语。我一走进上殿的石子甬道上，一个小和尚就喊："又一个生意来了！"这是什么话？佛家之地，香客布施是对佛的敬仰，怎好是将抽签看作做生意，我对孕璜寺的签之灵验发生质疑。表哥说，这是和尚与他太熟了开玩笑的，但我终不愿再去抽签。那小和尚有一双狡黠的小眼，见我生气并不着恼，只对表哥笑。

"我知道你不会来布施的，"小和尚戳戳表哥的脸，"是来看发签语的吧！"

表哥也笑，甚或在小和尚的光头上敲了一下，就领我往后院去。

我那时并听不懂他们的对语，只好笑表哥路过莲花池时朝水里望望，拂了一下头发，好臭美的。后院发签语的那儿集了好多人，好容易人散开，令我大吃一惊的是发签语的并不是个鸡皮秃头的和尚，而是一个女孩，那么漂亮，一条腿跪在凳子上，一条腿向后伸直脚尖点地，上半身子前倾在桌上，一只手托住左腮，小拇指却在嘴里被咬着。佛关的人都丑，这女孩的出现无疑是黑石崖上开了一树山桃花，妖妖的烂漫，我那时眼睛都直了。

"这女的也是寺里的吗？"我问。

"这里不是尼姑庵。"表哥说，眼角却闪动了一下，有万般言语。

我顺目看去，那女孩也对着表哥挤了一下眼。

"哟，儿时买的这夹克，好合身哟！"表哥当然是穿了我的夹克的，他走过去，有些不好意思，回头看看我。我那时很傻，竟以为他在暗示我前去，就也走近了。女孩看我一下，目光就避开了。

"这是我的表弟。"他对女孩说，又给我介绍，"她叫兑子，画师的女儿，跟她爹也画佛哩。"

兑子有些羞，对一个拿到签语的香客说："好了，这高中生有文墨，让他给你解释吧。"

表哥接过签语纸片，手一翻，却将纸片凑到兑子面前。兑子极快地从纸片中取了一个什么东西塞在了口里，笑了笑，那两边的腮里就不停出现一个小包儿。这一切我全看在眼里，兑子吃到的是一颗红酸枣儿，吃得我腭下也沁了一股酸水。

从寺院回来，我戏谑表哥什么时候摘的红酸枣儿，一颗酸枣儿也忘不了送兑子！表哥说，你都看见了，你这鬼眼睛！我是路过西边桥头，看见崖畔有颗酸枣，摘了舍不得吃的。

我说："兑子好漂亮！"

表哥说："是漂亮吗？！"

也就在这一次，我从表哥口里知道了兑子的身世。兑子并不是佛关人，家在七百里外的卧凤岭，是和娘来迎接出山三年的爹到佛关的。因为爹出山时，于孕璜寺里许了愿：如果出山能发财回来，就要在寺后的山壁凿一个洞窟，让人画一窟佛像的。他果然发了财，要返回时，电报告知了在家的妻女，妻女赶到这里，他却因最后一笔生意耽误了时间，妻子长途跋涉染了重病，竟等不及丈夫归来就死去了。在背心里，汗水捂湿了一大捆钱票子的兑子爹来到佛关，知道妻子已死，悲痛至极，就信服这是天命，再也没有返回老家，拜师于一位画佛师，父女两人就长居此地，虔诚地以为前世一定是冒犯了佛的，今生后半世里便要替人画佛了。

"画佛,画佛是什么样子?"我说,"你领我去看兑子和她爹画佛吗?"

表哥却说:"我怕她爹哩!"

我说:"她爹很凶?"

表哥说:"我心里有鬼。"

但表哥还是有一日领我去看画佛了。遗憾的是兑子爹这天并没有在洞窟画佛,表哥很高兴,就拉我从孕璜寺后的小路往山上去。路的两旁长满了翠竹,竹林里十分幽静,落下的竹叶全都发白如纸,拾起来却腐了。太阳就在竹林上空,仰头看去是一团淡绿。林子边有一道小溪,也是很绿的颜色,我一时弄不清是这绿水染绿了竹子,还是竹子染绿了这水,后来发觉表哥的脸和脖子也是绿的了。出了竹林,到了山根,一面很陡的红石崖上,洞窟如蜂巢一般,每一个窟前都有凿开的小路,拐折如之字,有的可以直通窟里,有的只有一丈间隔的石碓,这些石碓全是长条石插嵌在凿就的石窝里,而沿着石碓的崖上挂有垂垂的链条,如蛇在那里爬伏。表哥说,这些洞窟要上去就得搭木板,搭一页走过去,再搭一页,到了洞窟要返回,就退着走,走过一页抽掉一页的。不用说,那供人手攀的链条就是表叔的产品了。

"这好危险的,"我说,"佛爱在险处住?"

表哥说:"险的还在东边崖那里哩,山顶上有石柱,挂了链条垂在崖上，攀着链条才能下到半崖的洞窟去的。"

我和表哥跑遍了容易上去的洞窟，我敢说世上最灿烂的色彩全集中在这儿了，这些大大小小的洞窟，全用石灰搪了，彩绘了各种各样的佛画。我那时并不懂得佛界，不知道佛的大千世界里有那么严格的秩序，有那么多尊位！表哥用手电一一照着给我讲，我当时最感兴趣的是那些菩萨，记住了普贤菩萨、肋侍菩萨、圆觉菩萨、水目观音菩萨、千臂千钵文殊菩萨。

表哥说："佛关现有五个画佛人。除了兑子父女，还有三个，但画得最好的还是兑子爹。"

我看着每一个菩萨，总觉得眉目在哪儿见过，说给表哥，表哥就笑了，说："你还行，与佛也有缘的，你没看出像不像兑子？"

经他这一说，这佛像还真有几分像兑子。

从洞窟里出来，表哥就四处张望。我知道他在张望什么，说："兑子今日没有在洞窟，还是在寺里替和尚发签语吗？"

表哥说："寺里我一早去看过了，她不在那儿。"

他想了想，又说："魁，你想见兑子吗？"

我说："你想见就说你想见，别架我的桥。"

表哥脸就红了："你去她家叫她吧，就说是寺里住持唤她说个话的。"

我同意了。虽然叫兑子是为表哥服务，但我也希望能见到她。依表哥的指点，我到了山根的一个洞窟前，洞门安得很低，洞前有一棵分着双杈的药树，这药树给我的印象是风水不好。对于地理风水我有天生的感悟，一次在孕璜寺听一位会风水的香客聊天，从此爱琢磨，久而久之倒有了我的一套经验。譬如一场淫雨淋塌了表叔家后院墙头，我曾担心表叔走路要摔跌的，但表叔没事，表哥却断了一次筋骨。铁匠铺左邻的那家大门正对了河对岸突伸出来的齿崖，我就说过此家人不兴旺，果然后来兄弟二人同时患了胃癌；而患了胃癌，门前的两棵榆树上也相应长了两个包，老二的媳妇嫌难看，用斧子劈了。我给表叔说："坏了，这老二要死了！"老二真的死了，老大却活下来。我的经验是，地理环境在平常是毫无意义的，这如打仗一样，不打仗，一切的山是山，水是水，土堆是土堆，石头是石头，但突然要察看凶吉，就如突然一声枪响战争打起，山、水、土堆、石头就全然变成符号，哪里可做某高地哪里可做掩护体而发生作用了。兑子家洞前的树的形状给我的印象不好，但当时我的风水知识才有萌动，并未意识到他们家将要发生什么变故。

兑子是和她爹跪在树下的小方桌前烧着香，桌上的灵牌上写着"先妣"的字样。我躲在三丈远的一座茅房墙后不敢前去打扰，听见他们在召唤兑子娘前来享馔，于冥冥之中关照他们。祭祀毕，兑子爹却粗声叫道："谁在那里鬼鬼祟祟？"

我吓了一跳。兑子爹在祭祀时头始终没抬，怎么就知道我躲在墙后呢？这一定是在空中的兑子娘传导了信息。我蠕蠕地站出来，说："是我。"

"你是谁？"兑子爹站起来，拿很凶的眼光审我。这是个精干的、腰有些驼的丑老头。

兑子分明看见我了，但她没有替我解围，却扭过身去，拿一块浆过米汤的衣服在捶布石上捶打。咚的一声，棒槌打空在地上。

"我是捎话来的，"我说，"寺里住持唤兑子去说话的。你是兑子爹吗？阿伯！"

兑子爹就说："兑子，去了快回来，不要疯跑。经过××家门口，问托他从西安买的颜料买回来了没？"

兑子丢了棒槌，一边向我走来，一边说："有什么话呢？"我们一转过茅房墙，她竟在前面小跑起来。

我说："兑子，兑子，不是住持唤你的。"

兑子回过头来，那么一笑，说："我知道的，你表哥在哪儿？"

约好表哥在镇的西沟桥头的小酒馆里等着，我们走了去，所有的人都与兑子打招呼，给兑子笑，没话寻话地搭讪。几乎所到之处，花也开了，鸟也叫了，一切都鲜明光亮，以至人们又拿很异样的眼光看我，就有一黑胖汉子横过来，很凶地问我从哪里来，怎么认识了兑子，和兑子是什么关系，简直要吃了我似的！我不怕，我倒希望有人敢动手脚，我就使一套拳脚让

-247-

他瞧瞧，也可在兑子面前逞一场英雄。但一想到我这一切全是为了表哥呀，我如实地说我只是认识兑子，别无他求，心里就对表哥也有几分嫉妒起来了。

表哥在酒馆已买了酒，我们三个都喝了一杯。表哥说："兑子，我表弟想让你领他见见佛关的世面。"兑子说："佛关的哪一个石头不认识你，用得着我外来户？"表哥说："有你一块说说话行吗？"兑子说："现在不行的，我爹让我去取颜料的。"表哥说："那晚上吧，咱们一块儿去东山坪听吵架去。"兑子说："好的。"他们就拿眼睛说话，我装着不理会，低下头来，又故意弯下腰要捡掉下去的筷子。但就在我弯腰下看时，表哥的一只脚从鞋壳抽出，慢慢地向兑子的脚靠近，脚的五趾很激动，蠕动着又十分地温柔，像一只可怜的蟹。我忙抬起头，却见表哥的手同时伸在兑子面前，几乎要触到兑子额前的刘海儿了。表哥见我看着，手在空中停住，却收不回来，尴尬地扳着指头说："昨日是初一，今日是初二，明日是初三吧？天气真好的。"

天擦黑，兑子果然到了东山坪。这是一个小平台，全耕作了农田，田的中间有一条发白的小路，路的两边相对是两座很大的土坟，我们就席地坐在路上。我说："这是谁要吵架了？"兑子说："不要说话，一会儿你就知道了。"天很快黑严下来，满荒野的蛐蛐叫，坟头上就出现了磷火。我是第一次看见磷火，非常害怕。表哥让我摸摸头发，头发能放阳气的，果然一摸头发,头发都在头上竖着,劈劈啪啪响。兑子说:"魁要是胆大的,可以去坟上捉蛐蛐,这里的蛐蛐瘦小却好斗,即使让对方咬得满头流血还是往前扑。"表哥一个嘘声,我们就噤了说话,听到了有咳嗽声。这咳嗽声很长,好像一口痰老咳不出来,声响完了,完了又续起来,接着有了说话,一片嗡音听不清内容,一会急一会缓,一会哈成一片,一会又呃呃如叹息。我说:"这是怎么啦?"表哥说:"是大队长和贫协主席吵架哩。"那两座坟一个埋的是大队长,一个埋的是贫协主席,他们生前组合佛关这地方的领导班子,但一直配合不好,矛盾重重,认为是路线斗争。但他们都没有后代,死后没有祭祀的,成了饿鬼,在佛关镇夜夜闹事,镇上就用桃木楔插在坟头,他们不到镇上去了,便却相互在这里争吵不休。"你说,"表哥说,"好玩吧?"

我毛骨悚然,嚷道要回。我一嚷,那吵声就停了。兑子说:"你真胆小,城里人胆小。咱到月亮垭去,那里有好听的呢!"我问那里是什么,表哥说那里早先是一条官道,李自成起义时来商州屯兵,与官兵在其处打了一仗,山就把一场厮杀声录了下来,现在只要对着山垭一百五十步的地方敲打一阵石头,音响就释放出来,金戈铁马,雄壮了得,听了人能添勇,刀山火海都敢去闯的。

我不愿意去,说那山垭会录了战争的厮杀声,说不定也会把我们的说话声录了进去。三人就往回走,表哥兴致高,总是走得慢，看见月光下路边秋日护田的庵棚，提议到庵棚里聊聊天："这么好的月光，不多玩玩，太辜负了！"我只好依他去。走到半路，兑子说她要解手，让我们不要动，也不要扭头，她就到一个地坎下去。我们分明听见了很动听的撒尿声。一时间，我有很美妙的感觉，我却不好意思被表哥看出我的神情，抬头看表哥，他脸上也闪着光彩，轻轻地吟诵"清泉石上流"，看见我看他，吟诵含糊起来，也把头仰起说天上月亮好亮，我也说月亮好亮。这么等了许久，不见兑子过来，我们轻声唤"兑子兑子"，兑子没有回声。表哥说："她怎么啦，这儿可有狼的。"一说到狼我就紧张，兑子在土坎下，怎么听不到我们叫唤呢？两个便往土坎下跑，月光下真的没了兑子，而松软的地上有一摊尿湿，且还有一个很深的涡儿。对着涡儿看了许久，我们差不多要哭了，兑子却在远处的庵棚里喊："要我在这里等你们到天亮吗？"

她原来早已去了庵棚。表哥问她怎么不说一声就先走了。兑子说："我已经不好意思了，再去给你们说：我尿过了，走吧！你这坏小子，还是让我说了！"

这一个晚上，我们谈得非常有意思，但谈得最多的是他们，他们互相询问回答，我插不上言，我只有耳朵。我现在是佛关通，基础就是那时打下的。佛关是苍茫山海的商州去关中大平原和西安省城的最后关口，原本这里很少有人家，孕璜寺虽然还有和尚，但残壁断墙，香火冷清。自打政府颁发了政策，农民可以流通出外经商，这地方人来往多起来，先有人出山去大平原做生意，出山时在孕璜寺里磕头烧香，许了愿：若在外发了财，回来时就一定凿个洞窟画佛。结果那人真的发财回来，真的凿洞画佛还愿。兑子爹的师傅就是第一个画像的人。一个人如此，消息飞传，效仿的日渐增多，画佛的事开始红盛，以至远近，甚至于整个商州地面都知道了这里的神灵，出山做生意便不再走别的山口，绕几百里来这里给神许愿，发财了还愿。这条山口成了商道，佛关镇成了佛界，兑子父女也以此为职业长期居住下来了。

"那就是我爹的师傅的坟。"兑子指着山峁上的一个塔说。

月光下，塔并不十分清晰，但我想塔一定修得伟大，因为老画师为多少人画了佛，他死了，得到过他好处的人一定会为他的坟塔修造舍得出钱出物的。

"你死了，我给你也修一个塔，让佛关永远记着你。"表哥说，可惜他没有金子。

"土堆我也不要。"兑子说，"我现在只给爹做帮手，等我能独立画佛了，我会凿一个大手印在佛关崖壁上，就像我盖的名章一样。"

六

人的一生，有时会说出后来完全按着来的话，兑子这一晚的话以后发生的事情全实现了。在她独立能画佛了，虽没有在崖壁上凿一个大的手印,但她毕竟留下个手印,一个血染的手印。

每个深夜,我搂着孩子睡觉,总要掏出血手印的纸让孩子看,讲关于母亲的故事。这孩子什么也不懂,一看到血手印就哭,甚至一看到红的颜色也哭,在哭叫中就把褥子尿湿。我把她放在干处,我睡在湿处,她又尿湿了那边,还是哭个不停,我一个没有结婚的男人束手无策,突然意识到我是犯忌讳了,忘记了给兑子母亲祭祀。兑子的母亲原本是极善极软弱的女人,她客死在佛关,从此魂灵迷失了回归故里的方向,就在佛关游荡,兑子和爹在的时候,他们每月初一和十五就祭祀一次。兑子的爹早走了,兑子也走了,我没有再祭祀她,她变成饿鬼,才使孩子日夜不得安生吧?

在佛关的七年里,我已经地地道道成了山里人,我完全相信了人是有灵魂存在。惠心住持告诉我,他是能看见每个人头上的光焰的,焰的大小明暗决定了此人的寿夭福祸。我没有惠心师傅的修行,但我不怀疑灵魂之说。生前有个功德的,可以很快托变成人、树、花草和动物,开始着它的轮回,生前做过恶事的或突然暴死的或还未完成托变的便只能看作游鬼,游鬼都在冥冥之中注视着他们的后代,他们永远与后代同在,只是后代不要忘记他们,能按时祭祀,他们有保佑之功力,贫困时给你富有,胆怯时给你勇气,若不祭祀就成饿鬼,饿鬼则为凶鬼,反过来又得惩罚后代了。我蒸好了三个献祭大馍,还有一碗素饺，子夜时对天祈祷，祈求兑子的娘能保佑这可怜的孩子。这一夜的月亮没有出来，黑如泼墨，无风无雨，寂静使我屏住了呼吸，突然浑身战栗起来，我知道鬼魂来了，跪在那里不敢抬头，只一眼一眼盯着香炉里燃有快尽的香烛。约莫一个小时，估计饿鬼是享用了献祭，就撤下大馍和饺子。这东西不能给孩子吃。孩子吃了要糊涂心的，倒了又可惜，我吃了下去，果然一点味道也没有了。而孩子就一夜安静。

我并没有去睡，默默地坐在那里，听着鸡啼，听着狗咬，听着山墙的"吉"字孔里的老鼠惊慌吱叫。这一定是一条蛇钻进了鼠窝。就在这时，我抬头看见了天幕已经灰白，而灯影似的有一个人的仰卧状的黑云就在当空，这黑云色并不均，呈现了一道深一道浅的区别，简直如一个跌损或大面积烧伤而被绷带严裹的人，人形酷似兑子，更奇妙的是裹了绷带的头顶之前，有一个彩色的圆影，犹如佛的光环。"兑子！"我叫了一声，不明白这是什么启示，难道为她的母亲祭祀，兑子的灵魂出窍也来照看她的孩子和我了吗？兑子来了，怎么是这个模样？莫非她在离走的路上跌了大跤或点火取暖而引起大火烧伤？或者或者……我说："兑子，兑子，我明白了你的意思，我理解你，佛关的人都理解了你的！"是的，这是兑子最后离走一直耿耿于怀的心事，她以天幕上的图影告诉佛关的人们，她生不是恶人，死不是凶鬼，她是有一身不是，即便世人骂得她体无完肤，但她的头顶还是有佛的光环的。

第二天我把这天幕上的图影告诉了许多丑镇的人,他们没有否定我的认为,只是长长叹息,就又骂了表哥,骂得难听。我没有与他们争辩,又怎么去争辩呢?一颗牙就咬下来,咯嘣咯嘣全嚼碎了。

东山坪庵棚里长谈的翌日,表哥又给我说起兑子,他告诉我:三个人从庵棚返回时,月亮已经下沉了,他走在中间,左边是我,右边是兑子,无意中右手甩动中碰着了兑子的手,她是戴了手套的,他有些不好意思,害怕引起兑子认为他是故意,他虽不敢再去碰她,却希望在自然摆动中手能再碰着她,后来真就碰着了,但兑子已经褪了手套,他勇敢地就抓住了。表哥说这事的时候满怀激情,他一再征求我的意见,希望帮他分析他与兑子的关系到了什么程度,有没有最后成功的可能,但我知道他是在宣泄,在炫耀。他把别人的痛苦说给我,痛苦便一分为二,他把这事的欢乐告诉我,欢乐却不是一分为二,倒让我仰天长叹,临风悲凄。

"她狐狸一样的聪明哩!"表哥说,她也希望能碰着他的手,早早就将手套褪了,"过几天咱们再去夜游,你去吗?"

我当然要去的,我警告表哥:我可以避开时间让你们好,却不允许你们当着我的面好。但是,我们再也没有创造出那样的机会来,因为兑子一天天长大起来,出落得更加标致,丑镇上的男人就像苍蝇一样勇敢地去包围她,他们都在计算着兑子的年龄,做着兑子会成为自己老婆的梦想,而几乎同时,表哥的形象一日不如一日地在丑镇败坏起来。他们到处散布表哥的坏话,说他不是佛关的土著人,脾性儿不像佛关人,相貌也不像佛关人,油头粉面,游手好闲。这些话当然传到表叔的耳里,表叔在每一顿吃饭桌上都骂表哥,父子俩关系愈发紧张,表叔越是要让表哥在家打铁,表哥越是反感这个家。我知道这全不怪表哥,而我就只有在家帮表叔拉风箱,抡大锤。我那时就替了表哥,尽了我不该尽的责任,表哥却不领情,说我"活该"。

正是所有的男人都在企图着兑子,兑子在佛关反倒很安全,没人骂她,没人打她,说一般好话做一般的殷勤,她都接受,说出格的言语或眼里有火辣辣的光芒,她立即借口就走掉了。只有几分痴傻的保贵见了她,嘿嘿地对她笑,身子一晃一晃还做着不雅的挑逗的动作。兑子倒不介意,反招手让他近来,说他的西式裤子又穿反了。保贵就正经地给她说,不是穿反了,是故意反穿的,只固定一个方向穿容易破的。兑子就动手去扯他的后边裤子,一扯露出了红裤衩,就说反穿了可别忘了拉上开口的链锁。

我和表哥再不能主动去约她,想见她就到洞窟去看画佛。看画佛的人很多,这样不显眼。我们尽量讨好兑子爹,给他递菜油灯,给他搭梯子,送颜料,在水盆里洗笔。佛关一直没有通电，洞窟里光线十分暗，老头的视力明显地不行了，就在他戴了硬腿的眼镜爬在梯子上精心绘制的时候，表哥才有空去和兑子说一些话。有一次，这样的事也让老头发觉，生气地把一碗颜料掷过来，溅了表哥一身，从此我们也不敢去看画佛。

见不到兑子的日子是非常难过的，那一个秋天我永远也忘不了，天下雨下了整整二十八天，下得天发白，地发绿，许多屋舍在漏，墙垣倒塌。在佛关，人们一直认为，天雨时节是天与地的交合之期，看着天地汪汪汤汤地交合做爱，表哥就扑出扑进在家待不住。这当儿，公路是畅通了，汽车开始经过佛关，绕过关前的山梁就可以开往省城去，在冬季天下大雪或秋雨连绵，通了而未铺柏油的路面泥泞不堪，汽车常常在山梁上打滑翻滚，造成许多伤亡。过往的车辆有的备有防滑链，有的未曾备有，于是就有一些人有了新的赚钱的门路，就是自己背了一套防滑链守在山梁下，去高价借给未备防滑链的司机。这新造防滑链的就是我的表叔，在雨季中，他加紧自己的工作，而表哥却无心帮他，父子俩吵闹得更厉害了。表哥的酒量和麻将瘾也是那时培养的，我在陪表叔打过铁后也同表哥一起喝过酒打过麻将，他说只有这样他才能忘掉一时的苦闷。我理解他，却不同意他玩起来没个长短。有一次他打了一天麻将，晚上还没回来，半夜去找他，他乏困得眼睛都睁不开，但仍是不走，用火柴棍儿撑住左眼。他已经五圈未开和了，这一次牌停在夹五条上，揭起一看，大叫"自扣！"。其他三个丧气得推了牌，他还舍不得推，大讲"自扣"的感觉和故意留夹张的经验。牌友也来审视他的牌，突然说："你夹张的是什么？"表哥说："五条啊！""你再看看！"看看还是五条。牌友过来把他左眼撑眼皮的火柴棍儿一取，表哥看清了是个四条！

从牌场出来，表哥说："我这手臭呀，场场是输！人都说牌场上得意情场上失意，牌场上失意情场上得意，可我样样失意！"

我劝他："像你牌场上这么输，说不定情场上有大得意的，好事要多磨！"

我们磨来的是从佛关出入的人愈多起来，许多人给神灵许愿，还愿时就只找兑子画像，忙得兑子终日待在洞窟里。画完了佛，那些人仍不回老家去，以一切借口在佛关滞留。而也有从山里出关去做生意，来许愿时见到了兑子，也就突然决定不出山留下来，为了糊口，简陋地在佛关办起饭店、客栈，或为人修伞、钉锅、掌破鞋、织网套，甚或办起修胎补带的铺子，每晚带了酒瓶子到山梁上的公路上去摔，故意要过往车辆扎了玻璃碴放炮。佛关的人多而杂，衣着打扮日益时兴，日夜鸡飞狗咬，乱哄哄没个宁静。接着，就有好多人的家妻远路寻来，大骂丈夫瞎了心，有钱不回家；男的就骂妻子个子是墩墩，脸是黑黑，说明叫响要离婚，要娶兑子呀！这些女人就寻死觅活，末了寻着兑子,一面惊叹兑子果然长得美,一面又骂兑子长得艳乍、妖气,拿很长很脏的指甲朝兑子的脸上抓。

一日,雨住初晴,有消息说兑子被一帮妇女打了,表哥就往出跑,我也丢了大锤跟了跑。我们在兑子家的门前,看见了那几个泼妇,但唾骂和殴打的并不是兑子,而是几十个男人在围攻这帮泼妇,连泼妇的丈夫也在用脚踢自己的婆娘。我先到兑子家去看兑子,兑子的脸被抓伤了三道,我安慰她,她一句话也不说,表哥一来,她却呜呜地哭了。

这场事好是轰动。表叔就说这是兑子长得贱相所致。表哥正在炉台上帮爹抡大锤,"咣"的一声,砸得铁花乱溅。表叔用小火钳忙夹了红铁翻过来,小锤子叮叮叮在旁边敲节奏,等着大锤再砸下去。表哥却不动了,说:"什么贱相?她长得菩萨一样,佛也是贱相吗?"表叔说:"贱就贱在她长得好看,佛关上人丑,丑能辟邪。"表哥说:"丑了就好,怎么那样多的人去谋算兑子?"表叔说:"丑是福,人就少谋算了。"表叔不指望表哥帮忙了,铁块在炉台上又烧红,自个儿用小锤精敲细打起来,表哥却连珠炮似的落下一阵大锤,将已制成的一把斧子砸成一个薄片了。

表叔的话或许是对的,这个下午我陪他喝茶,茶是从山上采的一种什么叶子,于自制的小铁皮罐里放在火上熬出稠汁。我吮了一口,呕得直吐。表叔说:"这茶作用大哩,喝了蚊子不叮，蛇见了不咬。"夏天里，佛关的蚊子和蛇都是多得可怕，仅我知道，表叔家的屋里就有蛇，一次我看见蛇在屋梁盘着，一只老鼠正从一条横绳上往梁上跑，突然看见就吓得跌下来死了。我给表叔说是条白蛇，表叔说："白蛇？"就捂了我的嘴不让我多说，后来在屋外叮咛：白蛇在家，家里一个夏天不会热的，这是福蛇，不会伤人。可不要说破，一说破就走了。我始终难以置信，单独睡在家里，心里总慌慌的不踏实。对于喝这种茶的功用也怀疑，只觉得佛关的人喜欢喝这种茶，这茶才使佛关人越喝越丑的。

到了夜里，寺前吊桥对面的山梁上有两个光团在游走，我以为是磷火，嚷得表叔出来看，却听到一人苍老的声音在喊："回来哟——回来——哟！"一个细弱的声音应着："回来了，回来了。"是兑子和她爹。表叔说："画师给兑子招魂了。这画师，兑子遭人打骂了，哪里会丢了魂呢？他家出事，多半是得罪了佛关的鬼魂，应该请戏班给这些鬼魂唱戏祭祀的。"

我说："他们已经祭祀了兑子的母亲，为什么还要祭祀全镇的饿鬼？"

表叔说："生这么个兑子，又住在佛关不走，搅得一帮人神神经经起来，你见过谁还在祭祀他的先人，全都忘了！"

果然后半夜，我听见了饿鬼在哭，哭声有如狼嗥，有如蝙蝠咻咻飞动，有如猫头鹰在笑。狗不住地狂咬，猪也在圈里哼哼。

我睡在被窝里浑身筛糠,想象屋外的黑暗里鬼一定拥挤在空中。这些鬼做人时计较了一生,做了鬼还要关注世情,佛关的人和鬼一样狰狞,不言的只有那孕璜寺的和洞窟的佛吧?突然我又听到了异样的响动,呼叫表叔,说鬼在油毛毡棚子里,摇得绳上挂的链条叮叮响,又拿土往门上撒。表叔说:"甭怕甭怕。"侧耳听听,忽地披了衣下炕就往后院跑,接着喊道:"魁,魁!不是鬼在油毛棚里,是猪下起猪崽了!你快来吧,我点了马灯,鬼见了灯火不敢来的。哎呀魁,一个二个三个四个……下了七个。这崽子怎么都这么丑,从没见过这么丑的崽!"

我没有下炕去看,觉得猪在这时候下崽,下得那么多那么丑,一定是鬼魂投胎要转世了。

第二天,全镇的人都说昨夜听到鬼哭,又都来看表叔家多而丑的猪崽,有几个人久久端详着,甚至还掰开了一个猪崽的嘴,翻看了一个猪崽的肚脐。他们没有说话,面有惊恐之色就走了,他们也认定这些猪崽是鬼转世了,一定是他们的一个什么先人在世时口里有枚龋齿或嵌镶了一颗金牙,是肚脐处有一个肉瘊或一个红痣,而要在猪崽上验证的。

中午,就传出消息,兑子爹的一只眼睛失明了。

七

失了一只眼的画师,终于传出话来:他要出嫁自己的女儿了。他是外地人，能在佛关画佛是他的缘分，他要报答这里的天地山川，他就把女儿嫁给佛关。

我猜想，兑子爹的决定，是痛苦的决定，他是被佛关的灾异恐惧了。但不管怎样，这决定让表哥激动，我也激动，整个丑镇都激动了。当傍晚红云烧起，成群的鹳鹤在河的浅水里散步，他提了一把画笔走过独木桥去洗涤的样子是那样的温厚和慈祥，有人挑着水桶与他说话，长时间挑担不换肩，吃饭的人老远用筷子敲碗沿，"老伯吃饭吗？"招呼热情亲切。画师总是笑着，一只眼却审视了每一个表示殷勤的人，他觉得这些年轻人任何一个都可以做他的女婿，而任何一个做了他的女婿，这女婿和他及兑子立即将被孤立于佛关，回家里就警告兑子，万不敢草率行事，不嫁给佛关有灾，嫁错了更是有灾。丑镇的年轻男人，喧哗与骚动中眼睛都绿了，他们各自在估量自己，充满了自信又自惭形秽，反复地以己之长比他人之短，又以己之短比他人之长，每个人都成了每个人的敌人。孕璜寺里抽签祈祷的多起来，言语不和拳脚相动得频繁。月余的时间过去，一个强大的阴谋联合了所有的年轻人，抗拒着谁也不能独自得到兑子，但兑子既要留在佛关，又要她成为佛关所有人的所有，他们经过周密考虑，一致鼓动画师把兑子嫁给了孤儿保贵。

保贵痴傻，我曾经说他脑子进了水，表哥干脆作践他长有二两猪脑子。若是痴傻有时倒可爱，恶心的是他从小患有哮喘病，治好留有后遗症：口里流一种涎水，早晚端了小缸要接住。兑子死活不肯。不肯不行，爹是这么认定的。表哥就夜里提了一页砖去黑暗里砸在画师的背上。表哥是发疯了，他要一砖头砸死老头，但他没有砸死，画师腰疼得躺在炕上七天七夜。兑子哭着照料他，他也搂了女儿哭，说兑子你投错了胎，这是爹害了你，说兑子你天高的心，纸薄的命，前世一定欠了佛关的什么，就认了这命吧！为什么娘一来到佛关就死了？为什么爹在佛关一个心思想画佛，以前从未握过画笔，一画就画得入了门道？为什么一个吃五谷杂粮的深山人着了女儿美颜丽色，惹得这地方形成一个偌大镇子？为什么爹黑夜里挨了一砖？他说兑子要答应嫁给保贵，他的伤病就会好，要不同意，"我什么也不吃不喝脚一蹬过世了，你愿意怎么过便怎么过吧！"

兑子就这样答应了。

兑子出嫁的那天，全镇的人都去了，唯有表哥没去，我也没去。我们在家里喝酒，喝醉了就唱起来。这是个夏天，水田里的稻子正扬花，我们唱的不知道是什么，只觉得要唱，唱得如狼嗥。后来水田里的蝴蝶就飞动了，一大片一大片的，天地都变颜色了。先是窗棂上一阵响，一只拳大的蝴蝶飞进来。这蝴蝶漂亮极了，我们从来没有见过的。我抓住后就要放进一本书里夹死做标本，表哥却拿过去要放掉，说这么美的生命弄死了太残酷了，但蝴蝶又落在他的手上，表哥说了一句"蝴蝶是来陪我的"，眼泪就大颗大颗掉下来。我们决定把蝴蝶放生田野，走出屋来便看见门前水田里到处飞有蝴蝶，再后是整个佛关镇上，孕璜寺后的坡根山崖上，蝴蝶如一条彩色云带游走。我们并不知道这是为什么，蝴蝶从哪儿来，又要往哪儿去，何种原因竟花花绿绿飞临佛关？一个中午一个下午是彩色的世界，晚上打了灯笼出来，蝴蝶还未散，灯笼的前前后后又是成片成团，光影搅乱，如梦如幻。直到后半夜，表叔跟跟跄跄跑回来，说是保贵死了。

"他早该死了！"表哥说，"他上山砍柴该坠坡死，他下河挑水该滚江里！"

啪的一声，表叔扇了表哥一个耳光。

表哥愣住了，他没有还手，说："他真的死了？！"

保贵是真的死了，保贵却死得奇怪。那夜里闹洞房，人们只逗乐着兑子，上百只手你掀过来，他又掀过去，兑子在人窝里东摇西晃，被冷落坐在大炕四六席上的保贵一边用小缸接着涎水，一边说："你们把兑子摇糊涂了！"并没人作理会，又编出一套酸话让兑子来说。兑子满头满脸是汗，只是羞于启口。有人提议，咱把保贵拥到门外树上，她不说咱不解！应声轰然，一群人就把小缸夺过丢了，拉保贵在房后坡根捆在一棵松树上，返回又闹着兑子。他们简直闹不够，喜欢看光头净脸的兑子，也喜欢看散发亮脖的兑子，喜欢看兑子笑，也喜欢看兑子被摇得满眼泪水地哭，直闹到人人都没力气了，才突然记起新郎还在门外捆着哩，出去看时，豺狗子将保贵的屁股抓破，掏了肠子吃空了。

佛关是有狼的，但很少有豺狗子，且豺狗子向来只掏吃驴和牛的肠子，偏偏掏吃了保贵的。人们后来总是说保贵是驴托生的，甚至论证保贵的耳朵长。我知道这样说是为了推卸责任，因为捆保贵几乎是人人有份的，为了进一步清白自己，也是消除对一个无辜人的死的内疚，他们就寻找保贵死前所有征兆，说突然有那么多的蝴蝶飞来，兑子可能是蝴蝶精变的，既是精变，兑子命硬，可怜保贵阳气弱享不了艳福，也是无可奈何。

保贵一死，兑子痛哭了一场，请来镇人用针补缝了保贵的屁股眼，装棺土埋，也算尽了一场做夫妻的情分。她没有怨恨佛关的人，不出门了十天，第十一天里就进洞窟又画佛了。

表哥是坚信兑子为蝴蝶精变的，保贵结婚日蝴蝶飞来那么多，尤其最大最艳的那只能飞进他的家，表哥更是坚定了他与兑子的爱情。从此，表哥对于蝴蝶一类的飞物再不伤害，直至在他被警车押走的时候，他是昏迷的，但听押解他的一个人后来说，车在翻越秦岭时路过了一片菜地，几只蝴蝶翻飞着往车玻璃上碰，虽然那是很小很快的响声，表哥就醒了，说："求求你们了，让我带一只蝴蝶吧！"押解人没有让他带，踢了他一脚。

兑子没有和保贵成为实质性的夫妻，兑子不可能为保贵戴孝守寡，但兑子不愿意待在新凿的做洞房的那间窑里。她爹让她再住回旧窑，她也不去，筹划着要在窑洞前盖一间小土屋，入冬里就打胡墼。

胡墼是雇了一个人打的，每日最多打一百页。可每每过一个晚上，第二天胡墼垛子却就高起来许多。那雇来的人就惊奇：馍不吃是有人吃的，胡墼不打也有人打的？我打了一辈子胡墼还没碰上这么好的事！这是表哥干的。表哥在夜里于别处用很湿的土打胡墼，打出一个，就用手按一个手印在上边，然后约我连夜挑到兑子窑洞前的胡墼垛里。表哥很聪明，他知道兑子能看出是他的手印，他要以有自己手印的胡墼砌在兑子的房子，让兑子日日夜夜能看到想到他。但是，当兑子在读这些手印的时候，她是怎么也读不懂其中的两个手印的，因为那是我偷偷按下的我的左手和右手。我知道兑子并不爱我，如果表哥还在这个世上，我也不希望兑子能看出是我的手印，但我觉得被人爱是一种幸福，爱人也是一种幸福。我那时幻想着有我手印的胡墼或许在兑子住进去小屋多少年月，它寂寞得会生满苔藓，那一定是记录了我对兑子的一份暗恋，只要兑子有一日突然发现了它，且能对它一个微笑，这苔藓会立即生活，开出一朵朵美丽的小花束。

遗憾的是直至兑子最后离开佛关，她也没有注意到有我的手印的胡墼。而我比任何人，甚至比表哥还要幸福的是，我得到了兑子的血手印的纸。如果历史还得继续，过二百年、三百年，兑子的那间小屋不倒，我的手印胡墼也就会成为一件珍贵的文物，永远有着值得研究一个男人内心隐秘的激情的价值的。

就在我们偷偷将有手印的胡墼送到兑子窑洞前，使我们吃惊而随之懊丧的是那里的胡墼越来越多，全都按有手印。这一定是佛关的所有男人干的，都希望把自己的一份爱恋呈送兑子。满以为聪明的我们在黑夜里无声地苦笑了——这个世界上，凡是你能想到的，别人也能想到，你甚至没有想到的，别人也可能早已想到和早已做到了。

兑子再没有雇请人打胡墼，她就用这些手印胡墼盖起一间小土屋，里外不涂墙皮，全然裸露手印，也不在胡墼上钉什么木橛挂衣服、辣串和谷穗儿。

自从住进了手印屋，兑子的窑洞就常年锁起来，只到了晚上她独自进去在洞壁上作画。佛关的人都知道兑子白日在山崖的洞窑里画佛，晚上在自家的窑洞里也作画，却不知道她在画了些什么。我曾经与表哥商讨过，我说是在画佛，表哥说是在画她自己。我们在一次过河时，正好于木板桥上与兑子相遇，在这种情况下谁见了也没有非议的，我们就立在那里说话，问过她，她没有说。也就在这次，表哥最后约好了兑子四天后再来桥上相遇，四天后那日表哥却掉进了河里，落下了腿疼的毛病。"她要走了。"表哥说。他们在桥面上说话,各自在对方的眼里看着小小的自己,一个说你是水,一个说你是乳,水乳交融,谁都是谁的俘虏,什么力量也不能把他们分离开来。兑子就有了几分伤感,眼睛眨了眨,睫毛上挂上了一串晶亮的泪珠,紧促地吸动了鼻子。表哥在这个时候极力想去拥抱她,给她保护给她力量,一连三遍地说了"你等着我,你要等我,你一定要等着我",直到兑子给他点了点头。"我提出让我摸摸你吧。但我怎么去摸呢?我蹲下来,假装在收拾一截木板的平稳,她就走近了,我一下子捏住了她的脚。她的脚肉腻腻的却不肥,蹼很高,五根趾头上趾甲修得十分洁净。她说:'好了,我该走了。'就走了。我看着她一步步走下桥面,走进镇街,只觉得水在往下流桥在往上走,头一晕就掉下去了。我从河水里跃出头来的时候,恰看见的是岸上有两只交媾的狗,我恨我不如个狗,又沉下水里想把自己溺死,但我想起我让她等我,我死了还算个男人吗?才又一次跃出水面,爬上了沙滩。"

表哥复述着这件事,十分伤感,我听起来却美丽得像一首诗。我不止一次地宣传表哥是一个诗人或是一个歌词大家,他常常哼商州山里的花鼓小调,词儿都是他自填的,他当着我唱时故意将词意含糊,直到他被警车带走后我整理他的东西,一个日记本上写满了各种各样的诗。我读到一首《拉手手》是这么写的:"我要拉你的手,我要亲你的口,拉手手,亲口口,咱们俩山旮旯里走。"我猜想这诗产生于那次桥上相会,一定是表哥用花鼓小曲唱了给兑子听过。如果这诗词不是以花鼓小曲配唱,哪一个音乐家配上了通俗音乐,必将会流行全国。

第二年春上,商州山里山外做生意的人更多,这条以古栈道为基础开辟出的公路,实际上成了繁忙的经商之路,同样,滞留在佛关的人也更多。兑子爹的另一只眼睛也开始模糊起来,已经不能继续画佛了。而另外的三人,也有两个彻底失明,失明的二人都家在千里之外,他们画成了十数个洞窟,佛留在佛关光芒万丈,而自己瞎了眼,很悲怆地离关而去。年迈的表叔身板还硬朗,仍在继续他的铁业,保持着四十三年来所打造的链条还不曾有过断裂的纪录。他所操心的是表哥已经老大而不成婚,变得碎嘴,见了谁家的孩子都喜欢去摸摸那一根小牛牛,然后哀叹他要成绝死鬼了。表哥的性格也变了,忧郁寡言,不大喜欢出门与我同行,他一直是在寻找机会接近兑子,但十有八九希望落空,且越来越成了佛关有名的闲汉。

一日早上,我在那家汽车轮胎修补站里同小个子老板下棋,老板黎明才去了山梁公路上摔了玻璃瓶,估计着今日有生意可做,情绪很好,一边下棋一边问起表哥的身体,嘲笑表哥神神经经。那一天表哥在这里看他补轮胎,天上落下一根羽毛来,那明明是一根斑鸠的羽毛,表哥硬说是鹰的羽毛,便去逮捉,未逮捉住,羽毛飘过前面那堵墙,竟翻过墙去捡回来,硬说是鹰的羽毛！鹰的羽毛是在搏击云空的，可惜落下来，它就成斑鸠的羽毛了！"还有一次，"老板说，"风把那棵榆树上的一个鸟巢吹落下来，我捡了要去生火，他偏夺了去，爬那么高把巢又架到树上。我说你闲得无事了，帮我去山梁路上摔几个瓶子，我让你挣一份钱。他骂我头上长了二两猪脑子。他才是长了二两猪脑子！"小老板还要说下去，偏巧表哥使劲喊我，他正在第五道桥头上。我去了，他交给我一个纸包，不允许我拆开看，拿回家就放在柜子里，说他要去孕璜寺给住持说句话。我遵守他的叮咛，没有拆了纸包，回家来表叔正烧红炉子让我打铁抡锤，纸包就放在柜台上，后来给人送几把打制的镢头，返回已是下午，表叔却在后院石磨上套牛磨包谷，说："魁，这牛暗眼是你买回来的吗？"

我说："什么牛暗眼？表哥让我拿回了个纸包，我也不知道是什么？"

表叔说："一个暗眼，用得着买那么好吗？又这么小，牛还是偷吃磨盘上的粮食！"

我一看，戴在牛眼睛上的是一副女人用的乳罩，赶忙就取下来，谎说这是表哥代别人买的，你怎么给牛当了暗眼。我知道这东西是表哥从西安来的小贩手里买给谁的，可戴在牛眼上弄脏了，表哥回来怎么对他说呢？我也不知哪来的勇气，决定立即去寻兑子。往日里我见兑子，心里总发虚，今日却理直气壮地往兑子的手印房去，兑子说："你怎么敢来了？"

我说："我就敢来！"

兑子说："是你表哥让来的？"

我说："是的，他给你买了件礼物，掉在地上弄脏了，不知你肯不肯收。"

兑子说："什么好礼物？"

我说："就是那个……"

我赶忙就走了。

过了三天，表哥很高兴地夸我，说我是他的知己。我明白他见过了兑子，兑子一定在感谢他买的好东西。又是一日，我路过兑子的手印房，门前的竹竿上晾着洗后的乳罩，简直是一面幸福的旗子。我悄悄地走过去，趁没人看见，近前闻闻，用手捏一下。这一天里我的感觉十分奇特，我的鼻子能闻见各种各样从未闻见过的气味，满空气里有一股糖味、奶味，我甚至闻见了孕璜寺飘来的焚香味，闻见了一只蜜蜂飞过面前散发的薄荷味，还有那只趴在树上的七星瓢虫，有淡淡的苏打味。世界上所有的东西都有了各自的气味，我怀疑我是长了一个狗鼻子了。整整一天，我浸淫在这令我陶醉的气味里，我不给任何人说，也不告诉表哥，总是借各种理由从兑子的手印房前过，体会一种微热的酥香的似乎是佛关镇年三十晚上有人用大锅煮肉的气味。但我再一次注视那个晾着的乳罩时，乳罩的中间已经发黑，是无数的指印。我当时冷丁怔住，鼻子的嗅觉消失了，我感到莫大的气愤。兑子的乳罩从此以后，直到她最后离走，再没有在门前晾过。我已经说过，世上的事情往往是你能想到什么地方，别人也能想到什么地方的，于是，我害怕起来，也是自那以后胆怯起来，不敢靠近兑子一步，担心佛关的人看出我的图谋不轨，或让表哥也将我列为情敌之列。以致夏天还愿的人多，兑子来寻到我，让我和表哥承接一个洞窟的开凿，她正吃一颗糖，问我吃不吃，我说不吃，其实心里很想吃，已经没有那份胆了。

这个洞窟是一个发了大财的人自个儿选择的方位，要求洞窟要开凿特别大，在崖的最高部，又不要凿上洞的石阶，只能掏石窝栽石条搭了木板上下。我们雇了一帮小工苦苦干了一月，洞凿成了，还愿人出了大价，一定要兑子一口气把佛画成才出洞窟，以免泄了佛的真气。这要求实在有些过分，但兑子却同意了。三个月里，兑子就住在洞窟，每日还愿人负责买好食品在洞下，让兑子从洞口垂下一条链条吊上去。

三个月里，表哥哼的歌特别多，一静下来就扳了指头计算日子。他甚至不停地去撕那本日历，只过了十天，一本日历就撕完了。后来每日很晚回来，衣服有好几处破烂，双手和胳膊也鲜血淋淋的。我问他干什么去了，他不告诉我。有一晚我尾随他出去，他贼一样在镇后的一处崖壁上练习爬壁，月光下，他像一个爬壁虎，手脚并用，已经爬了三丈五丈了才掉下来，掉下来他又爬，这一次爬得最高，我为他激动起来，给他鼓掌，没想他一受惊又掉下来。我跑过去就拉起他，拉起来了他又坐下去，说腿疼得厉害。我知道他是骨折了，说："表哥，这都是我不好！"表哥说："没你的事。我给你说了吧，我想见到兑子，她虽然能把链条垂下来，可我手脚功夫不行，爬不上去，我只有这么加紧练习。她在洞窟还有两个月，这是绝好的机会，我一定要去见她！"我抱着表哥哭了，我说："你一定能去，天老爷都会保佑你的！"把表哥背回家，表叔问是怎么啦，我们不敢说实话，只谎报走路失了脚，表叔就连夜去二十里外的漆树沟请来了接骨先生。先生捏了捏腿，敷了一剂膏药，又熬了一碗药汤让表哥喝，再留下十剂膏药和五服草药，说："会好的，但要卧床两个月"。表哥一听泪就下来了。先生好像生了气，说了句"嫌卧床长吗，那你到西安大医院去，截了脚只要二十天就出院了"。我和表叔忙赔笑脸，打鸡蛋下挂面伺候人家，先生才对我说，两个月能不能好彻底，还看膏药和汤药里有没有簸箕虫做引子。送走先生，我就整日在佛关的残墙败垣中翻寻簸箕虫，这种虫有分币大小，极丑的一个硬壳爬物。我虽然一直安慰表哥，一定找到这药引子把腿伤治好，心下却不相信这虫有什么功能。表叔说，这种虫能愈合，晚上用刀劈开了，用碗盖上，第二天会自动长合完好。我做了试验，果然

-272-

是这样。为了寻到足够的簸箕虫,我在地窖里曾经待过整整一天一夜。簸箕虫很臭,一沾手上就臭,以至好多年里,一见到簸箕虫,我就躲得远远的。但我那时就想,表哥是不是个簸箕虫托变的呢?他对兑子那么死心,即使身裂几块,他还是能愈合着忠心不渝。我回想起来了,那天夜里他练爬崖,样子是像爬壁虎,但更像是个簸箕虫哩。

虽然我找到了一大包簸箕虫,表哥并没有振作起来,因为腿好了也是兑子画好佛要出洞窟了,他就不按时换膏药,甚至汤药喝半碗倒半碗,而只舀炕前墙角的磁瓮中的包谷酒来独饮。我已经讲了,这酒瓮里钻进了一条毒蛇,表哥喝了这瓮酒,直到舀最后一碗时舀不上,让我把酒瓮扳倒来舀,才发现了瓮底盘作一团的蛇骨架。表哥一听喝的是蛇酒,恶心得就吐,吐得炕沿下满地都是秽物,又赶忙从火塘里掏灰来垫来扫。我突然大叫:"表哥,你能走了?"他一怔,才意识到自己真的在来回走动,没有感到腿的疼痛。这是个奇迹,是接骨先生的膏药汤药的功能还是喝了毒蛇酒的作用,我们无法判定,或许这是天意,成心要在兑子下洞窟的前十天让表哥去上洞窟的。

于是,我们准备着这个夜里去爬崖,我向他发誓当好一个忠诚的警卫,而且这事对谁也不说。为了一切顺利,白天里我们同去孕璜寺抽签,签是上上签,签语非常的好。当我们兴高采烈离开寺院时,却碰着了独眼的兑子爹。兑子爹怀抱了一

-273-

只兔子,眼泪汪汪地来找住持,说是兑子上了洞窟,兑子的兔子就交他来养,这兔子却近来不吃不喝,两颗下牙竟出奇地往上长,长到一直顶住了鼻子。老头说:"师傅,你瞧瞧,这犯了哪门邪了?兔子的下牙这么长,什么东西也吃不了,它要饿死了!"

我那时冒出个怪念头,兔子是兑子的,兔子一定通了兑子灵性,是兑子在洞窟里也想表哥想得不思饮食,快要死去吗?

住持掰开了兔嘴,说兔子上下牙床不对位,下牙不磨动当然疯长,就取了锯子来锯牙齿。但怎么也锯不下。

我说:"表哥,你来锯吧,你肯定能锯下的!"

我说这话充满信心,果然表哥一抱了兔子,兔子就安静下来,搭锯几下牙就断了,一断立即就吃起了草。

住持说:"这牙床不对位,下牙还会长上来的。"

兑子爹说:"都怪我照看不好,让兔子跌过一次,可能牙床就跌错位了,那怎么办呢?"

我说:"有我表哥呢,它能长,我表哥就能锯的!"

老头长吁短叹地抱着兔子走了。

我悄声说:"表哥!"

表哥说:"嗯。"

我说:"我现在明白了,这兔子倒像你哩,牙长到鼻子上,看见草但吃不上,会饿死的。"

表哥说:"饿死的不是我,是你!"

我脸唰地红了。

八

月亮出来的时候,我和表哥已经趴在山根的荒草里打口哨。我感觉如在战场,一切充满了神秘和新奇,仰头望去,黑黝黝的石崖上端,那洞窟口亮着灯,灯光浑圆,四周是毛毛的芒刺,似乎是一轮太阳,更确切是一个月亮,倏忽脑子里就坠入了月宫的虚幻中:兑子正好养有玉兔,兑子真的就是嫦娥吗?若兑子是嫦娥,表哥是谁呢?我又是谁呢?就听到表哥说:"兑子听见了,兑子听见了!"我定睛看去,灯光中站着的果然是兑子。表哥就脱了白衬衣摇了摇,洞窟口的灯忽地灭了,遂听到刷刷的响声,一根链条便垂下来,表哥立即往崖根跑。我悄声叮咛:"慢些,慢些,如果听见我打口哨,就是有人从山根经过,一定要身子附在崖壁不要出声,也不要蹬落石头。"表哥没有回答我,已经抓了链条往上爬。我伏在荒草里,浑身紧张极了,害怕他又是爬不上去再跌下来,害怕突然有人经过发现这一切。我不停地四周张望,又要注视崖壁上的表哥,眼睛不够用,耳朵也不够用,我想尿,脱了裤子又不能站起来尿,就蹲下,结果尿了一裤裆。当我再一次注视崖畔,表哥差不多离洞窟口只有三丈远了，他完全是一只簸箕虫！但这时他停止了，我几乎听到了他的喘息，我双拳都握起来给他使劲，如果这次不成功，那想爬上洞窟去的信心就全失掉了，机会也全失去了。我在心里叫：要稳住，稳住，不要往下看！表哥停止了几乎有一分钟，他又开始往上爬了，且蹬落了几块石子，石子沉沉地落下来，又很响地粉碎在崖下。我的心都提到嗓子眼了，担心有人经过。我想好了对策，如果真有人来，我就迎上去，说我路过这里觉得害怕，故意拿石头在崖根掷打而壮胆的。当我这样思想的时候，一抬头，崖壁上已经没有了表哥，那一条链条蛇一样地收了上去。表哥是成功了，洞窟口重新亮了灯光。

但是，成功了的表哥没有在洞口向我致意，连回头望一下也没望，他现在是忘记了我这个表弟！

我松下心来，浑身没有了一丝力气，却同时深深地为自己悲哀了。我这是干什么呢？我也是爱着兑子的，却在帮着别人去约会兑子，而自己则可怜地一人在这空旷苍凉的山根荒草中了。

我怏怏地往家走去，蒿草的叶上茎上都潮上了露水，脚腿一撞，全滚落下来，湿了鞋子、袜子，连裤管也湿了。走过一棵柿树下，我想靠着歇歇，身子才摇动了一下树干，就有三个柿子掉下来。柿子是红透了也熟透了的，是撞不得的，我蹲下来捡摔破的柿子想吃，但柿泥涂地，我是无论如何吃不下的。

走过了佛关镇中的街巷，一种很异样的声音震响起来，这声音很美妙，又很丑恶，很让人发疯发狂，又让人难过，想流泪。但这声音绝不是我用耳朵听出来的，也不是我的嗅觉和视觉，我只有这样的感觉，好像是由我的头发、我的皮肤甚至是我的五脏六腑的一切一切传导给我的。我那时一会儿很舒服，就像后来一位吸大烟的人告诉我吸烟后的情景：想什么眼前就出现什么。一会儿又很急躁，如梦中的逃跑，怎么急也跑不动。一会儿又觉得轰的一下，像一枚炸弹把我炸碎在半空，什么也没有了，又像是狂风之中一只猫倏忽被刮到了屋檐上，屋檐上又跌落了一页瓦，瓦无声无息地在地上碎裂。

第二天，佛关的人都在议论，说是夜里听见了一种声音，又说不清是什么声音，好像不是听到的，总觉得怪怪的。当我端了米筛去河里要淘米，走过街道，听到了两个妇人的对话，我着实吃了一惊。这两个妇人是南北对门的街坊，一个在门道安了织布机子织布，一个在自家门槛上坐着刮洋芋皮，她们好像有许多憋得心慌的事要对人说，就说开了。

这个说："哎，你昨晚睡得好吗？"

那个说："哪有你睡得好，颤声软语的，我还以为发高烧呻吟哩！"

这个说："你们倒没高烧呻吟，窗棂纸上印着跷得高高的两条腿影……"

两个妇人就哧哧笑，似乎都在害羞了。

那个说："今早听我那口回来说，那一伙结了婚的昨晚都没空过，那些光棍的也不要脸，说他们也都手淫了。天神，干这事好像是商量了似的，昨儿晚上这是怎么啦？"

这个说："就是呀，这佛关越来越出怪事了！"

我不忍心打断她们的谈话，也不好意思突然出现在当街而使她们害羞，我折身从街的另一头下河去淘米，想昨儿晚上全镇发生了的怪事，我应该是知道为什么，又说不清是为什么，但是无论如何，丑镇上的男男女女都很受活，唯有我一夜难受。

一连五天，天降了雨，雨下得十分大，天地都分辨不了层次。表叔一边和我打铁，一边抱怨这雨下得太多，又抱怨表哥去同学家竟这么多日子不返回。我哄了表叔，抡起的大锤就常常打空，表叔第一次骂我"猪笨"。

表哥第七天还没有回来，天雨是停了，但未炸晴，阴雾还退不开，河里的水涨得满河满沿，终日沉沉地咬噬着岸崖。我帮表叔打过铁后，无聊至极，曾提了篮子去山根捡地软，目的是要看看洞窟里的兑子和表哥，但那里静悄悄的，只有野斑鸠在崖头扑棱扑棱飞。我又返回来，瞧见这个洞窟的还愿人在街头的商店里购买黄表纸、香药和整整一竹筐的鞭炮，嚷着再过两天佛就画成，要大张旗鼓地举行开佛窟典礼呀。我为表哥着急了，他怎么还不下洞呢？是忘记了日期吗？遂又想，我为人家着什么急呢?表哥上了洞窟,他何尝在他幸福之时还能想到孤独凄凄的表弟呢?!

我回到家胡乱吃了饭,上炕睡了觉,一直睡了一个下午天,黑了接着又睡,梦到了在宾馆养着一个白脸修身的女人的爹,梦到了簸箕虫一样爬崖的表哥,梦到了洞窟里形形色色的佛尊。这些梦使我兴奋又难受,意识里说这是梦,快快醒吧,梦偏是不醒,竟又做了一个很卑劣的梦,梦见我是坐在一片荒草地里,觉得下身很酸很憋很慌,就在那里手淫,□□□□□(删去十三字)一抬头,身后的土坝上正走过一个人来,我躲避不及,便说:"你也来吧。"那人似乎已看见了我,但目光又立即放远,很斯文镇静的样子,说:"不啦,我才干过。"我惊醒过来,琢磨这是什么征兆,那个在土坎上的人是谁呢?这时候,表叔就在喊我了。

表叔的声音从没有这么可怕过,我立即穿上衣服下了炕。天还没有亮,屋里一片灯火。

表叔说:"魁,魁,你老实说,你表哥这几天去哪儿了?"

我说:"去他同学家了呀!"

表叔吼道:"屁!他被人捆在山根石嘴上了!我怎么生下这种劣种,我把人都丢尽了!"

我撒腿就往外跑。

表叔把我抱住,说:"你真的睡得那么死哟,你没听见刚才来人在辱没我吗?他们把你表哥用链条捆在崖嘴,又在链条上上了锁,说谁也断不了链条,只有我去断,这不是故意丧我脸皮吗?你去吧,你把这个拿上,开了链条,你让他一头就撞死在崖上得了!"

表叔给我的是一把大锤和一根錾子。

我跑过佛关镇的时候,天已微亮,人们看见了我,他们问我干什么去,然后就哈哈大笑,给我吐唾沫,咬了牙骂我,还问我拿没拿了手巾和纸,也可给表哥的××上擦擦。我没有回一句骂。一句回骂,我将会被他们打翻在地,他们的愤怒太大了,如果不是犯法偿命,表哥不会仅仅被捆在崖嘴。

我赶到山根,表哥果然衣裤褴褛,被链条重重捆缚在一个岩嘴的石头上。我用大锤和錾子开始砸链条,表叔打制的链条太坚固了,我是真真正正领教了他的手艺的高明。可怜的表哥侧了身子躺在石头上,我大锤砸下去,链条未断,却震得他胳膊上出了血,我不敢再砸了。表哥说:"砸吧,使劲砸吧!"我再砸了二十下,二十下的铁石之响,肯定是全丑镇的人都听见了。

过后我才知道,那个夜里表哥准备离开洞窟,原本侦察了动静,兑子在洞窟拉扯了链条,表哥就攀着往下吊着滑动,差不多就要着地了,恰一伙人从大山后的丛林打猎回来经过这里,他们都在仰头看洞窟,议论兑子快要下洞了,就发现了登在崖壁上的表哥，立即朝空放了一火枪。表哥以为是瞄准了自己，慌乱中就掉下来了。这伙人审问表哥是从洞窟下来的吗？表哥不敢牵连兑子，大声说他是要往洞窟上爬的。他的意思是大声这么说了，好让兑子不要出现在洞窟。这伙人当然不信，追问这链条怎么就垂下来？表哥说链条是兑子一日三次吊饭食的，可能吊了饭后，忘了收拾，他看见了就想爬上去的。再问爬上洞窟干什么，想独占兑子？表哥说："是的，我爱兑子，兑子应该是我的！"表哥的脸上当即就是一拳。表哥的嘴还硬，又还了手，他们就放翻了他，搜他的身，竟发现了他的腰里缠了一截花布，展开来是一个丝头巾。这是兑子的头巾，他们是认得的，他们就怀疑表哥是从洞窟下来的，气得嗷嗷大叫，把表哥的衣裤撕烂。表哥为兑子就是不承认到过洞窟。他们就把他捆在崖嘴石头上，又进镇吵吵嚷嚷，惹了更多人前来唾表哥，打表哥，解了裤子往表哥的伤口上撒尿，最后把链条从洞窟口扯下来，紧紧捆缚了七道，又将链条两头锁了四把大锁，说："他爹的链条谁也断不开，让他爹来断，他爹要是有脸不来，让他永远就在这里吧！"

表叔真是要脸面的人，他不来，我来了，我来佛关是我的命，在佛关尽干些别人偷牛我拔桩的事，这也是我的命。

当链条断开的时候，我说："表叔以后再不要打制链条了，我再不会跟他学打铁了，让他的手艺失传得了！"

表哥哗啦啦卸下了链条,却呆呆地立在那里。

"表哥,"我突然可怜起表哥了,"咱们回吧!"

表哥说:"回,能回去了吗?"

我把链条抓起来,扬手要远远甩到荒野中去,他挡住了,说:"我还得用这链条。你回去吧,我拜托你,我爹年纪大了,需要照顾,还有兔子……我得走了。"

表哥要往哪里去,我没有问他。他走是对的,他应该早走。我再没有说话,只把我的衣裤脱下来让他穿了,我剩下的只是一条花短裤。

九

表哥逃离佛关是二十五岁,他一逃三年没有踪影,也没有消息,当后来他回来的时候,并没有说这三年里经历了什么,干了什么生意。他只是有钱,很能挥霍,而临走带的链条是拿回来了。

这链条现在已埋在了表叔的坟前。我的表哥与表叔天生不是父子,是冤家对头。表叔去世的时候,摔孝子盆的只有我,一代名匠就么被儿子忧愁死了;他死了,带走了绝好的链条手艺,而表哥回来还带着的那链条,我说了,这是表叔最好的纪念物,我们应该将其放在老人的灵牌前供着才是,可表哥却在上坟时埋在了父亲的坟头。我不知道他是怎么想的,他或许是永远也不愿思念自己的父亲,或许怕看见了链条而触痛他那可怕的一幕。链条是不怕石头砸的,也不怕什么拉力拉的,怕埋在土里,埋在土里就会生锈腐蚀,那链条或许已经锈腐不堪了。

说真实的话,三年里我并不想表哥。表叔曾经托人四处寻找,听了惠心住持的话,把表哥的鞋和袜子、裤子用绳子捆了吊在地窖里,表哥仍是未回,他就病倒了,从此不再提儿子,把家私秘密全告诉了我:后院梨树底下埋有一个瓷罐,装有六十五个袁大头的银元;表婶死时手上戴有嵌着一颗绿宝石的金戒指,一定要防备着盗墓贼。我成了表叔真正认可的儿子,这还罢了,而佛关镇上,可以放诞暗恋兑子的就是我了,兑子唯一愿意接近愿意说话的就是我了。我的那件夹克,虽然洗得灰白,但毕竟穿在我的身上,我去见兑子和兑子来见我,那我真正是代表了我,而不是表哥的我。

我曾经担心过兑子要出事,出走或觅死?谢天谢地,兑子还继续在佛关继续活着。活着就画佛。兑子爹先是说什么也不让兑子画佛,认为她已不配画佛,兑子也有一段时间闭门不出,但是,还愿的人都坚持还让她画佛,兑子又开始上洞窟,兑子爹的眼睛就是那时彻底失明了。同兑子爹失明的日子相差不过几天,兑子养的那只兔子也死了。兔牙发疯似的往上长,我去用锯子锯一次，过数天就又长上来，最后竟长得顶住了鼻子又钻进了鼻孔，便饿死了。我那天黄昏在孕璜寺后的山坡上捡地软，兑子荷了锄在那里埋兔子，我回来浑身不舒服了多日。我想起表哥的话，说我也像这兔子，现在兔子是饿死了，象征了什么呢？在佛关的七年，我完全信一种神秘的力量，我暗中留意过兑子，她肯定不是凡人，一定是什么精变的，是不是蝴蝶一类呢？我也仔细观察过佛关所有的人，我敢说，惠心住持那是一株老树变的，表叔是一头山羊变的，轮胎修补站的小老板是野鼠变的，还有许多人是狼虫虎豹猪马牛狗变的，甚或那山上的每一棵树，河里的每一块石头，它们都是人死后的托变，或将来要变成个什么人的。

这种玄思日日夜夜困扰了我，有意思，也恐怖。家里的老鼠也明显多起来，我没有捕，也没有放鼠药，纵然我的一双皮鞋晚上放在炕下，白天起来被咬成凉鞋。供我夜夜入梦的是老鼠磨牙，那声响大极了。我知道那只兔子之所以死去就是牙床错位不能磨动了。每当白天发现箱子、木柜被鼠咬了，我就高兴它们不会再饿死了。

九月天里，有人在集市上出售兔子，我买下抱给兑子。我恍恍惚惚觉得饿死掉的那只兔子不应该是我，应是倒霉的表哥。遗憾得很，也是天命注定，兑子竟谢绝收养。这预兆果然使我吃尽了精神煎熬之苦，以心比心，才后悔诅咒着表哥永远不回来是多么的残酷和狠毒。

丑镇的许多结了婚的年轻人在这时期纷纷生下孩子，但没有例外的一尽发癫。家有发癫的孩子，夫妻关系愈是不和，就又有离婚或常年分床另枕的事件多起发生。有人梦见东山坪长了一棵石榴树，树上累累的石榴在风里摇落，皮裂籽散，满地旋转。全佛关就议论石榴结籽，籽为子也，发癫的孩子便是摇落破烂的石榴变的，遂以石榴树在东山坪，就怨恨了做鬼也吵闹不休的贫协主席和大队长，再一次将桃木楔钉在那里。轮胎修补站的小老板正值妻子坐胎，更是虔诚，托人四处查访，找着了一株被雷火击轰过的老枣木，雕刻成符印，在黄表纸上按了，一张贴于门首，一张压炕席下，一张焚化和水让婆娘喝下。但是，孩子落草后，仍是患有癫狂症。这件事我一直闹不清楚，后是离开佛关又回到了西安省城，见着一个老中医教授谈起来，谜底才彻底解开。教授说，凡是夫妻性交，男的于射精时脑子里想到的不是身下的妻子，而是迷恋以至产生幻觉，以身下的妻子为暗恋的别人，那么怀孕得子就易患癫狂。

事情原来是这样，这实在是一种报应了。

佛关的人依旧追慕着兑子，他们对于兑子总是开怀大量，只把一切仇恨集中在表哥身上，表哥一走，除了眼中钉肉中刺，每个人又激发了自信。他们每时每刻都在注视着兑子，兑子某一日穿了什么衣服，梳了什么发型，吃的什么饭，上了几次厕所，他们都有记录，恨不得把兑子画在眼窝里，一睁眼就能看见。兑子的世界成了眼睛的世界。我想兑子一定认为人的眼睛是绿的，是火辣辣有着火焰的，甚至每天晚上回家脱下衣服，抖一抖，就会落下一层的眼睛。当兑子谢绝了我送她的兔子使我尴尬和沮丧，她成心要使我牙床错位成为饿兔，我是怨恨过她的，不理解甚至讨厌她对那么多眼睛不进行反抗的表示，她是恐怖这些眼睛，还是窃喜这些眼睛？我之所以吃不透女人的原因就在这里。以致我和兑子在麦地里的事情后有些反省：她既然那么爱着表哥，为什么会赐予我一切，她当时的心理如何，这种心理如何构成？这或许就是女人的弱点，或许又正是伟大如兑子一样的女人的高明处：喜欢所有的男人爱她，利用男人，调动男人，却又不愿意除了表哥而有具体的男人爱她？我吃不准。

偏偏这时候，兑子怀孕了。兑子怀的是表哥的孩子，这是无疑的。她来找过我，正是一个下雪的日子，天地一片白，我在孕璜寺翻阅了《华严经》出来，她就站在寺院山门外的雪地里，雪衬得她脖脸通红，绕着那株柏树，脚印杂乱。她说她远远看见我进了寺里，她就在这里等我。我说："有什么事吗？"她直愣愣看着我，突然说："我要堕胎呀！"

我简直吓了一跳。表哥走了这么长日子，我只说什么事也没有了，怎么她就怀孕了呢？怀了孕是多么大的事情，要堕胎又是多么大的事情！兑子以前见我闭口不谈与表哥相好的事，现在直截了当说给我，我知道这是她万不得已，也知道我如今在她心上的位置，我顿时增加了一个男子汉的气派，承担了要保护她的重大责任！但我随之又怀疑起事情的真伪，看她的样子，压根儿不像怀了孕。

她说："已经七个月了，我不显身。"

七个月了，七个月在一般女人已经笨得走形，她却依然苗条，步有弹性。仔细看了看，才发觉腰身确是不比先前灵活了。

她说："我一发觉有，就想堕了下来，爬高上低，翻滚捶打，可就是不出来。听说七个月里堕不了了，我想让他(她)小产。"

我说："这使不得的。"

说过了，我就明白兑子是来听我的主意的，在一有发觉就要堕胎这或许是真心的，可现在要小产，她一定是犹豫不决，听听我的意见而坚定自己吗？

她犹豫地说："我知道孩子是没有罪的，可我能够生下他(她)吗？"我说："就生下他(她)！生下了，就证明你是我表哥的人，表哥不在，别人也便不会骚扰你了。"

她点着头，温柔如一小猫。我那时一下子觉得这雪天雪地怎么让她一个人走呢，要是滑一跤怎么办？就搀扶她下了寺前石阶。她笑了，说："你敢？"我说敢。她倒甩了我说没事："我怎么这阵就娇贵了？孩子是你表哥的，你表哥的孩子不怕摔打。"

孩子是超期了十五天生下来的。孩子生的时候，野狼在河对面嚎哭，满镇的狗大咬，血水和胎液噗的一声，如将木盆里的鱼和水一齐泼出一样，孩子在炕面上冲滑而过，远远掉落在炕下的一堆麦草里，啼哭了。而我的表叔，在铁匠铺的炕上蹬脚咽气了。老人痛苦地挣扎了半天，最后突然一个微笑安静下来。我以为表叔病有了回转，用手在他眼前晃晃，没有反应，一按鼻孔，才知道他已经就这么过去了。我不清楚这孩子是不是表叔投的胎，但孩子极端丑陋。

十

兑子有了孩子，兑子一下子没有了往日的羞涩。女人就是这么怪。她抱了孩子时常在镇子里转悠，请教别人：孩子屙屎呈黑色是什么原因，发烧能不能用艾香熏脚心，治夜哭的符是怎么画？她买猪蹄说要给孩子下奶，甚至再没有戴乳罩，嘟噜着两个大奶，竟也能在任何地方一侧身撩了衣服按着孩子的头让吮。有人推算，说孩子不是表哥的，就是否定了表哥说他不是从洞窟下来的话，哪有一遍卤水就点成的豆腐，且孩子这般模样，哪里有表哥的影子呢？而这孩子的身上，倒蛮可以看出镇上每一个丑陋男人的影子。对此，我也犯过疑惑。可后来我坚信这是表哥的。因为佛关犯癫狂病的孩子都并不丑，眉里眼里都有着兑子的俏样，而兑子的孩子却这么丑，一定是意淫的结果了。这些丑男人,他们夫妻性交时想的是兑子,孩子当然有兑子的样子,而他们每时每刻都思想兑子,他们的意念也必会使兑子的孩子变丑了。

我想,这些人在兑子抱孩子出来时厚颜无耻地让孩子叫他们是爹,但他们心里明白,这毕竟是表哥的种子,表哥虽远在山外,但总有一日会回来。而兑子呢,她的心还在爱表哥,要不她能在表哥不在还敢把孩子生下来吗?

其实这种思想镇上的男人们已经思考了无数遍,他们最后差不多是信心失落了,于是,有从山外归来的人陆续返回老家去了,去山外做生意的人许完愿又将钞票缝入裤衩很快出山了。而曾经痴心太重,又在此地花销了挣来的钱物,就发疯了,说孕璜寺的神明不明,是假佛、伪佛、坏佛和罪佛。大多数的就没有了生活的追求,但都有钱,便做美食家,做赌圣,做浪子班头。佛关的人早年是不吃鱼的,嫌有腥味,不准上锅,只有顽童用泥和了,在火塘里烤,且少半是吃,多半为玩,现在黄鳝也吃,山泉里的瞎眼蛤蟆也吃,还吃蛇和青蛙,水田里整夜有捕青蛙的灯笼。酒馆里常有醉倒的人,举了刀嚷着要杀人,赤了下身街上跑,对你说天上的星星并不高,站在山顶上能摘到的,问信不信?你不敢说不信,信,他就抱了你说你是知已,是朋友,就吻你,结果倒在你怀里吐出一堆污秽。麻将场上,吆三喝五,白日不下场,晚上不下场,直打得分文没有了,出来举了手发疑问：这鸡爪子是我的手吗？肉都跑到哪儿去了？更有甚者，是有了吸大烟土的，卖大烟土的，吸了烟是武松打虎，烟瘾发了像张良过街，蓬首垢面，清涕长流，让叫爹也叫，让呼娘也呼，趴下钻人胯下也行，只要答应给个泡儿。打扮得脂粉往下掉的女人出现了，就有了梅毒，有了淋病，太阳暖和之日，僻背的山坡上几个男人如晒麝一样晒那坏烂了的东西，一边叹命运不济，黑弯榆树招不来兑子那样的凤凰，栖落的乌鸦又害苦了榆树，哽咽不已。佛关的繁荣度过了鼎盛时期，佛关的风气每况愈下，这一切都是兑子惹起的。

失明的兑子爹终于强迫着兑子离开佛关。

如果兑子在那次跟着父亲离开了佛关，佛关在那时就会彻底衰败的，镇上的人口会十天之内顿减一半，店铺摊点倒闭，孕璜寺香火萧条，山崖将不会再有佛窟。但是，兑子却又返回来。她是在半路上摆脱了父亲，携子返回的。这可能是佛的旨意，是兑子与佛的缘故未尽，也是兑子与我的那一场麦地的缘分未了吧。

她回来后，我说："兑子你真好，你回来了，你知道佛关人差不多要欢呼万岁了。"

兑子说："万岁的是吃喝嫖赌吗？"

我说："佛关的风气现在是不好了，可你知道原因吗？"

她不知道。

我不能说是她为表哥生了孩子，我说："你爹不让你画佛，虽然画着，但没有以前画的那么多，自生了孩子又是差不多半年里未画了，人们就认为画的佛少，佛不保佑了佛关，佛关的风气才一日不济一日。"

兑子说："是吗？"

她从此真的凡有还愿的就起早贪黑地画佛，她画佛的技艺已经十分高超。也就在那时，我正式跟了她学画佛，她是我的师傅，我是她的徒弟。洞窟里光线阴暗，她擎着小油灯却画得线条并不走样，上的颜色均匀悦目。我那时才了解佛的大千世界的内容，她在梯子上精心作画的时候，我就一眼一眼看着她，我觉得她就是佛。到了晚上，我回到铁匠铺来睡，做一夜她和佛的梦，她则哄睡了孩子便去属于她的那个洞窟里画，她画的什么我仍然不知道，她老是画不完。

日子就这么过下来，表哥回来了。

我永远要说，我的表哥不是平庸的人，他的鼻梁很高，相书上讲这种鼻梁的人不成就英雄就沦为奸恶。而用我读高中时手抄的一本日本将人分为九类以测命运的卦法，表哥的生辰年月算起来属于第一类。上面写清：此类人聪明异常，感情用事，易招异性喜欢，常有实质性的和不实质性的桃色事件发生，一生总觉得能量没有发挥，这山望见那山高，样样事都干，要干就干得还出色，但都不彻底。这完全符合表哥。表哥在佛关的乖觉行为，虽然做的事情令人头痛，但有一点，对兑子的爱的执着，起码让我敬佩不已。我早就说过，没有嗜好，而嗜好不投入到身心的如痴如醉，这人是不可能有大的出息，表哥对兑子是刻骨铭心的，表哥才赢得了兑子。

逃走了三年的表哥重新回到佛关，他再也不是个闲汉的形象，西装革履，佩结领带，烫卷头发，是个腰缠万贯的暴发户。来佛关还愿画佛的发财人，以前都是商州别处人，还从来没有过一个佛关的土著，表哥回来，财富和气势绝对压倒了所有的画佛窟还愿者，光这一点，佛关的人就刮目相看，倒暗自后悔当初链条相捆，使这竖子发财成名。他们没脸面询问这三年里表哥去过什么地方，做了什么生意，发了究竟多少财？表哥似乎也忘记了先前的大辱，不记仇反倒在尽孝子之责，重新祭奠父亲的时候趁机大摆宴席，邀请全镇所有人来吃喝。就在那次宴席上，表哥掏出了三万元，当众交给了佛关镇的镇长，让改造佛关镇的村办小学。

说老实话，看到表哥出手这么大方，我怀疑他怎么会有这样多的钱？以致公安局的警车把他押走，当时闪过我脑海的第一个想法，就是表哥一定因经济问题犯案了。等到我回到西安，托熟人去翻看了表哥在公安局的案卷，知道他并不是钱的问题。他只是与一场政治风波有关。当西安城里大学生游行的时候，他是资助了五万元，当时许多摄像机对准了他，他很得意，以为要上电视，就跳上一辆三轮车上大肆讲演。结果，风波过后，那些摄像胶带收缴到公安局,在镜头上发现了他,到处寻他。更糟糕的是他所在的那个公司,头头恰是工联的负责者,逃亡到了国外,目标显著,在清查这个公司时发现了他的踪迹,才警车开到佛关来了。

在厚厚的案卷里,当然涉及经济,但经济上的问题审查结果没给他定任何罪名。他交代了他之所以有钱的原因。我看了他的交代书,字迹清秀,整整十六页,每一页都有手印。一般交代书上按指印,他按的是手印,如他送给兑子的土胡墼上按的手印一样大,一样清晰。我知道了他逃离佛关,背了那根链条到了秦岭的另一个山口为过往车挂防滑链为生,日子恓惶,才偷扒了车来到西安。他小时候去过我家,但对西安几乎一概不知,光是在大街上小便寻不着厕所就让他大吃了苦头。他实在憋不住了,在无人时解了裤带要在墙根尿,刚要掏,一个警察过来了。警察问他干什么,他说没干什么,警察明明知道他是要尿,不是尿,掏那东西干什么。他说,看看。警察说不许看。他说:"我看自己的也不行吗?""我一掏一个警察,一掏一个警察!"他就这么写着的。最后,一个警察可怜了他,领他到一个宾馆厕所去尿,他却不尿了,因为已尿在了裤子上。也是以祸得福,他竟在这家宾馆的餐厅做了小工,原本有吃有住的好事,但他太逞能,事情就坏了。这一日餐厅已下班,还留了他打扫卫生,偏来了一个蓝眼的白人,白人要吃荷包鸡蛋,白人不懂汉语，表哥又听不懂英语，白人就领他到厕所，脱了裤子指着自己的生殖器，又指指口。表哥明白了，说："这饭我是可以的。"打了两个荷包蛋，又取了一根香肠。客人十分满意。不料在旁的一个黑人也要这样吃，叽里哇啦表哥更是听不懂，黑人也拉他去厕所做同样的比画，他哦哦点头了，端上来却是两颗变蛋和一根熏肠。黑人大发肝火，叫喊表哥种族歧视，告状到经理那里，经理就将表哥开销了。开销了的表哥流浪在街头，三天里没有吃饭，晚上蜷缩在一个巷口的檐下。半夜醒来，却发现身边有一个提包，提包里全是钱！表哥从来没见过这么多钱，他害怕了，他绝不是见财忘义之人，他首先考虑到丢钱人的痛苦，就抱了提包坐在那里，等待失包人找回来。果然天明时跑来三个人寻包，他们查对了钱一文不少，当下感谢后又疑惑：为什么不带了钱跑掉？表哥说："我跑掉了，你们上吊呀？"这三人就看中了表哥的实诚，决定留了他跟着做生意。这些人做什么生意，表哥绝不过问，他的任务是在宾馆、在街上看守他们的财物，帮他们买车票飞机票，出门提皮箱，住下洗衣裳，遇了小痞子去打架，有女人进房子了就立走廊放哨。"他们玩女人我没有，"表哥写着，"我只想我的兑子，我的兑子比她们长得好！"如此两年多里，三个人给他提成分红，表哥得到十万元，表哥梦里都在念佛了。

看到这里，我笑了。心想表哥回到佛关那么精明，有气派，他在西安城里其实还是一个傻子,他之所以发了财是他的运气,或许是他一个山里人不懂得大城市的憨人憨福罢了。

请了客,又掏了三万元改造了学校校舍,佛关的人见了表哥都是笑笑的。但我看出,他们心里更恨起了表哥,往往当笑笑嘻嘻地与表哥打过招呼,接过了表哥递过的香烟在嘴上点燃了,就三个一堆五个一伙喊喊啾啾批点表哥。我担心,如果这样的时间一长,如果表哥手中的钱一旦花完,表哥的倒霉事就该来了,可谁也没有料到,这一切还等不及,表哥就残废了。

这又是因兑子引起的。

我曾对表哥说过:"表哥,快与兑子举行婚礼吧,孩子都那么大了,现在正是时候,不要错过机会。"

表哥却说:"我要等着学校改造好的那天。"

我说:"你拿钱可以买来政治上的保险,可你能买来人心吗?"

表哥说:"那你等着瞧吧。"

他说过了,又附过耳来,说:"你知道什么,你只在佛关井大的山窝里。我在西安五万元,买得一条街的人欢呼哩!"

我那时从报纸上知道了那场政治风波的情况,他说得也含糊,但我劝他别这么说,他那时是听从了,再没向人吹嘘过,最后他还是栽在那五万元上。钱多了就不属于自己,钱多了就要害人,这话是对的。

他没与兑子极快结婚,但他常常去找兑子,可惜的是兑子那阵没有在洞窟画佛,却在孕璜寺翻修大殿。惠心住持请她去彩绘佛殿大梁上的图案,表哥也去殿里帮忙,事情就在那里发生了。

那是一个中午饭辰,所有翻修的人都去厢房吃饭,兑子想把碗里的颜料用完,还一个人骑在大梁上。表哥就去看兑子,兑子让他取眼镜。兑子那时的眼睛已经不好了,眼镜放在窗台上,表哥拿了眼镜也爬上大梁。他们竟在大梁上做起爱来了,□□□□□(此处删去一百零八字),偏让一个小和尚看见,大呼小叫嚷动开了。

表哥与兑子做爱,或许人人都能理解,心里也觉得人家既然是那样了,迟早要结婚为夫妻,也不怎么稀奇吧。可人人毕竟是强忍了嫉火的,你要做爱你结了婚到洞房去,或许结婚前到一个僻背的地方去,你龙翻凤吟也好,你颠鸾倒蝶也好,你大天白日,佛殿之上,广众之前干这事体,这不是让大家更丧了志气吗? 事后的第四天里,我又去佛殿帮忙,爬上那大梁,我还在琢磨这件事,那时正好一束阳光从瓦棱缝透下来,于是我想,表哥爬上了大梁,这样的光束那时一定是照在兑子的脸上,兑子的白嫩粉脸一定出现了佛光一样的茸毛晕圈,表哥一定是看迷了,看醉了,情绪亢奋,不能自持的。胆大的表哥,却偏偏忘乎了这是佛殿,这又是佛殿的大梁上。而兑子也是糊涂了,太爱表哥,心就是再软,也不能就俯就了表哥啊!也活该要出事的,小和尚已是端了饭碗在殿外台阶上用膳,忽觉菜汤碗里映有图影,抬头一望,就嚷了起来。表哥和兑子竟不知觉,直到殿门口拥了那么多人,他们还是坚持把动作做完。

众和尚与帮工把表哥与兑子拉下来,他们是发怒了,佛关的人闻讯更是怒不可遏,直闹得惠心住持从禅房出来也气得嘴脸乌青,让表哥和兑子身披了红布跪倒在佛像前求饶,又燃了大火,让他们跳来跳去三十六次,消除阴邪,宣布他们永远不准进孕璜寺来,就轰出山门,开始了三天三夜的诵经念佛,以净寺院。

表哥和兑子被轰出了山门,兑子就昏倒了,是我脱下外衣包了她的头,立即抱回她的家去,用指甲掐她人中救醒了她。我叮咛千遍万遍不要怕,又将房里的刀剪收拾了,绳索收拾了,反锁了房门,就往镇中跑,因为表哥还在那伙已经发了疯的佛关人手中。

结果,表哥就在一片打骂声中头破血流,他的尘根被割了扔到了胡蘩壕里。没了尘根,表哥或许不会死,但他就废了,从此不是男子汉了。如果在大城市,必须送医院缝合,还是可以的,但佛关没有大医院,小医院也要到远离二十里外的另一个镇上,这里的医疗站的医生只会抹红汞水,包感冒片,连计划生育的结扎术也干不了。尘根在我手里是那么难看,先还一抽一抽地动,似乎是疼,但还活着,后来就死了,发黑了,开始缩小。我冲过去,给人们磕头(如埋表叔那次,他们抬棺到半路就要放下,棺不能沾土的,我跪下磕头),说:"饶了他吧,饶了他吧,再不缝合,这东西就完了!"人们一下子静下来,才意识到他们干了一件极可怕的事情:一个男人即便是最大的仇人,可割掉了尘根是比掘了祖坟,甚至比杀掉了他更残忍啊!几个老年人就推来架子车,摘下表哥的帽子盖住了表哥的下身,往公路上拉,要拦汽车送医院。表哥已经昏过去了,昏了如死去一般。

等来的是一辆小车,一停下就跳出了警察,他们询问表哥住址,得知后立即拿照片查对表哥的脸面。我看见警察拭擦了表哥额上的血,表哥的脸很俊,警察说:"像港台的明星×××。"我没有看过×××的影视作品,佛关的人也都不知道×××是什么明星,所以没有反应。警察于是抬了表哥上车,拿手铐铐了他的双手,回头说:"谢谢。"

我愣愣地看着警车开走了,佛关的人都愣愣地看着警车开走了。我后悔的是我竟忘记了我手里还拿着表哥的尘根。佛关人安慰我:"魁,别难过,大家都别难过,咱就是不怎么他,他那命在公安局里还会有吗?要他小子命的可不是佛关的人啊!"

十一

表哥这一去,并没有死,这就是说他没了尘根,性命还在。

可到底罪行够不够死，或是判多少年刑，这已经是后话了。

我后来在佛关，唯一值得留恋，唯一可以亲近的，只有兑子和兑子的孩子了。我以未举行仪式但实质已是我的表嫂的理由，还有一个徒弟对师傅的关系，我常常去看望兑子。兑子却不愿与我多话。她几乎很少画佛了，还愿的人无论怎么求她，她都推说眼睛不好，让我去画。而她就独自钻进自己的窑洞里画自己的东西。

佛关毕竟是商州与关中大平原的交接口，出山去闯世事的人越来越多，还愿的一批走掉了，又来一批，他们对兑子依然感兴趣。我替兑子回绝他们，说兑子的事情你们也知闻了，佛是圣洁而庄严的，兑子不愿画佛，是她自感了那个。来人却说："放下屠刀，立地都能成佛的，何况兑子？再说，你表哥还能再回来吗？兑子还会再与他什么吗？"

没想到，有一日，兑子却来找我，说她答应画佛了，她要画一组十八罗汉佛。

她果真就画起来，钻在一个暗洞里整整画了两个月。没有画成，不许任何人进去看，也不让我进去。两个月后，她走出洞来，她在大声地笑，阳光下笑得十分灿烂，笑着笑着不笑了，捂了双眼就蹲下去，她说她眼睛疼，有麦芒在里头。我去帮她吹取麦芒，眼睛里什么也没有，但眼珠发瘆发红，她失明了。

启洞庆典的那天，鞭炮齐鸣，人如潮水一样来洞窟磕头焚香,观赏朝拜。兑子对我说:"魁,有一件事我要说给你,你能保密吗?"

我说:"表嫂……"

她说:"谁是你表嫂?我是兑子!"

我说:"兑子,你信得过我就说,你信不过我就不说。"

她说:"我明日要走了。"

我说:"这一天终于来了。"

她说:"好了,你明日来送送我吧。"

兑子就这样地走出了佛关。

十二

我依旧留在佛关。我没有走,是我要抚养表哥和兑子的丑孩。孩子太小,只有三岁,我决定等孩子长到七岁,可以放心地把她留在佛关,我再另谋生路。

孩子先是哭着要娘,但没有了娘,孩子就喊起我为爹来。我当的什么爹呢?在麦地里那么一次,代价就是四年的抚养丑孩子。但我屎一把尿一把将孩子天天养大起来,我为了让孩子知道她的身世,就抱了她到兑子最后的画佛洞去教孩子认佛。我已经不止十次地抱了孩子去,却在一次点了灯细细讲着这些罗汉佛就是你娘画的时,我发现了十八个罗汉里,十七个都是男性，而最后的一个竟是女性，那眉眼，那神态分明是兑子！我大叫起来，兑子最后的画佛是把她也做了佛了！这样的事情为什么我一直没有发现呢？开洞庆典那日，多少人进洞窟来，以后又有多少人来烧香，为什么都没有发现呢？是没有发现还是发现了并未提出异议？！

我久久地呆在那里，孩子也一点不叫不动地呆在那里，直到手中的小油灯油尽了，捻子跳了一下全然漆黑，我才发觉我已经是跪在了壁画面前。我伸手去拉孩子，孩子也跪在那里。

于是我们又跪了很久。

我在黑暗中说："孩子，这是你娘！"

孩子在黑暗中说："娘！"

出洞来，我情绪非常低，回头远望着洞窟口两边石刻的对联，默默地念诵，竟不觉念出声："冷眼看世上几多忙人。"孩子问我说什么，我说是洞窟的下联。孩子问："什么是下联，下联是谁的冷眼看什么忙人？"我说："是你娘吧，或者不是你娘，我不知道。"

佛关正逢了集市，人乱如蚁，群丑云集，土墙上新张贴了许多广告，一张最红的纸上字迹难看地写有"修脚，打耳孔，文眉，割双眼皮，去乌痣，为你美容"的内容，我拉紧了孩子的手，说："孩子，你记住，你娘是个美人哩！佛关镇再没有你娘那么美的人了！"

孩子说:"我不如我娘吗?"

我说:"你丑。"

孩子说:"我丑,你更丑的。"

我知道我已经丑了,我原来就不美,在丑镇这么七年,我是彻底成丑人了。

孩子说过了,注意力却转移到一个秃了头的人身上,她悄声对我说:"那人头上趴着虱,是两个哩,两个一摞哩。"这秃头上是有虱子的,是两个一摞的。我示意她不要说。孩子却还在瞧那秃头,说:"虱子在动哩,在干什么了!"秃头依然在那里与人论价,两个虱子是在动着,这孩子看出虱子在干什么吗?孩子还小,是不应该让她知道虱子在干什么,我打了她指点的手,吓道:"你管什么?!"孩子生气了,说:"不管就不管,哪怕虱子把秃头×烂哩!"

孩子竟能说出这样的字眼,这么小的年纪,是谁教唆的?还是表哥和兑子的遗传?我一巴掌扇在她的脸上,孩子哇哇哭起来了。她哭得凶,我劝她劝不住,哄她哄不乖,我骂她是丑孩子才哭的。她不哭了,却骂我是丑大人,丑丑的大人。我承认我是丑大人,比她还丑的丑丑大人,她却破涕而笑,同我回家去。

"咱们都丑,"我把她架在脖子上,我也笑了,"可丑能辟邪的,孩子!"

制造声音

我去采访这个州刚刚离休的专员。采访结束后我们坐在客厅喝茶,他却放了一段录音,问我听到什么,我说是风里的树声。"是树声,"他说,"你听得懂这树声吗?"

有树风就有了形状,但风里的树是要说话的。

你知道,这个州是一个贫困的地区,但因处在交通要道上,过往的官员就特别多。我已经是上些岁数的人,实在不宜于干那些恭迎欢送的事,当组织上安排我来,我就想提前离休,或者调往省城寻一个清闲的部门,拈弄笔墨,句读里暗度春光罢了。但到任后的那年秋天,我改变了心态,就一直在州里干了五年。

秋天的这一日，因下乡崴了左脚，在专署里调养，正读一册闲书，上有"留此一双脚，他日小则拜跪上官，胼胝民事；大则跨马据鞍，驰驱天下"句，嘿然而笑，却接到通知：省上又要来一位官员。差不多成了定规，大凡省城、京城来了重要人物，除了布置安全保卫措施，州城的社会环境得治理，卫生得打扫。公安局长就将城中的小商小贩全集中到城南角一条巷中，几条主要街道两旁都摆上了花盆。而一些破烂地段无钱改造，就统统用砖砌了围墙遮挡。他们在向我汇报时，特意指出已将一个长年在城中上访的疯子用车拉到城外五十里地方去了，因为这疯子形状肮脏，而且叫嚣省上来了大官他要拦道喊冤呀。

省城的官员到了，他十分的年轻。我的左脚打了封闭针，和地委书记汇报了我们的工作，再听取和认真记录了他的指示，然后陪他参观几个点。那个下午，我们从城南××县回来，才要步行去视察我们的商厦，十字路口那里就拥了一堆人，听得很嘶哑的喊声："树会说话的！树真的会说话的！"我立即知道出了事，脸都气红了，公安局长就跑过来拉我在一旁说，那个疯子谁也没有料到又出现在了城里，而且抱着那电杆拉不走，围观的群众就很多。他向我检讨着他的工作过错，我没时间去训责他，忙鼓动着省上的官员从另一条巷子转过去，但我仍听到那个嘶哑的喊声"树会说话的！树真的……"后边的话

"唔"了一下，可能是被手捂住了。地委书记在介绍着那条巷里的明清建筑，我趁机退后，招手让公安局长过来，问疯子怎么喊树会说话的？公安局长说："他是为一棵树疯了的，就为一棵树多年在城里上访，满城人没有不认识他的。"我说："我来这么久了，怎么不知道？"公安局长说："一个疯子他怎能进了专署大院？"我说："你去告诉他，让他不要找省上人，天大的冤枉，晚上到我办公室来说。"

晚上，安排了省上官员在宾馆休息后，我虽然累着，但心轻松下来，也并没有睡意，在办公室等待那疯子。左等右等没来，我开始练书法。我这身份不可能去歌舞厅，不可能与人打麻将，下班之后就把自己关在办公室读书练字，我业余唯有这爱好。写了一幅古人句："死之日，以青蝇为吊客；使天下有一人知己，死不恨。"公安局长就亲自坐车把疯子拉了来。疯子竟是下午被关进了拘留所的，他进来的时候手上还戴着手铐。我对公安局长大为光火，要他把手铐打开，并且赔礼道歉。疯子是一个七十岁左右的老头，个子高大，但枯瘦如柴，头发和胡子已成毡片，浑身散发着一股难闻的酸臭味。老头对用手铐铐他似乎并未介意，对公安局长的道歉也无动于衷，只嚷道："树会说话的！树是一九四八年栽的！"公安局长说："你嚷什么呀？这是专员！"老头说："专员，树会说话的！"公安局长就吓唬了："你再嚷？！"老头偏梗着脖子，脖子上暴起了几条青筋说:"树就是会说话的!"我说:"好吧,树会说话的。"老头得意地看了公安局长一眼,一颗清涕就吊在鼻尖,一把捏下来要揩向桌腿,后来还是揩在身上的裤腰处。我让他坐,他说他不坐,公安局长说:"让你坐你就坐!"按他在椅子上。我摆摆手让公安局长出去,开始询问老头。

"你叫什么名字?"

"杨二娃。"

"哪个县里的?"

"××县××乡东洼村。"

"多大岁数了?"

"不大,才七十还差十天。"

"你有什么冤枉事?"

"树是一九四八年栽的,不是一九五二年栽的。怎么能是一九五二年呢?不是一九五二年,是一九四八年。树会说话的。"

"就为这事吗?"

"就为这事。"

"你告了多少年了?"

"十五年零三个月。"

"为一棵树值得告十五年?"

"可树就是一九四八年栽的,为什么要说是一九五二年栽的?"

"这点事村里就可以解决嘛!"

"德贵是坏人!"

"德贵是谁?"

"村长。他谋算这棵树哩,他想收回去再买了给他爹做棺材的。"

"你找过乡长吗?"

"人家在一个壶里尿!"

"一个壶里尿?"

"德贵的婆娘是个卖×的,她和乡长……"

"住嘴!你怎么这样骂人?"

"我不骂了。"

"你说吧。"

"乡长我找过三十二次,他派人打我,我到县上去,县上的父母官我都找过,父母官两年就换了人。张县长说要解决,但他调走了。又来了陆县长,他让乡里解决,乡里不解决,向上反映我是刁民。我不是刁民。我又找刘县长,王县长,马县长,他们都不理我了,说我是疯子。我是疯子吗?"

"不是疯子。"

"不是疯子!树是一九四八年栽的就是一九四八年栽的,我要是疯子我能记得树是一九四八年栽的?"

"你说树是一九四八年栽的,那树还在吗?"

"在的。它今年老了,身上有一个洞,东边那个枝丫枯了,那原先上边有个鸟窠的,八月初三的夜里刮风,窠就掉下来,这窠应该归我的,村长的儿子却捡了去,那是能做三天饭的柴禾哩,我去……"

"你说树是一九四八年栽的,你有什么证明?"

"我老婆证明。一九四八年春上我和我老婆去她娘家当天回来我栽的,栽了树老婆给我擀的宽片杂面,调的干辣面,没有盐的,老婆说你将就将就吃。"

"那你老婆怎么不出来证明?"

"她死了。这娘们害了我一辈子,该她作证的时候,她就上吊死了!这狗娘儿们,她死了我懒得给她烧倒头纸,别人家的老婆都是帮夫运,她却猪一样要我养活!"

"还有什么证明?"

"拴狗那老髅能证明。我栽树时他正在地头捡粪哩,但他瞧别人都是说树是一九五二年栽的,他就说他记不住陈年老事了。拴狗老髅我瞧不起他!没人作证明,可树会说话呀,他们就是不去听!"

"家里还有什么人?"

"一个儿子,死了。儿子是好儿子。他像我,村人都说我们是一个模子倒出来的。儿子陪我去县上上访,回来搭的拖拉机,拖拉机翻了,我没事,拖拉机却压在他肚子上,肠子就压了出来。我那老婆向我要儿子,我骂了她,她就死在绳上的。"

"嗯。"

"专员,树肯定是一九四八年栽的,不是一九五二年栽的,你去听听,树会说话的。"

"杨二娃——"

"在的。"

"就这样吧。你拿上这点钱,明日去车站买了票回去。不要再跑了。我派人很快去给你落实,是一九四八年栽的就是一九四八年栽的,是一九五二年栽的就是一九五二年栽的,我给你个结果。"

"是一九四八年栽的!如果你们硬要说不是一九四八年栽的,我还要告的。你叫什么名字?"

"惠世清。"

"那好。那我就告德贵,乡长,王县长张县长陆县长刘县长马县长,还有你惠世清,惠专员!"

送走了省上的官员,我打电话给××县的马县长,托他把有关杨二娃的档案材料送上来。马县长亲自来州城向我汇报,杨二娃竟没有什么档案材料,但马县长知道这件事,说这棵树是在东洼村南头,树下的那块地解放前属杨二娃的地,解放后土地收公,树却归私人。那时树小,谁也没在意,后来树大了,杨二娃说树是一九四八年栽的,树权归他私人,村里人说树是一九五二年栽的,一九五二年栽在地头的树应归村里。村里每年要伐,杨二娃都护树,他把旧屋拆了重新盖在树下,现在树身就长在屋当堂里。

"就为这棵树,能值几个钱?"马县长说,"农民爱认死理,杨二娃疯疯癫癫告了十五年,活得真没个意思!"

"那你说,怎么活着有意思呢?"

我训斥着我的部下,命令他们组织个专案组,去东洼村落实这件事。树是有年轮的,可以请一些专家考证一下树到底是一九四八年的还是一九五二年的。

专案组很快就回来了,考证出树是一九四八年栽的。我做了批示:树归属于杨二娃。

这件事就这样结束了。

第二年春天,××县旱象严重,我下去检查灾情,突然想起了杨二娃和那棵一九四八年栽下的树。我和马县长坐车往东洼村,打问杨二娃,村人说:"杨二娃吗,早死了!"

杨二娃死了。这老头瘦是瘦,精神头儿还好,而树被断定为一九四八年栽的,又归属于他,冬天里他就病倒了。一开春,地气上升,病又加重,不知什么时候咽气在家里,村人发现了的时候,人已经僵硬。

马县长说:"这老头,他要是继续上访,可能还要活着。"

马县长的话是对的,这么说,是我害死了这老头。

"嗐,朝闻道,夕死可矣,这是孔子说的吧?"马县长指着一个小虫子,小虫子是从树上吊一条丝下来的,但小虫子是死的,"这小虫子也闻道了!"

这树要是不断定为一九四八年栽的,老头就一百年一千年地活下去吗?

树依然活着,树是常见的那种椿树,确是老得身上有了洞,除了东边的枝丫枯了,西边的枝丫也枯了,树身三分之一在一间歪歪斜斜的屋子中间。杨二娃因是孤人,死后村人就以他家的柜做了棺材,在屋中掘坑下葬,这房子也锁了门,让它自废自塌了,将来就是坟丘。

我说:"给老头奠奠酒吧。"

秘书去买了一瓶酒,我就把酒全浇在屋前。这时起了风,风是看不见的,但椿树枝叶摇摆,嘎嘎作响,风就有了形状,树也有了声。老头给我说过树会说话的,树会说什么话呢?我听不出来,便用录音机录了。

多少年里,我一直在企图听懂这树声,你听听,这树在说的什么话呢?

梅花

那一年的冬季，天特别冷，远在秦岭深处的阿南来了信，邀请石鲁去看梅花。秦岭的梅是整整有一条沟，下了雪，花就红得像一点一点的血。

阿南是烧炭翁。五年前背了一藤篓木炭给石鲁，想要石鲁画一幅火神像的。石鲁画了，没有收他的炭，却解开了他腰带上的酒葫芦来喝。酒里泡着未绽的梅花骨朵，甜丝丝的，有一股清香。待到一葫芦酒喝干，两人已经成了朋友。梅花酒是先绵后烈，石鲁在这个下午沉醉如泥，阿南则天黑走进石羊峡时酒力发作，扑倒在雪地里一夜，落下了哮喘的毛病。今冬里他气短得几次都要过去，自知熬不过春天，才写信给石鲁，他想最后见上一次高贵的朋友的面,但他没有这样说,只报告着整整一条沟的梅的消息。

石鲁收到那张写在油乎乎纸上的信,知道这纸是垫帽壳的头油纸,痛痛快快骂了一句:"这龟儿子!"眼里就簌簌流下泪来。已经是很久的时间没有收到任何人的来信了,敢来信的只有十指苍苍两鬓白的烧炭翁!这么个雪天,整整一条沟的梅,是何等壮景。他急急地撕了纸条卷那烟末,点着了狠狠地吸,直吸得腰缩成马虾,眼睛憋得红红的,才纤纤地往外放烟,似乎他和阿南已经在那地窝棚里睡了很久很久,听见了一种很奇妙的叫声。"是狐狸!"阿南立即抓起了枪,将他推醒,他第一眼看到的便是棚门角的一根梅枝倒伸下来,枝头上湿润润的一朵花。昨日进棚,这梅枝迎风在门口晃荡,一夜间竟开了如此鲜活的颜色!他伸手去牵梅时,却发现棚门已被雪堵严,拉开门,雪并没有进来,齐楞楞一堵白墙,梅就如从白墙上长出来。阿南嘿嘿笑着,牙很黑,牙龈露出来粉红,没有再做解释,低头去烧干锅。烧得锅发红了,一拔起锅耳,像持着盾牌一般,从棚门口往出去。他就跟着去,走出了一条融消的雪洞,他看见了一个银白的世界里,梅花在各处泛红,一团金黄色的影子向远方疾去。咚的一声枪响,枪是朝天打的,枪口上冒起青烟,人被枪的后座力击倒在雪上,嗬嗬大笑。

现在,被剧烈地震动,石鲁却倒坐在藤椅上。藤椅已经朽烂不堪，吱吱地呻吟着，他看见青烟正从嘴角里飘出，长长的烟灰终于支持不住，掉在了棉袄外的黑色对襟罩衫上。"阿南，阿南兄弟。"他喃喃着，一下子衰老得满脸皱纹，窝在藤椅里如患了麻痹症的小儿。石鲁是不能出走了，这并不是因了一条跛腿，而是他被判了死缓，虽然最后没有执行，甚至已宣布解除，但他未经许可是不能擅自离开这个城市的。这座城市在中国之所以著名，是它有完整的一圈城墙，当每日的黄昏，太阳在城墙内斑驳的砖石上蚀成了一个红片，墙头上逶迤而远的女墙凹垛就如监狱高墙上的挂电铃铁网的木桩。

三天前，小儿子将哺养的鸽子全放飞了，他习惯于注视窗台上的鸽棚，想象着突然那里又站着它们，但他又希望它们永远不要再回来。今日的窗口是个空白，玻璃隔风不隔寒，看得见土院豁口处卧着的病猫，院中间的冷飕飕的椿树。

"阿南，喝酒阿南！"石鲁突然叫起来，显得几分兴奋。漫长的那些岁月里，他清楚艺术家应该是孤独的，但他永远静不下来，也无法孤独，政治的召唤，事物的纠缠，以及无数爱好书画者的追随和崇拜，如一群狼一样撵着他跑。"文革"刚一开始，他即被批判了，他认真检讨着自己，竭力要改变自己的形象，企盼着他仍是这个时代社会所能信任和器重的人，但他失败了，批判在不断地升级，直至判为死缓，他才明白他们是不需要艺术的。既然如此，他倒完全地平静下来了，不邀众人赏，他可以潜心地为自己作画，为真正喜欢他的画的人作画，为后人作画了，这竟是多少年来他一直在内心深处向往的境界啊！

"你一盅！我一盅！"酒倒在了酒盅里，小小的木方桌上，石鲁端起一盅喝了，又端起方桌对面那一盅，叫着阿南的名字，酒却喝在自己口里。下酒的菜是一盘盐泡的尖椒，还有一罐茶叶，茶叶故意放霉了的，捏一撮在嘴角里嚼。他现在真正在享受着孤独，低矮的河芦做顶的平屋里，孤独得如一只瘦虎。

当石鲁半拉下眼皮醺醺微醉的时候，这个城里的钟楼上钟声响起来，低沉悠长，响了三下，又响了一下。这使他睁开了眼，觉得奇怪。古老的钟楼离小院子并不远，其实钟楼上早已不敲钟。不敲钟石鲁是知道的，那口镌满了古文字的铁钟几十年前就从木梁上卸下来堆在楼台上，但一个月前，石鲁却每日听见钟在响，他告知家人：钟在自鸣。家人指出这是幻听，石鲁坚持他是真真实实听到的，并且每次自鸣三下。今日却怎么响了四下呢？于是他想，这一定有原因了，是钟楼有了危险的信息吗？据说钟楼下原是一口海眼的，修筑钟楼为了稳镇这座城的，钟楼下的过道中间仍有铁铸的一根碌碡粗的桩，挂着一道铁绳。石鲁听到了铁绳在响，哐啦哐啦的，直响在他的右脑壳里，像蚕在那里噬桑叶一样让他难受。海眼里的水要冒出来，钟楼要陷下去吗？

这个城市若没有了钟楼,这个城市是多么荒凉?!

石鲁决定去见见吴老觉。他把那条咖啡色的羊毛围巾叠得整整齐齐围住了脖子,但他不戴帽子。头顶朝天,他是从来拒绝帽子的。鞋也换上了软底毡毛棉鞋;女人的头,男人的脚,鞋是不能有灰尘的。步出了小小的土墙院,便是美术家协会的大杂院,数天前的一场雪还没有消尽,寒气一森,人脚踩过的雪泥已经成肮脏的冰块,一卷一卷风剥下来的大字报纸团软沓在那里。石鲁用拐杖戳打着冰块,笃笃地响。门房的三间小屋的那扇半掩的门立即打开了。

"石先生——你这是要出去吗?"老太太在问。

"先生?"石鲁觉得这称呼有些滑稽,但他没有纠正这位已经在门房工作了十多年的老女人。"出去,"他说,"不出城门洞的。"

"现在几点啦?"老太太说,"我没有表的。"

"中午一点。"

"石先生你来登记吧,你知道,我不识字。"老太太把一支钢笔拧开递给石鲁,石鲁看见那是一本登记册,上边的栏目里分别要求签上几点出门,往哪儿去,几点返回。

"这是新规定的,石先生,我只是看门的,看门狗……天没大晴,街上泥杂杂的,先生穿这么新的鞋?"

"人死了都要穿新鞋的。"

"……？"

石鲁看着老女人笑了一下，说："我是判过死判的，死了的人。"

他用拐杖戳着大门过道墙上的标语，标语写着："打倒黑画家石鲁！"拐杖就蘸着地上的泥，在"石鲁"二字上打了两个"×"，自己竟又一次笑起来。这一次笑出了声，不想竟笑掉了一颗门牙，落在了地上。

"我的牙呢？我的牙呢？"石鲁弯下腰在地上寻找。老太太帮他捡起来，牙黑得如一粒黑豆。他开始折身又往大院里走，因为门房太矮，大院右侧有一座仿古的楼阁，那是用来接待外宾的，共同交流艺术的地方，楼阁最高，落齿依风俗要撂到高处的屋顶上。

墙角影子一探，有人却在轻轻地唤石鲁的名字。这是驼背老陆，俯过身来告诉了：画家李唯自杀了。石鲁怔了一下，但并不惊骇。老陆问去不去家里看看，石鲁不去，口中吟挽联："朝闻道，夕死可矣；今而后，尔知免夫。"一步步往大门外走去。老陆一脸疑惑，听见石鲁跛脚跨过大门槛时，嘿嘿而笑："我没闻道，老而不死必为贼啊！"

大街上，清冷异常，汽车从冰雪疙瘩上碾过，嘎哩嘎哇响如爆竹。又经过了钟楼，放眼往楼顶上瞅瞅，未能瞅清那铁钟和铁桩铁绳，一堆人是集在那里叫嚣，高高的木架上弯腰站着一个受批判者。去年的夏天，那个位置上站着的是作家老杜，老杜的裤子皱皱巴巴，有人在骂："狗日的，稿费多得拿麻袋装哩！"老杜说："我全交了党费了。"那人伸手要扇打，却打不到脸上，一跃，吐一口唾沫，一跃，吐一口唾沫："狗日的？！谁见了！狗日的！反革命！"他过去，只是替老杜拉展裤管。这举动使批判人愣了许久，后来觉得是侮辱了他们，一阵拳打脚踢就把他打倒了，从此折了一条腿，一直在牛棚里自行长好。但现在自行长好的腿却长歪了，睡下两腿不齐，站着长短不一。他在左侧拐弯处的店里买了盏灯笼，匆匆穿过西大街，往南又往东，窄而潮的巷道里，骂起了路不平，一直骂到吴老觉小院门口。

这是一条幽长的巷子，石鲁使劲摇着那染成黑色的木门上的铜环时，巷那头起了锣鼓声，一队人马逶迤而过。吴老觉这个瞎了双目的摸骨大师，如今不能公开亮着牌子，摸骨测命，却顺理成章地为人接骨按摩，他竟将门染了黑的，墙柱、椽头也染了黑。门咿呀打开，小脚的老嫂子嘴还吸着水烟袋，忽然笑道："哎哟，大白天的打灯笼，真是见鬼！"石鲁说："是鬼，要是死刑执行了，挨颗炸子，该是凶鬼！"老嫂子说："是雄鬼！"将灯笼挂在门脑上，"头发留得这么长，是不是长头发才是画画的？"石鲁说："不让人留胡子也不允许留长发吗？"

里屋内有人冷冷地哼了一声。石鲁嘀嘀地笑，笑得十分怪异。吴老觉在里屋后门槛上坐着，幽幽的只是背影。他原是一口好胡须,造反派说毛主席不留胡须,你为什么留胡须?吴老觉说马克思是大胡子。造反派愤怒他竟敢与马克思比,把他胡须一根根拔了。没有了胡须,吴老觉感觉似乎没有了嘴,但他终于没死掉,因为这个城市的新领导患腰痛,需要他按摩。吴老觉坐在那里,双手在一只布袋里忙活,布袋里装了小米糠,也装了敲破了的花瓶碎瓷,反复把碎瓷复原成花瓶,再搅碎,再复原。

"你把手艺越练得好,越是让领导中毒啊!"石鲁说。

"中毒?"吴老觉头拧过来,眼睛白花花翻着。

"按摩是上瘾的,上了瘾的和吸鸦片有什么不同?"

"那你嗜酒,嗜茶,还有嗜画,也是吸毒嗨!"

阴影处一个人起身要走,躲不及,就站起身打招呼:"石主席。"

"谁?谁是石主席?!"

"我叫惯了……"

"白老先生在这里啊?"

枯瘦如萝卜干的白葭一身红卫服,头顶上再不是那顶泰戈尔式的毡帽,软沓沓的军帽,不类不伦。

"你怎么一见他还是害怕?"吴老觉说。

"他管了我十多年。"

"我现在是行尸走肉,"石鲁说,"死刑犯嘛!"

白葭比石鲁年龄大,石鲁在延安还只是在黑板报上画插图的时候,白葭已在北京城里成了名画家。那时吴佩孚在北京,托人来要画,他画了一只鹰,后来蒋介石到北京,托人来要画,他画了一只鹰,再后来毛泽东坐了北京,他还是画了一个鹰。当年国民党要员让他去台湾,他问人:共产党来了让不让卖画?回答是:卖的。他就不去台湾了。但卖了几年画就不能卖了,京城里呆不住,返回了老家来,仍是画不了新生活,又偷偷卖画。从延安来主持这里美协工作的石鲁,少不得要抓典型,点名批评。

石鲁坐在条凳上卷烟卷,跛腿怎么放都不舒服,抱起来架在另一条腿上,吃烟的样子像个猕猴啃梨。

"白老先生,听说判我死刑后,你为我烧过一沓'上路纸'?"

"这谁告诉你的?"

"听了这话我兴奋得喝了一斤烧酒,我是喝醉了三天,身上脱了一层皮,像蚕一样的。"石鲁要站起来,没站稳,夸啦倒在地上,突然说:"白老先生,我对不住你!"

吴老觉和他的老婆莫名其妙,白葭却听得明白。"吓,谁对不住谁呢?"他说,"石主席,我还真希望你管我,点名批评我,让他们批,他们把我的家都抄了!"

石鲁心里酸酸的。"你牙疼?"看见白葭捂着半个脸,吸冷气。

"他们扇我耳光,一颗牙掉了,满嘴牙全松脱了,动不动就疼。"

"我给你治治,"石鲁说,"老觉会接骨,却不一定能治了牙的。"

把白葭的头压在门扇上,掐左耳轮下的穴,白葭杀猪般地叫。叫声钻进脑壳里,石鲁感觉里又是蚕在那里吃桑叶,接着是钟楼的钟在鸣,铁绳在拉动。他问:"钟楼上的钟一直是鸣三下的,今日怎地鸣了四下?"

似乎吴老觉、吴老觉的老婆和白葭都没在意他的话。

"老觉,你测测,钟楼要塌陷吗?"

这下吴老觉是听清了,仄耳逮外面的声音。但钟楼上的钟没有鸣,院门外轰隆隆地涌进一阵锣鼓喧闹声。

"石主席你知道吗,毛主席发表诗词了!"白葭说,"今冬雪下得多,北京城里的梅花也开得好哩。"

"就为这个庆贺了?"石鲁说,"什么诗词,你念念。"

"……俏也不争春……她在丛中笑……"

"……"

三个都不再言语,吴老觉的老婆不停地吹着纸煤,呼噜噜呼噜噜吸足了一袋水烟,说:"伟大领袖还是伟大的诗人。石先生,你看看那幅画怎样,老觉是瞎子,我又不懂画。"

石鲁这才看清在门角靠着一卷画,画背面写着:呈北京中

-321-

南海。打开是六尺整张的一幅《咏梅图》,梅繁如锦,红艳无比。

"石书记,"白葭有些不好意思了,"你看看,这是我为领袖诗词写意的,从来画梅萧疏冷艳,我画得热闹……"

"你是让老觉来预测呈画的命运吗?"

石鲁始终把画倒着看,说:"白老先生,看来我还得批评你,你这又想卖钱嗮!"

"我这是画给中南海的,老觉要给省革委会主任治骨折的,他是能见着主任,让他呈上去的,我向中南海要钱吗?"

"那要什么?"

石鲁还是倒着看。"我不会画梅花。"他说。

"你怎么不会画梅花?石鲁能不会画梅花?!"

"你这梅花不是争春是霸春,我只知道梅花不是媚花!"

石鲁站起来往外走,一瘸一瘸的,拐杖敲打着地,把吴老觉的谷糠布袋也撞翻了,吴老觉顺势夺过了拐杖,叫道:"石鲁,石鲁!"

石鲁还未回头,一拐杖打在了他的跛腿上。石鲁哎哟倒在地上不得起来。吴老觉说:"你就这么要走吗?钟楼塌不塌关我屁事,可我得给你这四川龟儿子治腿啊!怎么样,打断了吗,不打断让我怎么给你重新接好?!"就蹴过去捏那断腿,捏得骨子碎片咯吱咯吱响。石鲁骂:"这龟儿子!"就是不叫唤。

"你疼了就叫。"

石鲁还是不叫，人却昏死过去了。

等石鲁醒来，他已经躺在自家的小屋里。吴老觉用一种鸡屎一样的膏药敷在腿上，又包了几袋中药让石鲁的老伴在家里煎熬，他看见那熬过的药渣中有蜈蚣、蝎子和簸箕虫。"把蝎子挑出来，你放在瓦页上往火上烙，烙焦了我来下酒的！"

雪又扯棉撕絮地下了一夜，接着红了三天太阳，消融的雪水嘀嘀嗒嗒从芦棚屋檐上往下滴。石鲁七天里没有下床，他听见了钟楼上依旧有钟鸣，铁绳哐啷哐啷在动。他让儿子一定去钟楼看看，儿子从钟楼下回来，告知每日有庆贺诗词发表的游行队伍，今日高音喇叭上已播放了为诗词谱的歌曲，一批画家把一批画梅的画也挂在了钟楼四面墙上。

傍晚，城墙箭楼上的寒鸦飞在了土院中的椿树上，那只老而病的猫还卧在院墙豁口，飞下来的寒鸦落在不远处，它也不理会。老伴拌了食招呼它下来，它也不来，也不说声"咪"。老伴说："它怕是要死去了吧？"石鲁转过头去，面对了屋墙壁，屋子里突然光线暗了一下，听见老马一脚踏进来，高喉咙粗嗓门地喊："石先生，石先生，怎么腿又断了？断了也不让儿子来告诉我一声！我说哩，画家到底有架子，我不来请你去吃羊肉泡馍你就不来，还得我送上门来呀！坐起来坐起来！"

石鲁坐起来，一海碗热腾腾的羊肉泡馍放在桌子上，高颧骨的老马还在连说带笑地催促他，声音震得芦棚上落下几粒土来。

"文革"以来,石鲁隔三岔五要去老马家的羊肉泡馍馆吃一海碗,这个四川人的胃除了天生的能吃尖椒、虎皮椒外,这座北方古城的饭就唯一喜欢上了羊肉泡馍。老马是不怕石鲁的,他是百姓,出身又好,也不需要什么前途出路,给石鲁免费吃了羊肉泡馍了,还要灌酒喝。石鲁贪酒,酒量却愈来愈小,常常就醉了,脱了鞋蹴在条凳上要说:"老马,别人批斗会吃不下睡不着,我倒能吃能喝,只是吃昧心食,老不见胖嘛!"老马说:"吃头牛进你肚里也体现不出个社会主义优越性来,难怪是反革命!"石鲁就说:"今日白吃,许是你前世欠我的。待到我死了,你记住,要在我棺材里再放一碗羊肉泡馍的,要优质的!"但吃喝毕了,却嚷道取纸拿笔来,就画一幅画给老马。

现在,石鲁就坐床上吃完了一碗,说:"我不能给你画画了。"

"我不要你的画!"老马说。

"画账是要还的!"石鲁说,"明日起,你每天送一碗过来,一碗一张画,你爱不爱我的画,我是要给你画的,拿去糊窗子是你的事!"

老马咧嘴就笑,嘴大得能塞个拳头,头一歪悄声说:"我给你保存画哩,将来我要给你出个大画册!"

隔日一晚老马又来了,提出往秦岭深处阿南那儿去的事,说城里规定死了人不准土葬的,但现在世道混乱,往往有死了人的,家属半夜装了棺材出城的,我们把你装在假棺材里抬出城。老马拍了胸膛,敢保证能成功,他的老表就在城南门口治安巡逻队里。

石鲁却对秦岭深处的梅花不感兴趣了。

"你听到没听到钟楼上的钟在鸣?"他问。

"没有。"老马说。

没有?怎么会没有呢?他要求把他连人带床抬到院子去。

院子里终于没风。四堵土墙,一棵椿树,豁口处的老而病的猫不见了。石鲁嚷叫着要喝酒,掉了一颗门牙的嘴皱着像个黑洞,手指甲老长老长,用力地抓着酒盅,喝了一盅又一盅,接着嚼尖椒吃霉茶,说:"老马,你是个好党员!""我不是党员。""不是?怎么能不是?!我现在才觉得,我这一生是为阿南活着,为你活着,把笔墨拿来,我为你画画,你要什么画?""我不要了。""我的画不好?""好,你是中国当代最伟大的画家!""那你为什么不要?"

老马拿眼睛看站在门口的石鲁老伴。

老伴忙闪过门内,叫着老马帮她挪挪火炉子。老马立即进来。老伴低声叮咛:不能告诉他。老马保存的那一批画被邻居告发给街道办事处的造反派,于前一天中午造反派逼着老马交出来,当场一把火点着烧了。但老马拍有照片。

石鲁还在院子里发问:"你不要我的画了?龟儿子你以为我那些画是敷衍你吗?我知道你会保存我的画的,格老子就是

-325-

谋着你把它藏起来,将来出画册哩!你今日要什么画?我给你画这个院子,你说画什么?"他喃喃起来,大声追问老马,老马从屋里出来,却听见他在说:"哦,四四方方的土墙围着,中间一棵木,四四方方的土墙围着,坐我一个人,是什么,是'困'字,是'囚'字……"窝在床上渐渐声调低下去,一声不吭了。

第二十二天,石鲁站了起来,他的腿直了。他骂吴老觉是神人,提了酒要去谢吴老觉,经过钟楼前的肉铺,看见一大队人在那里排队买肉,寻思应该有下酒的东西。他排上了队,排到跟前了,卖肉的问买什么肉?他说:"苦胆,猪苦胆。"卖肉的疑惑地看着他,立即恼怒了:"不卖!"他还要争辩为什么不卖,卖肉的和所有的买肉的吼道:"你捣乱什么,你是不是神经有病,滚!"被轰出了队列。

他的学生,曾经跟他一块去陕北写生过的年轻的业余画家王镇恰巧经过钟楼,瞧见了老师在马路边叫嚣"岂有此理!",忙拉了他到避背处,说是正要去老师家的,问老师知道不知道白葭把画托吴老觉送到省革委会主任那儿,主任大加赞赏,已特批解放了白葭。

石鲁叫道:"他是伪装的!"

王镇说:"这画主任准备要转呈北京的,没想中央来了一位大人物,看了画,突然萌生要一百个画家画梅花,举办个祝贺毛主席咏梅诗词发表的百梅画大展。这位大人物还问到你。

现在省上已组织了筹备班子,让画家欧阳清具体负责,欧阳清让我给你口信,要你也出来画一幅。这意思你明白吗?"

"明白。"

"这可是个机会。"

"我不画。"

"不画?"

"不画。"

"老师……你得学会自我保护啊……"

"我不会画!"

石鲁恨恨地扭身就走,他没有向学生告别,也没有去吴老觉家,硬着黑筋筋的脖子回到土院。

王镇并没有生老师的气,去羊肉泡馍馆拉了正在汤锅下料的老马,一块到石鲁家劝说石鲁。石鲁并没有独自在家喝酒,而是将所有的墨汁倒在脸盆,放了胶,也倒进了那瓶酒,合着染刷土屋的门和窗,连椽头也染刷了,亮在土墙上的长长的柱子也染刷得乌黑,说:"瞧,像不像青海的那些寺院?白墙黑柱,白的窗纸黑窗框,有明清家具那种简明的线条和色块味吧?"

王镇当然是小心翼翼地劝说,老马似乎直了嗓门在指责,但石鲁也生气了,狼一样吼叫:"格老子就不画!"爬到梯子上再去染刷檐角,颤巍巍地举着墨汁脸盆,人和脸盆一起摔下来。老马把石鲁抱在了怀里,他突然听到石鲁在哀求他:"你能带我去秦岭阿南那儿吗?"老马说:"我不带你去。"王镇在那一刻里瞧见了他的老师枯瘦的脸上有了两道泪,蠕蠕地往下滑行,泪水混浊而稠,向下滑行,后边的泪痕立即就干了,泛着白色,如同旱蜗牛爬过了墙壁。而一头粗硬漆黑、几乎乍起的长发,风掠过一般向四边倒伏,并且从发旋部开始发灰、发白,一圈一圈白成霜后的草,白成银丝。

这城里的一批画家画完了他们的咏梅写意图,国内各地一些画家也应邀画完了他们的咏梅写意图,这百幅梅花皆繁枝烂漫,大红热烈。在大型画展隆重开幕的那一天,土屋里的石鲁开始不吃饭,整日喝酒,他已经严重酒精中毒了,牙齿脱落了一半,手类如鸡爪,家人让他吃饭,他用没牙挡风的嘴含糊不清地说:"院子里的椿树不吃饭,只喝水,我也喝水,酒是水。"

在他将酒喝过之后,他似乎很有了精神,从藤椅上下来站到床下,钻到杂物间去收寻工具:斧子、锯子、雨鞋、刀子,还有一节铁丝和布袋,布袋里装着毛笔、墨块和宣纸,准备去秦岭逃窜。并且绘制了秦岭路线表,上边密密麻麻标着红色的箭头,如电影里红军的作战图。

家人报告有关部门:石鲁疯了!

石鲁真的疯了。他终于走出了这座城的门洞,来到了苍苍茫茫的大秦岭。深如海一样的秦岭里,石鲁出奇地竟没有走错路,寻到了阿南的地窝棚屋。但阿南已经死了,梅花沟的梅花也差不多花落成泥，他站在阿南曾经病死的床前，看见了那用石块干打垒起来的墙上，贴着的正是自己画的火神像，拾起屋角一堆残留的木炭中的一块，在画像边写下了一副对联：

人去屋已空
我来梅正残

回头从门口望出去，山的远处是古城的方向，他再一次听见了古城的钟楼上的钟在自鸣，这钟声如天上的月亮一样，他走多远月随多远，钟声一直在伴着他吗？

注：这篇小说其中一部分素材是根据王川同志掌握的史料创作而成。既是小说，除了石鲁之外，别的人物已不再具备原型的真实，请勿对号入座。

库麦荣

库麦荣给我讲她的故事。天近黄昏,一朵云像白棉花一样就挂在瞭望林火的木架上,成群的蝴蝶飞来,在每一棵草上闪动如花。还有猫,狗,三十二只鸡和一窝兔子,都热闹了土场子。屋门口的那棵痒痒树于无风中摇,是黑压压的蚁队上下爬移,时不时团结成一疙瘩便掉下来。"它们都是我剪的,"库麦荣说,"我上子午岭的时候,拉泡屎都不会来个苍蝇。我用纸剪了它们。"

在陕西西北角的山区,曾经出现过许多民间剪纸艺人,库麦荣是最著名的。每个人都是为着某一种事业降生在了世上,这我已深信不疑,比如李昌镐对于围棋,奥本海默对于原子弹,罗纳尔多对于足球。但是,为剪纸而生的库麦荣,只知道她就是喜欢剪纸外,剪纸对于社会和她本人有何等意义却浑然不晓,甚至有些痴呆。她不肯离开子午岭,诚然当初是被丈夫强迫来的,子午岭上的树现在已蔚然成林,丈夫又成了植物性瘫痪,而且岭下的镇子里住着前来购买她作品的省城人。

"我等着那一只狼再来哩。"她固执地说。

天渐渐地黑下来,子午岭上的夜像渲染的墨,林子和岭和天很快成了一个颜色。我们也被埋在黑里,没有了腿和胳膊,只有火塘里若即若离地跳跃着红焰,使她的脸上不见皱纹和雀斑,白得像一只空静的瓷盘。

"你见过狼没?"库麦荣顺手从篱笆里长得扑撒过来的绿蓖麻上摘下一片叶子,黑暗里剪着,说她剪的是那只狼,然后递给我让用手摸。"我等着那只狼再来哩。"

子午岭上确实是有一只狼的,库麦荣上山后的第一个冬天她就发现了。这件事她首先告诉给王顺山,过后我才知道,也就是我同王顺山在镇上纸店里闲聊的那天下午。我和王顺山闲聊着,提到了库麦荣,王顺山说库麦荣其实和丈夫生活得很糟,丈夫一直不愿意她剪纸,因为一个农妇的职责就是劳动着扒拉着粮食和伺候丈夫的白天和晚上,但库麦荣就是爱剪纸,整晌出去给镇上剪婚礼上的喜纸或窗花,回到家里又常常剪这样剪那样以致把锅里蒸着的馍蒸成了黑炭。丈夫承包管理了子午岭的山林,最后把家也搬上山去,为的是绝断她剪纸的兴趣。而库麦荣仍是爱剪纸,上山了总还是十天八天里来镇上买彩纸。"这女人是不可理喻的。"穿着丝绸裲子的王顺山摇着头,他的眼里有一种异样的光,我那时傻,并没有想到另外的意义上去。

那天,吃过早饭丈夫的脾气就不好,库麦荣不明白他又怎么啦,想了想,是丈夫没有吃好。男人家没有安顿好胃便要发火,尤其肚里似乎有个掏食虫的丈夫。库麦荣说:"早起没给你磨豆浆也不至于就要饿死呀?"丈夫说:"你天明搭早就剪纸,给你剪丧衣呢还是剪冥钱呢?"两人就吵起来。丈夫口笨,吵不过,提了拳头便打,最后是用簸箕盖住她的身子拿树条子抽。这是山区人驱邪的方法,中邪的人在簸箕下会变了声调,是一个熟悉的死人生前的声音或发出怪异的兽叫,验证着亡魂或野物如狐狸的精灵的附体,在鞭打之中就求饶而离去。但是,丈夫的树条子已经抽断成一截一截,问:"你是谁?"库麦荣依然说:"你老婆。"再问还剪纸不,回答还剪。丈夫扔下树条子,流了眼泪,呼号着"我这是前世造了孽了",去沟梁查看林子。库麦荣却嚎啕大哭起来,她想死去,就走出来到一个崖畔,崖畔上有一块突出的平石,可以跳下去,穿过那一层层云尸体就掉到深涧里。但是,石头上坐着一只狼。库麦荣先是吓了一跳,从来没听说子午岭上还有狼呀,随即就镇静了,想,反正要跳崖的,让狼吃了也罢。狼却没有吃她的意思,拿眼睛看着她,好像还有些羞涩和畏惧。

"喂,"库麦荣说,"你不吃我?那你就离开这里呀!"

狼坐着纹丝不动,似乎那块石头属于它的。这时候她听见了断断续续飘过来的歌声,扭头看到从山下像绳一样甩上来的小路上有人爬着,是王顺山,竹篓里装着一卷大红色的纸。库麦荣怔了一会儿,就转身回去了。

王顺山是在草棚里呆了一个下午,女人的腮上一直泛着红。她重新洗了脸,用油抹头梳得光光溜溜了,催促着王顺山赶快离开,王顺山却不。"你背了鼓寻槌呀?!"王顺山说,"我要见他!"库麦荣觉得王顺山还真像个人物,但她知道一场恶斗就要在山上发生了。库麦荣没有想到的是两个男人平安无事,而且呆在一起叽叽咕咕,最后是丈夫吆喝着她炒腊肉,王顺山从竹篓里取出瓶酒,两人在土场上划了拳喝。

从此,丈夫再没有反对过库麦荣剪纸,并且他把她剪出的花鸟鱼虫飞禽走兽山水人物都保存起来。库麦荣奇怪丈夫怎么变得这么好了,问那天王顺山对他说了些什么,丈夫不告诉她。库麦荣也就不告诉了她和王顺山的事以及子午岭上还有着一只狼。

在很长很长的日子里,我看见过王顺山背着竹篓上了子午岭,也数次瞧见过库麦荣下山来到镇上。女人长腿软腰,坐在纸店的条凳上为一群人表演剪纸。精明的王顺山从县城贩来了

-333-

学生用的作业本，糊窗户的麻纸，祭奠的烧纸，再就是花花绿绿剪窗花和纸扎的彩纸，任着库麦荣来剪，还能说话，说着让库麦荣心痒痒的话。库麦荣欢得像风中的旗子，红着脸一边骂起他，一边剪，图案越剪越复杂，竟剪出了宽四尺长丈二的一幅四月八日山神庙会图。

我就是在那一日认识了库麦荣，我喜欢上了这女人。那一张小小的脸长满了雀斑并不好看，但她的眼睛细长而幽幽放光，使你真的有遇上狐狸精的感觉。因为在纸店里剪纸时间过长，库麦荣嫌天黑赶不及子午岭，我邀请她到我家去睡，她便同意了。但当我们刚刚在我家坐定，库麦荣却又决定要回山上去。我说是不是在外边过夜丈夫该打你呀？她说不会的，那老东西——她比丈夫小十岁，她一直这么称呼他——好久没打她了，现在就是不如以前节俭，好个吃喝，常常下山就背回整捆整捆的瓶酒，然后嚷道口寡，要她给他炒腊肉吃。人嘴是越吃越馋的，后来就在树根下挖蝉的幼虫吃，炒蚕蛹吃，也捉了麻雀和松鼠烧着吃。"你瞧他怎么喝蛇血的，逮住蛇一刀剁了头，就握着蛇在嘴里吸，蛇尾啪啪地抽打着他的脸，他还是吸。"她说，"我真放心不下我那群鸡和兔子。"

我陪库麦荣在鸡上了架的时分赶到子午岭，护林员独自喝着酒已经醉了，他完全不顾及着我在场，红着眼斥责着库麦荣疯到哪里去了，说他中午到现在还没有吃饭。库麦荣赶紧添水烧火，那醉汉就一头伸进鸡棚里去,一抓抓一把鸡屎,气恼起来拿磨棍捅得鸡群炸窝。库麦荣说:"鸡睡觉了你泼烦不烦?"醉汉说:"那个冒疙瘩母鸡呢,你得给我杀了它!"库麦荣就压灭了灶火,出来护鸡,两人便吵起来。醉汉口拙,气换得不快,挥了拳头来打,库麦荣拿了剪纸的剪刀,说:"你过来,我不扎死你我就不是我!"这时候我看到了奇异的场面,鸡棚里所有的鸡,还有兔圈里的兔,猫和狗都跑过来护在库麦荣的身边,叫唤一片。

那天晚上,护林员就趴在屋门口醉了一夜。我和库麦荣坐在土炕上说了一阵话,我困得睡下了,天明睁开眼,库麦荣还在灯下剪纸。她是剪了一整夜的纸,全剪的是花鸟走兽,摆得满炕都是。我佩服这女人有这么好的心态,就琢磨她要么太有心劲,要么就是神经不对,有艺术天才的人往往神经有问题。我悄声问醉汉醒了没有,她说醒啦,嘟哝着吃不上家鸡肉他吃野鸡肉呀,背了枪到后沟去了。

但是,当我和库麦荣把那一批剪纸全摆在屋外的阳光下欣赏的时候,护林员垂头丧气地回来了。他提着枪,双手空空。丈夫的一只眼是生来斜着,天上飞来的野鸡,地上跑过的黄羊和果子狸,他瞄得准准的,一声枪响,它们却带着毛跑得无踪无影。他歪过头来看到了新剪的纸,竟说了一句:"剪得好!"库麦荣没有理他,我见库麦荣没有理他,我也没有理他。

这批剪纸,却由此导致了库麦荣的人生变化,也使我现在再一次来到子午岭。她的丈夫已经是植物一样人事不省地躺在床上，而她的脸上布满了紫黑的雀斑和皱纹。

她是又一回到镇上买纸，并且给我提了一篮晾干的金针菜，但她先到了纸店，在王顺山的抽屉里发现了那天她剪出的各类动物图案，很是吃惊。她问了王顺山，王顺山才把她丈夫定期偷她剪纸拿来卖钱的事说了。库麦荣怔了半日，再看着王顺山，王顺山起先还说你的眼睛真好看，后来就不敢看了，说："你不要这样看我。"库麦荣说："原来你也瞒了我呀？！"起身回山了。她没有到我那儿去，一篮子金针菜就扔在王顺山的门道里。在山中河沟的流水潭里，她洗了一回澡，要洗掉王顺山留在她身上的气味，但老觉得王顺山的气味没有退掉，到崖根采了薄荷叶捣碎了又涂洗了一遍。回到子午岭，屋前的树上挂着一条绳，地上是一摊血，丈夫却在火塘边用沙锅炖着肉，旁边有一张展开的猫皮。

"你把猫杀了？"

"它是个懒猫，我嫌它不逮老鼠的。"丈夫说，"你尝尝，猫肉是酸的哩。"

这是六月六日发生的事。从六月六日晚上起，库麦荣和丈夫不再同床共枕，她把铺盖移到了西边屋里。她总是夜梦里梦见丈夫把什么都偷着杀了去吃，每日起来要清点她所饲养的狗兔鸡。但她有什么办法呢，她的鸡在减少着，兔也在减少着。丈夫的肚子越来越大,大得像一个坟墓,在那里埋葬了她饲养的好多生命。丈夫的肚里肯定有个掏食虫,她想,他就是一个吃虫。

"人活在世上还不就是为吃来的?"丈夫说。

"那么……"库麦荣要反对他,但她说不出个理论,就想到了在山下她们家曾经有过的拖拉机。她说:"拖拉机也是加油的,拖拉机总不能只是加油加油,买拖拉机就是为加油呀?!"

她害怕起来,担心丈夫终有一天要把她饲养的鸡兔全部吃掉,还有山林里那些野鸡野兔,果子狸和松鼠。山上还有什么呢,山上还有着一只狼。

子午岭的山林在深秋后出现了虫灾,一大片一大片的树木枯死,护林的丈夫要背着药桶去喷洒,或者去挖防火沟和追截砍伐树木的偷盗者,库麦荣就坐在屋后的一个崖背处剪纸。崖背处向阳,又避风,她能看见天上流动的云朵,能看见草上的花和花一样的蝴蝶。不明白鲜艳的颜色为什么在风雨里不能褪掉,还能听到树林子里彼起此伏的鸟声,觉得好奇,也叫了一下,猜想着鸟是否听得懂她的话。这女人并不识字,血液里很艺术很浪漫的东西在流动,她身处这种环境中显得十分冲动,剪刀下就极快地出现着各种各样山林中的生灵。她没有见过老虎狮子,她也能剪出老虎和狮子,她甚至也剪出了狼,她只见过一次狼,而剪出的狼那么威风和漂亮。等一抬头,那只狼竟匆匆经过前面的一条石径。

"它不像狼。"

库麦荣现在可以清清楚楚看着狼了,但她认为这狼不像是狼,因为她剪出的狼是威风和漂亮的,而这只狼是那么的瘦,毛色也不油光,脱落过一片一片,露着皮的肉红,像是害了秃斑。狼是回头看了她一眼,就匆匆离开了,她不知道它是急着要去干什么,在子午岭上,它又是住在什么洞穴里呢?

她几乎每一个下午都看见狼从那石径上经过,而第二天的早晨,她起来倒尿盆子,云雾如开锅的水汽弥漫在石径上,又见到狼出现在那里。"它是晚出早归去寻找食物的。"她这么想,也证实着狼居住的洞穴离他们并不远,就在附近。

库麦荣还是没有把这一发现告诉给丈夫。

糟糕的是终于一个晚上丈夫丢魂失魄地跑进屋,说他看见了狼:"这山上是有狼的!"她听见了,心上一紧,正在灯下缝补一件肩垫,针刺中了她的中指。她说:"你是胡说,现在哪里还有狼?十几年都没听说子午岭上有狼!"丈夫说:"真的是狼,灰色的,尾巴拖在地上像扫帚。"她说:"你那眼睛能看清是狼是狗?一定是游狗,山下谁家的狗走失了。"丈夫想了想,也以为自己看错了眼,说:"要让我再碰上,我会逮住它,冬天里你得有一块毛褥子哩。"

库麦荣轻轻骂了一句,她瞅了瞅墙上,墙上贴着一张剪出的菩萨像,她求菩萨能让那只狼尽快地远离子午岭。

秋天过去就进入了冬季,撕棉扯絮的雪压折了子午岭上许多树,有几次天明起来,库麦荣拉开门,门外的雪像墙一样堵着出不去,只好端着烧红的铁锅,烫出一条通道。雪天里山林不易起火,也不大会有人进山偷砍木料,吃得壮壮实实的丈夫精力充沛,就隔三岔五去山下一趟。现在轮到他去山下买彩纸了,又将山下来买剪纸的人引到了山上。库麦荣见不得丈夫和那些人讨价还价,她坚持不卖,她剪纸是她的爱好,高兴了能整日整日地剪,剪出的纸贴满窗户和四壁,不悦意了又将所有的剪纸一把火烧了。她不肯卖,丈夫就和她吵,又是偷着抢着将一部分卖给人家。

"卖了你再剪么。"丈夫说,"那你剪着不是白剪啦?"

"我高兴呀!"库麦荣说,"嘴是说话用的,话说过了还唱歌哩,唱歌就是高兴了才唱呀!"

丈夫有了钱,又是买酒买肉,然后就死皮赖脸爬上她的身体。

"你给咱生个娃娃嘛!"

丈夫的动作野蛮而毛躁,犹如他干别的事情一样,她没有感到一点愉快,他便起身又坐在一边喝酒了。他从来不想到她有她的快乐,他也似乎不求快乐,只想着他需要个儿子,不至于这氏族脉气断了。这个时候,库麦荣就想到了剪纸是那样的美好,也会想到那个叫王顺山的温柔男人。

王顺山是在过后的十二天早晨来到了山上，她已经原谅了他曾经伙同着丈夫偷卖她剪纸的行为。她看着冻得满脸通红的王顺山，帮他卸下装着各种彩纸的背笼，拉着他的手给他搓。王顺山告诉说，镇子上又来了一些省城人，他们都冲着她的剪纸来的，但他不能引着他们上山来，他得事先征询她的意见。

她喜欢王顺山说话，但她却说："你又骗我呀！"

"他们有的是钱，已收集着你的剪纸要出版一本画册。"

"印一本书？"

"是的，书印出来了，你就更出名了！"

"出名？"

库麦荣并没有王顺山想象中的那份激动，甚至有些茫然，在她的心目中，别人知道库麦荣和不知道库麦荣有什么区别呢？"只要你能给我供纸就好了，"库麦荣说，"你能供我一辈子纸吗？"王顺山点点头在笑。他一嘴的牙在闪着白光，她闻见了他身上的一股烟味，烟味是那么好闻，她为自己上次在水潭里用薄荷洗身的事格格笑起来，王顺山把她抱在怀里的时候她还笑得喘不过气。

整个上午，她的脸色特别红润，尤其在白皑皑的雪的衬托下，她开始给王顺山表演剪纸。剪出了起起伏伏的子午岭和子午岭上的树林，剪出了老虎狮子猴子兔子和鸡狗，也剪出了狼和老鼠蝎子蟾蜍七星瓢虫。剪出一个，让王顺山就摆在雪地上，银白的雪地上一片一片地红。她眼里这些动物都活了起来,都在雪地上奔跑撒欢。她最后剪出的是她的形象,她已经人到中年了,剪出的却是头上插了花的娘子模样,娘子在舞蹈着。"我是剪花女娲!"她说,眼睛眯眯的,十分妩媚,觉得她和这些动物充满了爱,和子午岭充满了爱,和眼前这个脸刮得干干净净会说话又很温柔的男人充满了爱,她同外界的关系就是爱的关系。库麦荣不知道诗是什么,她竟然忘却了日子的艰难和琐碎,忘却了那个粗鲁和打着嗝儿臭气的丈夫,她只想拉了王顺山坐在火塘边的草铺上说话。

王顺山渐渐身子发困,眼睛也涩起来,半躺在那里,库麦荣却愈加眼睛光亮,神采飞扬。她:"瞧你这样子,我给你剪个你,像个懒猴,下了竿的猴。"

"我是你剪出的猴呀?"王顺山说,"你是我的狐狸精,吸我的精神气儿!"

库麦荣过来拧他的嘴,说你坏,你真坏,自个儿就一边剪着猴子一边唱歌。歌声是"云想衣裳花想容,天上地上……"啪,一声枪响了。

枪响在悠远的地方,但很清脆,库麦荣冷颤了一下,王顺山也起了一身鸡皮疙瘩,他们都说了一句:"他去打猎了?!"

丈夫确实是去打猎了,半个小时后,那男人连爬带滚出现在了屋前的痒痒树下。他的猎枪上没有吊着一只野鸡或野兔,而是一只手使劲地捂着另一只手,殷红的血滴下来,在雪地上状若桃花。

"我见着狼啦,那不是狗,是狼,子午岭上真的有狼了!"丈夫说。

丈夫碰见了那只狼,他端起了枪瞄准,他当然又是瞄不准的,子弹射出去从狼的后腿之间射到了对面的石头上,子弹在石头上碰出一朵火花又弹过来击中了他的手掌,他是看着狼的屁眼里冲出一股稀粪而消失在树林子里。

"你为什么打它,是它要吃你吗?"库麦荣尖声叫起来。

"我想吃它!"丈夫说。

"你怎么不就吃了它呢,你什么都想吃,你吃枪子吧!"

王顺山为受伤的护林员包扎了手,他也为子午岭上有狼而吃惊,但他不肯相信护林员的话。护林员感念着王顺山今日来得是时候,他可以有个帮手了:狼使他吃了亏,他一定要再寻着狼,合伙把狼杀掉。

库麦荣对于王顺山接受丈夫的请求留下来十分失望,虽然她也明白王顺山之所以留下来的更重要的原因。她收起了雪地上所有的剪纸,回坐到屋里默默为狼祈祷。翌日,她早早起床倒尿盆,就跑到狼出没的那个山崖后,盼望狼能在那里出现,要告诉它赶快离开子午岭,她相信狼会听懂她的话的。果然,狼就在那里,狼一定是整夜地在寻找食物,而冰天雪地里哪里有食物可寻呢，它已经精疲力竭，在雪地上走动着如上了年纪的老人。"噢，噢。"她口中发出了叫声，狼就站住，狼的眼睛却目光游离，看着她的身后。她说道："你也是个斜眼？"狼的头忽地垂下来，发出咔咔的响声，似乎是脖颈的骨节在错位了，她明显地发觉狼的一只眼在看着她，另一只眼仍盯着她身后。库麦荣回转了头，身后已经走近了丈夫和王顺山。

"狼，狼！"王顺山首先叫起来，一个箭步扑着将她拉走，她的脚下一滑，两人都倒在了雪窝里。

丈夫在瞬间里端起了枪，但他的眼睛不好，一只手又受了伤，端起的枪摇摇晃晃。

狼并没有走，狼依然站在那里，好像是冻僵成了一尊雕塑。狼不肯走，使丈夫也惊呆了，端着枪软下来。一只狼和三个人就那么对视着，库麦荣可怜着狼又瘦去了许多，几乎是一张皮裹着骨架，一双眼睛由白到黄到黯然无光。她大声吼叫了，推开王顺山，也一个侧身用头撞倒了丈夫，她说："你们不要欺负它，不要欺负它！"狼在雪窝里艰难地拨动了腿，腿细得像麻秆儿，然后离开了，雪地上出现两道深深的沟。

那只狼依然还在子午岭上，库麦荣夫妇还在子午岭上，人和狼就共存着，狼没有侵害过库麦荣饲养的鸡呀兔呀，甚至连到库麦荣的住屋周围也未来过。这有些像后来的王顺山。王顺山在子午岭上受过了一次惊，回来后就患了胃癌，手术后并没有死去，生命和癌共同寄存在他的身子里一天一天地活下来。但是，库麦荣和丈夫的关系彻底恶化了，发展到白日黑夜几乎不再说话。那杆枪还在墙上挂着，但没有了枪栓，丈夫知道是库麦荣藏匿了，自个儿就谋划着一个更残酷的阴谋。他在镇子里购买了火药，又将瓷碗砸碎和火药拌搅一起，然后用鸡皮包成小包儿。这些库麦荣全然不知道，等到丈夫从山下提了一篮子炸药小包儿挂在屋梁上，晚上又偷偷去沿着狼的出没地方安放，库麦荣才明白了他的用心。她没有言语，也不识破，等丈夫又在喝酒，悄悄去将炸药包儿移开，回来后安然无事地剪纸，看丈夫在火塘边喝得油脸赤红，模样是那么的丑陋。

"你喝到什么时候，"她说，"还不睡吗？"

"我还有事哩。"

她知道他的事是等着那一声爆炸，但这一个晚上鸡在黎明里叫过三遍了都没有爆炸。

天明后，丈夫出去了，回来灰塌塌的，说："我只说人狡猾，狼比人还狡猾！"将一小口袋的炸药包儿重新放回到屋梁上的吊笼里，这个时候是轰的一下爆炸了。吊笼的绳子原本挺结实的，不知怎么就突然断了，吊笼掉在地上又弹起来，爆炸的巨大声浪将库麦荣从炕上掀落在地，她看见丈夫无声无息地躺在火塘边，像一条死在滩上的鱼。

这就是库麦荣告诉我的全部故事。她不愿意说起丈夫受伤以后怎样送到镇上医院,从此变成了植物人,还有那个患了胃癌的王顺山,她是否还和他往来,这一切她都不愿意说。我知道的是镇政府决定取消管理山林的合同,付给她一大笔钱让她搬回镇上。但库麦荣不肯下山,依然在山上生活着,依然剪她的剪纸。在我来到的两天里,王顺山没有来,什么人都没有来,也没有见到她所说的狼,是狼从子午岭上真的走掉了吗,还是狼在冬天里已经饿死在某个山洞里?

"我等着那一只狼来呢,"她固执地说,"你瞧,那边林子上是出现了星星吗?"

天地间一片昏黑,星星先是没有的,倏忽就出现了,孤零零地发着冷光的一颗星星。那应该是天狼星。

我钻进了屋里,漆黑的屋里弥漫着酸菜和臭鞋的味道,我撞翻了放在木桌上的竹笼,笼中的蒸馍在桌面上弹了弹掉在地上,发出木木的沉响。我摸进西边的卧间,贴着植物人的床,睡在麦草上铺就的被褥上。库麦荣不愿意和植物人睡在一起,也不愿意和我睡在一起。

植物人均匀地呼吸着,但他没有知觉,我想象着我是躺在秋天的包谷苗地里,包谷苗在叭叭地拔节。再一次听见还坐在屋台阶上的库麦荣于黑暗里幽幽地说:"我等着那一只狼来呢。"

真品

世上再没有比西安更古意的城市了。那里遗迹多,文物多,老街坊多。连寺庙也多呀,熙熙攘攘的街市上,你常会看到那些穿了黄袍的或木棍儿束了头发的和尚道士,就感觉他们是远昔的人,历史一下子与你拉近。可是,在很窄很窄的小巷里,你往一家饭馆里走,粗糙的木桌边就坐着个老头儿寂然地喝酒,吃一碗羊肉泡馍,你可能轻视他,却保不准儿这正是某个大学的教授,或者是饱知天文地理的易学大师。西安这地方,实在是难于理喻,如同进了佛殿,你可以张望,但不容嚣张。我和我的老板为着淘寻古字画来到西安的那天,从河西走廊沙漠上刮起的沙尘正弥罩了古城,虽然太阳还悬挂在空中,已失去了颜色，在城楼的沉沉钟声里渐渐残淡如纸。我们去的是碑林博物馆。碑林博物馆在海内外闻名，竟原来是一片灰砖灰瓦的老建筑，朴素着，也萧然着。而围绕着博物馆四周的一棵一棵合抱粗的古树古松间，则搭就了一排排店铺，色彩斑斓。这些店铺都清一色地经营着字画。据说这里在以前卖买得非常好，曾经有那么多日本的新加坡的游客如蜂如蚁，每一天里销量超过了二百幅，但现在却冷清了，因为大量的赝品败坏了声誉。我们在店铺巷里走过的时候，巷外的马路上正停着一辆旅游车，举着三角小旗子的旅行社导游员每每往外跑，他可能再难以让游客在这里购物，没有得到店铺的提成，也懒得停下脚来与女店主打情骂俏了。那些鲜艳的女人叫不住导游员，便都笑脸向我们招呼："哈罗，哈罗！"

我的老板鼻子大，又是自来卷头发，鬼晓得怎么就认他是外国人？我的老板说："请说中国话。"

"你不是外国的？"她们说，"自己人好说呀，进来看呀，看上什么都给你便宜啦！"

我们当然不敢再理，身后飘来的就是一句："傻×！"

"西安人怎么这样？"我的老板气愤了。

"打着亲骂着爱么，"我嘿嘿笑起来，"你听，你听……"

我让我的老板听的是歌声："走头的骡子哟三盏灯，白脖子狗朝南哇哇的声，赶牲灵的人儿过来了。你是我的哥哥你招一招手,你不是我的哥哥哟你走你的路!"这是陕西有名的民歌,在西安,尤其在沙尘笼罩的天气里,听起来是别一番的滋味。

"你听得懂歌词吗?"我说,"这是给你唱情歌了。"

我的老板驻脚细听的时候,歌声戛然却止了,回头四顾,店铺里的条凳上三个女人凑了一堆说趣话,一个人笑得从条凳上跌下来,而拴在门槛上的一只狗埋头啃一根骨头,吞进去,吐出来,再吞进去再吐出来。歌声是从哪儿传来的呢?不远处的槐树下,那个老头已经蹴了许久,现在用手在剔牙缝。可能是风沙钻进了口里,一只手在牙缝里剔,一只手却在怀里掏东西,一时掏不出来,站起身了,穿着的是一件袍子,长过了膝盖。

"哎,"我的老板给我说,"那是个道士。"

"哪儿是道士?"我说,"那蓝衫是菜场的工作服。"

蓝衫人终于掏出来了,是个破旧的小录放机。录放机可能卡了盒带,他摇着,又啪啪啪地打了几下。

"原来是录放的,"我有点丧气,"亏了这么好的情歌!"

"情歌?"蓝衫人并不看我们,只是继续摆弄他的录放机。

"这是窑姐儿拉客哩。"

我愣住了。多少年来,北京的舞台上总保留着这首民歌,所有的人都以为是爱的缠绵而感动着,原来竟是路边野店的妓女们拉客情景的小曲!想了想,蓝衫人说的有道理,我们噢噢着,虽有一种被戏谑的难堪,却对这个枯瘦而邋遢的蓝衫人感兴趣了。

我们向他走近,并掏出了一支纸烟递他,他的录放机突然又出声了,几乎是撕帛碎瓶般的一阵激越的鼓点,夹杂着声嘶力竭的呐喊。"这是'安塞腰鼓舞曲'么,"我挥了一下拳头,"多激越的旋律!"

"是吗,你们喜欢穷人的艺术?"

"穷人的艺术?"

"听口音是打北边的首都来的?"

"是从北京来的。"

"噢。"

蓝衫人将我递过的纸烟接住了,没有吸,却夹在树的枝丫上,目光仰视了树梢。树梢上正栖了一只鸟,鸟叫了一声:"呀。"

"老先生是……"

"鄙吝一销,白云亦可赠客;渣滓尽化,明月自来照人。"

我和我的老板面面相觑,我们知道我们又遇上了一位高深莫测的人,谁知道他是个什么角色呢?但蓝衫人似乎并没有要与我们交谈的意思,他重新蹴下去,靠住了树,眼睛已经微微闭上了。录放机里开始飘出另一种乐曲,似乎是《春江花月夜》,但又不似,蓝衫人摇头晃脑了起来。我们不敢造次,迟疑了一会,便往店铺门口的摊子上翻动那些各种各样的碑拓。

店铺里的女人立即迎上来,叫我们是老总。

"我们不是老总。这都是在哪儿拓的？"

"靠山吃山，靠水吃水，守着个碑林，你想想老总！"

"不是说那些碑子都罩了玻璃不准拓了吗？"

"正是不准再拓了以前拓的才珍贵啊！"

"这一幅欧阳询《皇甫诞碑》多少钱？"

"今日天气不好，图个吉祥便宜给你了，一万二。"

"给个实价吧，我们要买就得多哩。"

店铺外一声冷笑。这冷笑我和我的老板听见了，店铺的女主人也听见了，她脸上有了明显的愠怒，顺手将柜台上的一杯残茶泼出去。我的老板悄悄扯了一下我的衣襟，我扭过头看见了冷笑正是槐树下蓝衫人的鼻子里哼出来的。蓝衫人似乎压根儿就没有看着我们在挑选碑拓，也没有看着我们扭头在正看他，残茶的水点溅到了他的蓝衫上，他动也不动，又连续地哼着鼻子。我知道，他并不是患有鼻炎，连续的哼鼻子是为了掩饰那一声冷笑。

"这该不是假的吧？"

"你说对了，别的店铺是翻刻木板拓下的，只有我们店卖的是真拓。"

女店主越是这般说，我们越不敢买她的货了。离开摊子，一辆卖镜糕的三轮车就咿呀咿呀推过来，小贩脸上没表情，只盯着我们，吆喝："镜———儿———糕！"西安的小吃品类繁多，但镜糕第一回见，瞧了瞧，觉得不卫生，却对挂在三轮车扶手上的小木牌上的字感兴趣了。

"认识么，这是于右任题的字哩！"

确实是于氏书体。多么大的一个书法家曾经给这么个小吃题过字？我们潜意识地扭过头，要看看槐树下的蓝衫人，但蓝衫人却不见了。天更加昏黄，而且开始起风，不远处的马路上，行人都裹了纱巾，或竖了衣领侧着身子跑，博物馆高大的制着泡钉的大门敞开，守门人猫了腰大声地吐唾沫，几只麻雀才乱了羽毛站在门墩上，却又在风里线球一般地滚下来。我们购了票步入博物馆，大院里空旷静寂，间或有人从一处八角亭后走出来，又趸进另一处有檐角的屋后，传出空洞的脚步。任何旅游参观点都是人满为患，如此的清静太合我们的心意了，便先一步一停地欣赏了长廊两边摆列的石羊、石狮、石麒麟和刻着山水人物的石墩石条，以及造型千奇百怪的拴马桩，最后在庞大的展室里脖子扭酸地观看那些石碑。西安的碑林博物馆确实是中国汉文字书法艺术的宝库，你简直无法想象会有这么多的石碑，往日里看到的那么多书法精粹册上的作品原来实物竟都在这里！站在唐代怀素的那块《圣母帖》字碑前我们的脚步是钉住了，张开嘴，却呆得说不出话来。这位出家为僧的狂人，我们已经无法得知他生前嗜酒成病、不拘细行的形状，而他的草书融汉代的张芝、晋代的"二王"和唐代的张旭于一炉，用

-351-

笔瘦、肥、圆、方，得意肆态，挥洒天成。字碑果然是玻璃罩封的，且碑下有铁制的护栏不允靠近，亦不可拍照，我便一边伸长了脖子死盯着每一行每一字，一边下意识地用手在腹衣上临摹。我的老板说："真是'癫张狂素'！"我却疑惑：癫狂之人方能写草书呢还是写草书容易使人癫狂？

我的疑问，我不能回答，我的老板也无法回答，寂静的大殿中嗡嗡空响，却听一个低沉的声音在说："这是赝品。"

"赝品？这怎么可能？！"我脱口就问，问过了却不知那声音来自何方，我们进来时并没有别的游客，也没有解说员跟随呀！殿的飞檐翘角上，风铃在响着。难道是误听了风声吗？弯下腰从那一面面字碑排列的甬道望去，看风刮得是否又厉害了，那殿外的竹丛在忽聚忽散，台阶上坐着的竟是那个蓝衫人！

我顿时有些悚然了。

在西安，我已经遇到了好几宗离奇的事情，以至于看到城门楼下那尊石狮子是成了精的，巷道里偶尔看到的弯脖子老树是成了精的，街市上忙忙的人群里也怀疑是混迹了神祇和妖怪。试想想，这个蓝衫人是做什么的，他怎么再二再三地突然就出现在我们身边？

"博物馆里也有赝品？！"我怯怯地看着他。

蓝衫人又没话了，他始终要和我们陌生着，如撵一只兔子，撵着撵着它跑远了，待你不追了，它又停下来回看你，你要再撑它又跑得没踪没影。蓝衫人呆若木石，竹在他的面前变幻着风的形态，当枝叶铺伏在地上的时候，我看到的是无数颠三倒四的"个"字。

我的老板似乎已经消失了对他的敬畏，凑近我耳语道："瞧见了吗，他一脸麻子。"

"这和麻子有什么关系？"

"俗语说十个麻子九个害。"

"他怎么老注意着咱们？不怕贼偷，就怕贼惦记！"

"国家级的博物馆里怎么能有赝品，他或许是高人，也或许压根儿就是个疯子！"

我们窃窃偷笑。正笑着，一只苍蝇就落在我的老板的额头，老板挥了一下手，苍蝇起飞了，再落在头发上，头发是梳得油光的那种，苍蝇一时站不稳往下滑，滑溜到大鼻梁上又站住了。"讨厌！"老板叫起来，"这么高级的博物馆有苍蝇？西安什么都好，就是环境卫生差！"

"那是活文物。"蓝衫人又在冷冷地说了。

我们没有理他。

"它是从唐朝飞来的。"蓝衫人还自言自语。

我们差不多认定这是个疯子了，起码是西安城里的一个尖酸的闲人。参观完了所有字碑，出展厅的大殿时偏不从后门走，又绕着到前门离开。

-353-

晚上，我们是住宿在大雁塔旁的唐华宾馆里。这是一座堂皇富丽的仿唐建筑，又具备了全西安市最豪华的现代设备，沙尘使我们满头满脖都肮脏了，就冲了个热水澡。可刚刚从浴室出来，突然有人咚咚敲房间门，进来一个光头矮子，问我们要不要购买名贵字画。不速之客当然引起我们的警惕，比如，他怎么知道我们要买字画，又怎么就寻到了唐华宾馆？矮子说："我给老郜跑腿的。"我们问老郜是谁？矮子说："在碑林博物馆你们不是已经熟悉了吗？"我说："是那个瘦瘦的，麻脸，穿了件蓝布长衫？"矮子说："就是的。"我和我的老板都惊讶起来，他是个什么角儿，竟把我们一切都把握了？！便一把抓住矮子，要问个明白。矮子说："老郜说你们会扣下我的，果然你们就扣我了！"从怀里掏出个字条要我看。字条上写着："置珠于粪土，此妄人举，不足较。若本是瓦砾，谁肯珍藏？"口气蛮自信。我们就让矮子坐下，询问郜蓝衫的情况，矮子便张狂起来，要讨水喝，又吸上烟，说老郜是满人的皇族哩，如果现在还是清朝，要见老郜就难啦。现在是混背了，落架的凤凰不如鸡么，身上穿的那件长衫还是他送给的。"可是，"矮子揩了一下鼻涕，顺手抹在椅子腿上，"谁要把老郜当作个穷人那谁就错了！"我说："谁也没把老郜当穷人，老郜家里有一疙瘩金子哩。"矮子说："一疙瘩金子值几个钱？老家传的有一幅《圣母帖》真迹！你们知道不知道怀素，是怀素写的《圣母帖》?"我说:"老郗把碑林博物馆里的石碑撤回他家了?"矮子说:"那是宋代刻的,刻石和真迹差别就大啦!"

我的老板哈哈地大笑起来,说:"你的意思是要出手那件真迹了?"

矮子说:"老郗让我来问问你们。"

西安之行,我们原只指望能够买一批有价值的书画,没料到竟碰上了稀世之宝!我有些不敢相信,反复问这是真的吗。矮子指天发咒说有一句谎言他便是猪、是狗,是猪狗屙下的臭屎。我便让矮子先到走廊去,问我的老板:"怎么样?"我的老板说:"你想这有可能吗?"我说:"那就让他走吧。"我的老板却说:"有好戏为啥不看,反正是没事,瞧瞧西安的风土人情呀!"我的老板说得是,人都有当看客的秉性,如果街头上有行刑的场面,肯定要去看那人头被砍下来的情景的,郗蓝衫给我们行骗,我们就给他恶作剧,他就是再上个美人计,我们也将计就计。我们把矮子叫进房间,要他立即给郗蓝衫打电话,说当晚看货。

两个小时后,矮子带我们坐出租车在城中绕来绕去,我们差不多都转糊涂了,最后在一座公园的湖边,见到了郗蓝衫。他似乎在那里等了很久,身边的石头上还放着那个录放机,站起来和我们握手,人显得比白天更瘦,好像你不敢再靠近,否则会被那骨头撞疼。他的脸上是有麻子,在路灯的照射下愈发坑凹明显，如暴雨后的沙滩。他说他姓郜，不肯说出名字，却一一要我们道出姓名和地址，并且看了名片，又要看身份证。我们有些不悦，他说："实在对不起，我还没问问你们公司规模如何，实力如何？"就盯着我们，目光锐得像锥子。

我的老板在这时候也开始拿起他的架子了，他把眼镜卸下来，擦了擦，又戴上，只低声说："你是助理，你给郜先生介绍吧。"就掏出一包软装的中华牌香烟撕开，自个儿吸着烟卷。我才说了两句，突然有了哗哗哗哗的响声，郜蓝衫立即示意我停下，扭头向周围巡视，湖边草坪中的一丛树下，有男女在相拥着。郜蓝衫说："咱们到前边那块石头上谈吧。"

重新换了地点，我悄声对我的老板说："看样子不像骗子。"我的老板说："现在的妓女没有不像清纯的。"我详细地介绍我们公司的情况，郜蓝衫很认真地听着，就问起我们画廊有没有扬州八怪的作品，郑板桥的四尺长条墨竹能卖多少钱，金农的四尺整幅书法又卖多少钱，还有张大千的、石鲁的，甚至还问到了牛兆濂。

"牛兆濂？"我回答不上来。

"你不知道牛兆濂？"他说。

"你说的是你们西安的那个牛才子呀？"我的老板一直闷着头听我们对话，见我回答不上来，就插嘴了，"才子学问好，但他的书法一般，前年我们收购过一张，那不值钱，二千六百元。"

郗蓝衫慢慢地笑了，伸出手来，说："你给我一根烟吧。"

我的老板把一根纸烟递给他，他在鼻子前闻了闻，却别在了矮子的耳根上，说："同志，咱们有缘分了呢。"

"是有缘分，"我的老板也来了热情，"搞收藏我是信缘分的，珍贵的藏品都是有命运的，《圣母帖》或许是我在等它，或许是它在等我。"

"不，"郗蓝衫说，"任何藏品不是我们在收藏它，而是它在收藏我们。"

这话说得真好，凭这一句话，我断定了郗蓝衫不是一个骗子，他没有诓我们，他手中的《圣母帖》八成是真品。我赶紧就去湖里洗手，湖边的一块石头踩翻了，差点把我掉到水里，洗了手过来说要看真迹。但是，郗蓝衫从怀里掏出来的却是个硬纸夹，夹子里是三张剪贴的已经焦黄的报纸。三张报纸的内容一样，不长不短的一篇报道标题：西安惊现《圣母帖》真迹。

"这可是官方的报纸，你们得信着！"郗蓝衫说。

"就这报纸？"

"你们得先信我呀！"

"我们已经信你了呀！"

"你们读读报道吧。"

我和我的老板凑近路灯分别读了一遍，报道中详尽地介绍了《圣母帖》真迹的尺寸、和碑林博物馆宋刻字碑的同异处，但报道中没有写真迹保存人的姓名。

"郗先生,"我的老板说,"怎么证明真迹在你手里呢?"

"问得好,"郗蓝衫说,"我怎么能在这地方拿出真迹呢?若你们真心要买,咱们重约时间地点吧,真迹在市银行保险柜存放着。"

这一次见面就这么遗憾地结束了,但我们留下了手机号码,约定三天后郗蓝衫安排好地点了随时通知。我们请郗蓝衫去宾馆喝茶,他推辞了,矮子要跟他一块走,他偏让留下,矮子有点不愿意,他示了个眼神,自个就先走了,一边走一边扭头四顾着,然后便消失在夜幕中。我笑着说:"郗先生怕我们跟踪他呀。"矮子怔了一下,慌忙说:"这,这……不是的,他急着回去是他弟弟今日得了孙孙,他得过去看看。你猜,是男娃还是女娃?"我说:"男娃?"矮子说:"不对!"我说:"女娃。"矮子说:"呀,你真行,只猜了两下就猜准了!"

沙尘暴终于是停止了,第三天的早晨下了一场小雨,雨都是黄的,街上的行人全穿了雨衣或撑着伞,而所有的车辆被黄泥雨涂成了迷彩。雨一停,每家洗车房门前排着等待清洗的车辆,司机们三三两两站在那里骂天,抱怨着西安之所以做过十三朝国都而后来衰败至今,都是这风沙所害,要不,秦腔就该是普通话了。又恨着往往把车清洗了,隔二日三日又得下雨,雨是黄汤,又得来洗。西安做什么生意都难,唯独羊肉泡馍和洗车房把钱赚海啦。我们耐心地等待着郗蓝衫的通知,但哭笑不得的是,约定的地点竟是城东南角一条巷头的公共厕所门口。我和我的老板在那里等了许久,未见到郗蓝衫出现,连矮子也没个踪影。我安排了我的老板先到附近的夜市上吃饭,西安的小吃在国内有名,小吃又都集中在夜市上,我们吃过一碗鸡蛋醪糟,觉得肚子难受,就进了厕所蹲坑。厕所里光线幽暗,臭气烘烘,我听见紧挨的隔档里有人在大声努劲,似乎不是在出恭,而有物堵于肛门,憋得命悬一线。如此哼哼哈哈了半天,安静下来,却见一只手伸出隔档,企图去捡坑台前一张什么人已经用过的脏纸,而有趣的是恰恰一股阴风从厕所门口刮进来,竟将那张脏纸卷起,飘然落入另一个坑去,隔档里沉沉地发了一声恨。这实在是一场巧得不能巧的风的恶作剧,偏偏让我瞧着,差点笑出来,便将一张手纸递过隔档,说:"用这个吧。"那边的人说声"谢谢",站起来了,我看见他竟是郗蓝衫!郗蓝衫也同时看见了是我,很窘地,立即缩回身子咳嗽,然后提了裤子出了隔档,将那张手纸又回给了我,说:"是你呀!是你给我的纸吗?我不用纸的,我用钱揩了!"他走出厕所,一边走一边说:"你瞧这墙上,这便是屋漏痕,黄宾虹的线条就这般画。"我没有去端详厕所墙上的脏迹,只疑惑:他真的是用钱揩过了吗?或许碍于面子压根就没有揩!在厕所门口,他又恢复了他的怪异,大声放着录放机中的歌曲,在音乐声中,告诉我巷子尽头的三十五号是他的朋友家,他已经把真迹从银行保险柜取来放在那儿,让我和我的老板过会儿来,说完扭头便走,那录放机中开始唱"你要拉我的手,我就要亲你的口,拉手手,亲口口,咱们黑圪崂里走。"声越来越小。

我和我的老板拐弯抹角地在巷子里寻到了三十五号,门是破旧的木门,上面用墨写了:院中有狗,小心咬你。我忙捡了一块石头在手,可一进院就爬梯子,并不见狗,刚刚扔了石头,还说:"是空城计么!"一只狗呼地向楼梯冲来,吓得我的老板险些跌倒。我急喊:"郗先生!郗先生!"狗却停在楼梯上的平台上,原来一条铁绳拴着它,再扑不过来,就汪汪锐叫。是矮子先跑出来,唬住了狗,招呼我们进屋,我们还是不敢动步,一定要矮子将狗用双腿夹了,才迅速地跑进平台上的一间屋去。屋小得可怜,除了一张桌子上乱七八糟堆满了杂物外,几乎就是那张床了。我的老板不知道该往哪儿坐,我把床上的没有叠起的脏被子往床根拥了拥,要让我的老板坐在床头,没想褥子下压着一张百元的钞票,矮子赶忙拿了,塞给了郗蓝衫。

"我那里宽敞,"郗蓝衫说,"可这里安全啊!我这兄弟光棍一条,以替人讨债为业的,别瞧他个头小,好勇斗狠,比这狗要凶的!"

"能看出来。"我说,"你需要一个保镖!"

郗蓝衫干笑了一下,就对矮子说:"一回生二回熟,都是朋友了，你给我和两个朋友留影做个纪念吧。"

我明白郜蓝衫的意思，就说："好么，好么。"让矮子拿了相机给我们拍照，我的老板偏又将汗手在墙上按了一下，又在一块破了半边的镜子上按了一下，说："我再给你留个手印！"

郜蓝衫有些不好意思了，说："你这同志有趣，我就爱和有趣的人交朋友。看货，看货！"

郜蓝衫就拍打了几下床铺，将一个报纸卷儿展开，里边是一个塑料卷儿，又展开，是一个布卷儿。布卷儿虽旧，却是湘绣，一下一下再展开了，露出画轴，郜蓝衫才从怀里取出一副白线手套，戴上了，说："你把纸烟掐了。"我把纸烟丢在地上，用脚踩灭。他说："把放大镜拿来。"矮子说："放在哪儿？"他说："枕头底下。"矮子翻开枕头，果然下边一个硬盒，盒中取出一面镜子，但枕头上的尘土扬起来，一股呛味直钻鼻子，我就咳嗽，走到平台上要吐痰。我的老板也咳嗽，跟出来擤鼻涕，悄声说："这里就是姓郜的家。"还要再说，矮子就出来了，我们遂返回屋，矮子也跟进来。郜蓝衫说："你们可以俯着身看，但不得用手摸，汗手。"慢慢将画轴展开。

这确实让我们大开眼界，整幅作品是横的，几乎和床一样长短。在展开的过程中你们似乎能感觉到祥云绕绕，有一股神气扑面而来，再仔细看去，婉丽处如飞鸟出林，惊蛇入草，劲健处奔马走虺，骤雨旋风。我周身颤抖，且有热流迅速从丹田涌起，通向脑顶和四肢，回头看我的老板，他只是眦着眼，呆若木鸡，我说："好啊！宝气逼人！"我的老板怔了一下，俯身再看，手却在我腿上掐了一下。我晓得我的老板城府深，不再叫好，拿放大镜又细照了一遍。

"怎么样？"郜蓝衫说，"要看货，这就是一眼货，比碑林博物馆的字碑气韵强了数倍吧？"

"这……怎么这般干净的？"我说，看着郜蓝衫的脸。郜蓝衫脸上的麻子是黑麻子，好像没有洗过。

"算你看出门道了。"郜蓝衫说，"你瞧我像个乡下来城里打工的吧，可我世世代代都是城里人！真的往往看上去像假的，假的倒像真的。西装革履的显得气派，可一身行头能值几个钱呢，一万元穿得什么都有了！"

郜蓝衫缓缓地将《圣母帖》卷起来，一层一层包裹，矮子帮着往盒子里装，一失手，掉在地上，他哎哟叫，忙捡起来，轻轻地拍着，说："摔疼你了，摔病你了。"然后说他得和矮子连夜将《圣母帖》送回银行保险柜去，如果愿意购买，改日再选个时间面议。

《圣母帖》肯定是真品，这已毋庸置疑，我的老板极尽和蔼，一定要请郜蓝衫和矮子去夜市上吃饭，郜蓝衫却表现得很不情愿，我的老板就说在吃饭时可以先议一议价钱，如果双方觉得合适，我们就要筹款了，至于安全么，四个人一块走，会万无一失的。郗蓝衫沉吟了一下，就从桌上取了一把菜刀让矮子揣在怀里，自个又将一个小瓶装在口袋。我说："不用带酒，夜市上都能买到。"郗蓝衫说："这是硫酸，谁要敢抢《圣母帖》，我就喷他的眼睛！"他说得狠，大家都没有言传，他又将裹着真品的纸卷儿装进一个帆布口袋，口袋里又放着了六七根竹笛，然后斜挂在肩上，四人方下得楼来。

"郗先生是个卖笛子的人了，"为了缓和气氛，我笑着说，"你这口袋，扔在街上也没人捡的。"

"狐狸有好皮毛才遭猎杀哩。"郗蓝衫也笑了，却对矮子说："你急什么呀，让客人先下楼么。"

他让矮子断后，防备的还是我们，我们就知趣地先下楼，我的老板说："郗先生这么大年纪了住得这么高，越往后就越不方便啊！"

"是吗？"郗蓝衫说，"能走动的时候住高住低都能走，等走不动了，住在一楼你还是走不动。你说什么？这房子可不是我的。"他转过头向矮子："你在这儿住几年了？"

矮子怔了怔，赶忙说："五年吧。"

郗蓝衫说："你想不想换个地方？"

矮子说："谁不想？"

郗蓝衫说："那就包在我身上啦！"到了夜市，拣墙角的一张桌子，我故意让郗蓝衫坐在里边，并让矮子挨着他，我和我的老板坐在对面。夜市上十分热闹,那些卖饸饹的,煎饼的,粉蒸肉的,凉皮的,踅面的,灯火通明,热气腾腾,人声吵嘈。我们先是感叹着西安的小吃这么丰富,又疑惑西安竟没有自己的大菜系,郗蓝衫就开口了,说:"你知道西安是几代首都?"我说:"十三。"郗蓝衫说:"你想想,十三朝的皇帝在这儿,各省市为了争宠,都要把他们的饭食贡献来,久而久之就形成菜系了,西安是一张大餐桌,它只摆贡献来的美味佳肴,知道了吧?"我说:"知道了。"郗蓝衫更得意了,说:"那我再告诉你,西安将来还是要做首都的,历史上有王气的地方只有三处,南京、北京和西安,在南京建都是短命王朝,在北京则容易腐败,只有在西安建都的都会强盛啊!"我说:"这可能。"郗蓝衫说:"你笑什么?"我说:"我想,西安建都了,我们公司就可以搬过来了,一想到这儿,我就笑了。"郗蓝衫看着我,半天不言语,突然说:"我对你这个人有个评价,一个字,只一个字……"我说:"是骂我了吧?"郗蓝衫还举着一个指头:"一个字:不错!"我的老板就大笑起来,一边让端饭的往上摆八宝稀饭,一边说再谈正经事吧,让郗蓝衫报个《圣母帖》的价格。郗蓝衫就一脸严肃了,只咬定一个底价,不再松口,几乎将八宝稀饭吃完,又吃了几十串烤羊肉串,讨价还价总算有了个结果。郗蓝衫就环顾四周,低声说:"你们是识货人,我也就委屈了。就你给的这个价,有人也出过,还外加一套红木家具，我是没松口的。项羽在乌江岸上，和刘邦的两个将军碰上了，原本是能搏杀一场的，但他说'我成全二位将军立功了，把这颗头献给你吧'，就拔剑自刎……"郗蓝衫竟说起汉楚之争的故事来，我还未醒过神来，听他再说下去，他却垂了头，一颗眼泪叭嗒地溅在桌面上。他的突然落泪，遂使我感动起来，却不知说什么话好，他终于一抹眼睛，说："活该《圣母帖》与我的缘分尽了……不说了，喝茶，再来一壶龙井吧！"

我赶忙让饭摊上的人上茶，一边起来用指头将郗蓝衫面前桌面上的泪水擦去，一边说："这么大的数目，我们得让公司电汇，三天后怎么样？"

"不急，十天八天也不急的，你们再考虑考虑，即便不愿意了，那也没什么。"郗蓝衫说，让矮子寻张纸，"你把电话留给他们，他们考虑妥了来个电话就是。"

矮子一直伸着脑袋看对面街上的一座高楼，有无数的亮的方块，郗蓝衫的话他没有听见，郗蓝衫又说了一句。

"你卖啥眼哩？"

"我数楼层的。"

"你想住几层，将来给你弄上。"

"我可不要三室两厅的，我一个人，我才懒得打扫卫生哩！"

"老婆难道不是你找的，没出息！像这个模样的怎么样？"

一个穿旗袍的高挑个头的女人从桌前走过，矮子低声说：

"我有个瘸子烂眼的就行啦。"

"要娶就娶个时髦的!"

郗蓝衫一脸的麻子都涨红了,我看着他的脸,想到了猴的屁股,也笑起来。

"这有啥笑的,是瞧着我的麻子吧。"

"郗先生小时候出过麻疹?"

"不是,西安的风沙大呀。"

这一回,四个人全都笑了,惹得周围饭桌上的人就朝我们看,而路边柳树下的两男一女指指点点了一番,竟落座在我们旁边的桌上。郗蓝衫突然地不笑了,紧了紧身上的口袋,悄声说:"这些人是冲我来的!"

我抬头看看来人,说:"哪里会,就算他们不怀好意,咱这么多人的……"

郗蓝衫镇静下来了,却说:"谁来我都不怕的,公安局里有我的熟人。"掏出一张名片让我看。"我一打电话他立马就来的。"我没有看那名片。

但是,郗蓝衫却并没有再坐下去,匆匆离开了夜市,而且他让矮子厮跟着,拒不让我们送他。

在自后的三天里,我和我的老板带着郗蓝衫给我们的那些报纸,专门去找了西安字画界鉴定的权威,权威也已知道《圣母帖》真迹问世的事,并应允在购买时可当场鉴定,以免发生调包。就这样，我们筹齐了款额便给矮子拨电话，但矮子的电话却怎么也拨不通，便再一次去了那条有着公共厕所的小巷去找。

我的老板是个有心的人，他要给郝蓝衫带一份礼品，以示我们的诚意，因为他怀疑郝蓝衫是不是反悔了。在买礼品时我们费了思忖，先是要给他买些腊汁羊肉，后又准备买一件西服，结果还是买了个收录机觉得得体。我们穿过了纬十街，才到了城墙外丁字路口，听见有很大的吵骂声，接着就一阵哐哩哗啦锐响，扭头看时，路斜对面的一家饭馆里，三四个穿着保安服的人在殴打一个人，被殴打者还在强辩，便被提了胳膊腿一下子扔了出来，骂道："没有钱你吃毬饭？你吃了饭不给钱？！"

"我有钱的！你以为我没钱吗？"被殴打者往起爬，没爬起来，头就努力地往上撅，像是个出头龟，口里的血沫使牙齿也看不见。"我有钱的，我的钱能砸死你！"

保安又跑出来，用脚踩下了他的头，说："你有钱？你掏么，一碗面三块钱你掏出来呀！掏呀！"

"我有……"

"你有你娘的×！"

头被保安再一次踩下去，踩下去头又往起撅。保安就在他怀里掏，他捂着怀，蓝衫就嘶啦撕开，掏出来的是一个破旧的录放机，保安将录放机摔在了地上。

-367-

我突然看这是郗蓝衫啊，忙呼啸着跑过去，将保安推开。扶郗蓝衫时，他的手里握着那个公安局熟人的名片，要我打电话："我明白他们为什么打我了，他们要谋财害命……"

我说："你是欠人家一碗面钱吗？"

他说："他们是冲着《圣母帖》的！"

我说："他们认识你？"

他说："不认识，可包准儿是他们认识我了，我知道谋算我的人多，贼可以防，防不住的是贼惦记呀！"

我的老板也从马路那边过来，我们把他扶起来，他的口鼻血沫模糊，而且额角也有个口子，用手捂了，血水从指缝往出流。我问他家住在哪儿，可以送他回去，或者直接去医院。郗蓝衫已经站起来了，梗着脖子骂已退去的保安："你瞧着吧，我会收购你们店的，收购了还让你们当保安，你们给我当狗！"骂着骂着，却突然甩开了我，盯着我不言传。

我说："你怎么啦，感觉头晕吗？"

"你们为什么这么关心我？"

我说："你是被打晕了吗，认不得我们了吗？"

他说："我怎的认不得？把你们烧成灰我也能认得的！可……这么大个西安城，为什么巧不巧就遇上你们在这儿？"

郗蓝衫极快地往后一跳，指着我说："你们和这些保安在演双簧！你们是来救我吗，不，不是的，是要寻着我家，或者要把我绑架到别的地方！"

我和我的老板哭笑不得。我还要去扶他，他双手沾着血挥舞着，我的老板让我不要扶了，别让他的血沾在身上，别人还以为是我们殴打了他。我的老板说："你不就是有《圣母帖》吗，我们正是筹齐了款要寻你交易的，偏巧在这儿遇上，如果有不良企图，那次看到真迹时就下手了，是我们打不过你和你的那朋友呢，还是怕你小瓶里装的自来水？"

"你知道那是水？你知道了当时为啥不挑明，你这么鬼的，你越发有大企图的，你只是瞅机会，是不是？"气得我的老板再不理他。

我瞧见郗蓝衫往前走了几步就摔倒在地上，便又去扶他去医院，他趴在地上，怎么也不肯起来了。"我朋友不在场，我是不跟你们走的。"

我和我的老板只好离开。当天晚上，第二天和第三天，我们一直给矮子拨电话，仍是拨不通，第四天终于拨通了，让他赶快找到郗蓝衫，还未告诉说郗蓝衫被人殴打了，矮子却开口便说："生意做不成了，他死了！"

他死了？郗蓝衫死了！问郗蓝衫怎么就死了，矮子说是被一家饭店的保安打伤后，就趴在饭店外的马路边，保安以为仅仅是打了一顿不会出事的，可两个小时后，他还趴在马路边，保安觉得不对劲，出来看时，他因失血过多已昏了过去，急忙往医院送，还未到医院就断气了。

"那，《圣母帖》呢？"

"谁知道藏在哪儿。"

"真可怜，他把《圣母帖》丢了。"

"是《圣母帖》把他丢了，先生。"